どこか、安心できる場所で

新しいイタリアの文学

パオロ・コニェッティ他

関口英子 橋本勝雄 アンドレア・ラオス＝編

国書刊行会

序文

小野正嗣

アメリカやイギリスの現代文学に比べると、昨今イタリアの現代文学はそれほど翻訳されていない印象がある。日本語でも読むことのできる、そして比較的読まれている現代作家の名を挙げてみよう。ディーノ・ブッツァーティ、アルベルト・モラヴィア、エルサ・モランテ、ナタリア・ギンズブルグ、プリーモ・レーヴィ、イタロ・カルヴィーノ……。

「現代作家」？　これらの作家たちの活動時期は二十世紀のうちに収まり、全員が二十一世紀が始まるまでに物故している。では、いま、僕たちが生きるこの二十一世紀の前半に、イタリアではどんな作家が書いているのだろうか。

海外の文学を読むときに僕たちをつき動かしているのは、他者への関心であり好奇心だ――そこがどのような文化と歴史を持つ社会なのか、そこで人々はどのように暮らしているのか。そのとき読書は、その場にいながら他者の文化のなかを旅することと同義になる。小説を読みながら、自分が生きている社会とは異なる時間の流れ、異なる空気の質感に触れる喜びに僕たちは浸る。

旅がもたらす喜びとして、具体的な人との出会いを忘れてはならないだろう。言葉も通じなければバックグラウンドも異にする人と、思いがけず親しくなる奇蹟のような経験――片言とジェスチャーに頼りながらも、母語を共有する人よりも、心と心がかよい合い、その人のことがわかる、あるいは理解してもらえていると実感する。そんなとき僕たちは、人間のなかにあって言語や文化や歴史の障壁を越えて訴えかけてくる普遍的な何かに触れている。

その土地や社会の固有性を強く感じながら、僕たち自身がどこかで経験した（あるいはいずれ経験するであろう）喜びや悲しみや怒りを発見すること。具体的な土地や人や出来事に根ざす小説は、それがよく書かれたものであればあるほど、「イタリアはこうだ」「日本はこうだ」という粗雑な一般論から僕たちを自由にし、登場人物たちを通じて、さまざまな差異と矛盾をはらんだ他者の文化と社会について、そこに生きる人たちについて繊細で注意深いまなざしを傾けることを促してくれる。

この『どこか、安心できる場所で――新しいイタリアの文学』には、日本とは明らかにちがうイタリアの現代生活がたしかに描き込まれている。だがその生活のなかにあって、いくつかの作品が主題としている諸要素は、日本に生きる僕たちにとって決して無縁なものではない。

その一つが移民という主題であり、そこにグローバルなレベルでもローカルなレベルでも密接につながる格差の問題である。

ダリオ・ヴォルトリーニの「エリザベス」は、イタリア人の白人男性の「僕」が、たまたま出会った病気のナイジェリア人女性エリザベスを病院に連れていく話だ。エリザベスは明らかに不法滞在者である。こうした社会問題に敏感な「最新の意識」を持つ若い世代のイタリア人である「僕」は彼女を見過ごすことができない。二人の出会いから何が生まれるのだろうか。

イジャーバ・シェーゴの「わたしは誰？」は、作家と同様にアフリカのソマリアに出自を持つ女性ファトゥが語り手である。イタリアで生まれ育ち、ラジオ局でＤＪの仕事をしている彼女は、両親の祖国をほとんど知らない。むしろ、ソマリアで生まれ育ったイタリア人男性の恋人のヴァレリオのほうが、アフリカについてはるかに詳しい。自分自身が取材を受けた「ミックスカップル」についての記事を読み、移民系の女性をイタリア文化の純粋性への脅威と捉える扇情的な論調に憤慨と落胆を覚えていたファトゥのもとに、ソマリアの伝統的価値観の権化のような不仲の姉がマンチェスターから訪れる。移民先の社会・文化にも、出自の社会・文化にも居場所を見出せないことが、ファトゥを苦しめる。

ヴィオラ・ディ・グラードの「回復」の語り手の女性「私」もまた、苦しんでいる。彼女はロンドンに暮らすイタリア人である。近年、とりわけ二〇一五年のヨーロッパ移民危機以来イタリアには、中東やアフリカからヨーロッパを目指す人々にとっての玄関口というイメージが強い。しかし一昔前までは、映画や文学で、貧しさゆえにアメリカや他のヨーロッパの豊かな国に出ていく移民といえば、イタリアの人たちだった。「回復」の語り手で、ロンドンに暮らす女性の「私」は、そのようなイタリアにまつわるステレオタイプからはきわめて遠い人物だ。薬物中毒が原因で、血を分けた実の姉にも見捨てられた彼女は、この地上に自分の居場所を見出せない。その彼女が出会うことになるのが、この世ならぬ存在であったとしても当然なのかもしれない。

ヘレナ・ヤネチェクの「恋するトリエステ」と、リザ・ギンズブルグの「隠された光」では、ともにユダヤ系の人々が描かれる。前者においては、国際都市トリエステを舞台にユダヤ人への迫害がエスカレートしていく様子が、アルベルトというユダヤ人の若者の肖像を通して淡々と綴られる。一方、「隠された光」は、パリに暮らす理系研究者であるイタリア系ユダヤ人の女性ミリアムとフランス人の夫のセルジュのカップルの物語だ。ミリアムに対して大きな影響力を持つ彼女の両親のユダヤ的な思考や行動に耐えかねてセルジュは家を出る。そしてひとり暮らしのための物件を紹介してくれた不動産屋の男性の手ほどきで、同性愛に目覚める。

ユダヤ的な伝統は、日本の僕たちにはなじみがないものだ。しかし、ヤネチェクの短篇の「これが史実だ。その他のことは、せいぜい史実によって押しつぶされてしまわないためのお喋りであり、自由な空想の産物に過ぎない」という結語は、戦前戦中にやはり他民族に対する差別や迫害を行なった歴史を持つ国に生きる僕たちにも向けられているように響く。また、ギンズブルグの短篇に描かれる子供と親の共依存の関係や結婚相手の両親との不仲は、文化や伝統の違いを超えて、僕たちが日常的に経験している人間関係の「あるある」だろう。

「移民の問題」といった表現を使うとき、まるで問題は、やって来る移民の側にだけあるように聞こえがちだが、実は同じくらい、いやそれ以上に彼ら・彼女らを受け入れる（あるいは受け入れない）「私たち」の側にある。移民を見た目の「違い」から差別し、自分たちの場所を奪われまいとして排除する。そのような「私たち」の排他的な意識のいびつさを、詩的な形式を拡大鏡のように使って突きつけてくるのが、アスカニオ・チェレスティーニの「違いの行列」である。排除されるのは移民だけではない。権力と富を持つ者たちが、おのれとその同類の利益ばかりを追求して、それ以外の国民や市民の幸福と安寧など顧みないというシニカルな風潮が世界中に蔓延してはいないか。その状態が極端にまで進んだディストピアを、チェレスティーニの「王は死んだ」は滑稽な筆致で描いてみせる。

そうした破廉恥な王＝会社経営者にたったひとりで反旗を翻した男の物語が、ジョルジョ・フォンターナの「働く男」である。彼は工場の前で座り込みをする。サボタージュ？　いや、そうではない。人が働くのは、さまざまな不合理な桎梏から解放され、より多くの自由を獲得するためだとしたら、効率や採算性の名のもとに労働者を隷属状態に貶め、使い捨ての部品のように切り捨てる経営者に「ノー」を突きつけることこそ、むしろ「働く」ことの本義にかなっている。

ヴァレリア・パッレッラの「捨て子」の背景にも、移民差別や経済的な格差の問題が窺える。移民や難民などの貧者の支援を行なうボランティア団体が、おなかの大きなまだ若い痩せ細った娘——訛りがあり身分証明書がない、というから外国人だろう——を修道院に連れてくる。性暴力による望まぬ妊娠だ。修道院長は二十歳のとき、神への愛に目覚めて修道院に入った四十歳の女性マザー・ピア。出産した娘が姿を消したあと、残された赤ん坊を救うためにマザー・ピアが取った行動は周囲を驚かせる。彼女にとって信仰の道とは神との「結婚」にほかならない。だが、その結婚を解消することで、逆説的にも彼女はいわば「処女懐胎」を体現するのだ。

こうして見ると、この短篇集には政治性や社会性の色濃い作品が多い。それが現代という時代の空気のなかで、作家たちがもっとも敏感に反応せずにはいられない要素なのだろう。とはいえ、この『どこか、安心できる場所で――新しいイタリアの文学』には、文学的な幻想性のにじむ作品もある。アントニオ・モレスコの「愛と鏡の物語」は、とある老作家の物語だ。団地に暮らし、何年ものあいだ日々机に向かって小説を書き、買い物をしに外に出るだけの単調な生活を続ける作家は、ある日、周囲の自分に対する態度の変化に気づく。人々のまなざしにも語りかけてくる言葉にも、敬意、いや崇拝すら感じられるのはなぜなのか。同じころ、彼は中庭を挟んで向かいの部屋に自分の姿を認める。その部屋にある鏡に自分が映っているのだ。そこには女性が暮らしているが、彼女を肉眼で捉えることはできない。作家が彼女の部屋の鏡に映るように、作家の部屋の、窓の外に向けて置いた鏡にしか彼女は映らないからだ。作家は女性の鏡像と恋に落ちる……。まなざしと鏡は文学においては定番の主題で、それこそ手垢のついた鏡のようなところがあるが、モレスコの短篇の怖さは、思うようにならぬ日々の暮らしのなかで僕たちの誰もがふと感じたことがあるにちがいない妄想をくっきり映し出しているところだ。

文学作品がどのように書かれるか、そして文学の言葉がどのように人に働きかけるかについての物語とも読めるのが、ミケーレ・マーリの「ママの親戚」と「虹彩と真珠母」である。ママはお話をねだる幼い息子に親戚についてのどれもこれも風変わりなエピソードを語って聞かせる。息子とともにその話を楽しむ僕たちはすぐに気づく。あれ、その人たちって、誰もが知っている超有名な戯曲家の世界にみんな暮らしていて、だから僕たち自身にとっても遠い親戚にあたる人たちなんじゃないか、と。何気ない一言がずっと心に残り、僕たちの人生を変えることがあるが、「虹彩と真珠母」では、そのような言葉や表現がどのようにして僕たちのもとに至るのか、その旅路そのものがユーモラスにたどり直される。

幼年期を描く二作品——パオロ・コニェッティの「雨の季節」と、フランチェスカ・マンフレーディの「どこか、安心できる場所で」は、甘くほろ苦い懐かしさを感じさせる。前者では、両親の不仲を心配する少年がキャンプ場で過ごす夏休みが描かれる。そこで少年は、山小屋にひとりで暮らしながらキャンプ場の維持管理の手伝いをしているティトという中年男と親しくなる。山のこと、狩りのことを教えてくれるティトに、少年は理想の父親像を見る。「現実の親とは違う人が自分の親だったらいいのに……」。子供が——とりわけ家庭で幸福を感じられない子供が——よく知るこの感情は、文学においてくり返し書かれてきたものではあるが、コニェッティの優しさと正確さを兼ね備えた筆致でそれが描き出されるとき、僕たちはいつしか少年と一緒に美しい自然のなかにあって、彼の不安な胸のうちをすぐそばから手に取るように感じているのだ。

一方、「どこか、安心できる場所で」は、夏休みを母と一緒に海に近い祖父母の家（おそらく母の実家だろう）で過ごしている幼い少女マルタの物語だ。子供にとってはすべてが神秘と恐怖の対象になる。禁止されればそれを破りたくなるのが子供の性《さが》だ。だから、マルタが近所の少し年上の少女ヴェロニカとともに、禁じられた物置小屋のなかに忍び込み、暗がりのなかで「恋人ごっこ」に身を委ねてしまうのは必然なのだ。その決して長くはないが永遠にも感じられる時間、マルタがヴェロニカと触れあう唇や胸や股間を通じてみずからのうちに発見した、まだ名づけることのできない欲望そのものを肉感的な文体で描写したのが、キアラ・ヴァレリオの「あなたとわたし、一緒の三時間」だと言ってはいけないだろうか。

『どこか、安心できる場所で——新しいイタリアの文学』は、文学というレンズあるいはマイクを通して、二十一世紀のイタリアの諸側面を伝えてくれる。ここに読める作品はほぼ同時代に書かれたという点を除けば、それぞれ主題も文体もまったく異なっている。本書だけからでも、イタリア文学の「いま」がどれほど多様で豊かなものであるかがたしかに感じ取れる。これを機会に、ここに紹介された作家や他の作家たちの作品が翻訳されることを切望する。僕たちには海外の文学を読むことが必要なのだ。イタリアの「いま」を描く、あるいはイタリアで「いま」書かれているこれらの作品を読むことで、それをいわば鏡にして、日本の僕たちは自分自身の姿を見つめ直し、自分が生きる「いま」がどのようなところなのかを確認することができるからだ。

（おの　まさつぐ・作家、仏語文学研究者）

どこか、安心できる場所で　新しいイタリアの文学

目次

本書の刊行にあたり、イタリア文化会館の翻訳出版助成を得ました。
ここに記して感謝申し上げます。

国書刊行会

どこか、安心できる場所で　新しいイタリアの文学

雨の季節

パオロ・コニェッティ

関口英子訳

Paolo Cognetti
La stagione delle piogge

あれは一九八七年の夏だった。のちに「洪水の年」と呼ぶようになるのだが、僕の両親にとっては関係を見つめなおす年でもあった。うちには金銭的な余裕がなかったから、家族ぐるみの付き合いをしていた両親の友人が山のトレーラーハウスを貸してくれ、僕と母はそこで過ごし、そのあいだ父はじっくりと身の振り方を考えることになった。冬のあいだ問題を先送りにし、言い訳を重ね、夜更けに電話をしては、声をひそめて夫婦喧嘩をしているのを、僕は壁にコップを押し当てて自分のベッドで聞いていた。もはや僕は、父が別の女の人と関係を持っていることも、それに対して母が最後通告を突きつけたことも知っていた。父には二か月の猶予が与えられ、彼女と別れるか僕たちと別れるかを決めなければならなかった。あるいは第三の選択肢をひねり出すこともできただろうが、それは父お得意のやり方で、あらゆる事態をもつれさせることを意味していた。父は問題の解決にあたって、なにかと楽観的に考えすぎるきらいがあった。

そのときの旅行を僕はこんなふうに記憶している。スペアタイヤを積んでいない白のフィアット・パンダに、当日の朝、あわててルーフキャリアを取りつけ、一九八七年六月のある土曜日、ヴァルテッリーナ街道を北にむかって走りだす。男はエンジンの回転数があがりすぎないようギアをこまめに調節し、燃料計に気を配りながら、早くも下り坂は全部、エンジンを切って走ろうと目論んでいる。女はサングラスをかけ、上下逆さまにした道路地図を膝においている。女性にありがちな弱点として、実際の道路とおなじ向きにしないと地図が読めないのだ。互いの役割分担において男に課せられた任務は、運転と、初めての場所の偵察、それに、障害物を無視するか、さもなければ乗り越える方法を知っているふりをすることだった。一方、女に課せられた任務は、財布を管理し、駐車場で待ちながら、当然の権利として疑問や批判をぶつけることだった。二人ともまだ若く、学生時代からの付き合いで、互いにそんな役割を演じることが身に染みついていた。二人にとってはそれが、成熟していくことに対する戸惑いや、結婚の過酷さ、二人の共同生活において、なにかを計画し、実行しようとするたびに、決まって忍び込む想定外の出来事から身を護り、生き延びるための術《すべ》でもあった。

後部座席には僕が乗っている。スーツケースの上に座り、スーパーの買い物袋に囲まれて。窓から吹き込む風に、レジ袋がはたはたと揺れている。僕は、本来ならば知っているべきでないことも知っていたけれど、嘘を信じようと努めていた。街は暑いから脱出するのさ、そうすれば母さんもゆっくりできるから。十二歳の子どもはね、外の新鮮な空気を吸って、陽射しを浴びる必要があるのよ。こうして、吹き矢で鳩を狙い、ガーデニング用のホースで水浴びをしながら、もっぱらバルコニーで過ごす夏休みが終わりを告げた。その代わりに、この短い夏のあいだ僕のものとなる世界が視野に入ってくる。森、草原、渓流、岩々。これから起ころうとしていることに不安を覚えつつも、おんぼろのフィアット・パンダの車内で身を縮めて、これまでの家族旅行で繰り返されてきた光景と、よく似た光景のなかに身をおくことで、僕は解決策があると信じられる気がしていた。それは、まだ人生によって損なわれてはいない、信頼のひとつの形だった。世界には安心できる場所が少なくともひとつはあり、両親は絶対に死ぬことなどなく、ものごとはこれまでどおりにとどまりつづける。

夕方四時ごろ、僕たちの目の前にキャンプ場が現れた。「おお我が家よ、愛しき我が家よ」と父が言った。途中、道に迷うこと二回、パンクが一回。父は、タイヤがぺしゃんこになった車を路肩に寄せ、僕たちを乗せたまま姿を消したと思ったら、いったいどこで手に入れたのやら、スペアタイヤを抱え、通りかかったトラックに乗せてもらって戻ってきた。父は母に微笑みかけたものの、母は冗談で受け流せるような心境ではなかった。父はバックミラー越しに僕に目配せをし、到着を知らせるべく、キャンプ場の管理人のいる小屋を目指した。

僕らが国道をおりたのは、小さな橋の架かっているあたりだった。そこから森の奥へと続く二本の轍をたどっていくと、やがて木々が途切れ、草地に出た。そこがキャンプ場だった。錆びかけたトレーラーハウスが数十棟、四隅のコンクリートブロックで持ち上げられ、打ち固められた地面に平行にならんでいた。大洪水のあと陸に乗りあげたまま放置された先史時代の舟のように。一棟のトレーラーハウスとその隣の棟とのあいだに四、五メートルの間隔があり、避暑客たちはそこにサンシェードやデッキチェア、ガーデンテーブル、バーベキュー用のグリル、物干しロープなどを思い思いに並べて、くつろいでいた。あたりには干した洗濯物の匂いが漂っている。「妻のエレナと、息子のピエトロだ」父の声がした。「彼はティト。トレーラーハウスまで案内してくれるそうだ」

僕はキャンプ場の様子をうかがうのに夢中で、父が戻ってきたことに気づいていなかった。一緒にいた男の人については、車の窓越しに、腰の太いベルトのようなものが見えただけだった。ベルトには図説百科事典で見たことのある道具がいくつかぶらさがっていて、どれも樵《きこり》が使う鉄製の道具だということを僕は知っていた。鉈鎌《なたかま》に鉄槌、そして小型の手斧《ちょうな》。顔が見たくて上半身を屈めたところ、黒い顎鬚と、おが屑だらけの髪の毛の下からのぞく日焼けした鼻と額、そして下に向けられた二つの眼が見えた。この人がティトか、と僕は思った。森の男だ。

「あなたがここの所長さんですか?」と、母が尋ねた。そのとき母は、車のドアを開け放して靴を脱ぎ、座席に座ったまま両脚を外に投げ出して、足の下の草の感触を楽しんでいた。風でスカートがめくれ、ふくらはぎが顕わになっている。

「所長……」彼はそう繰り返すと、寂しげに笑った。彼はそののちもよくそんな寂しげな笑い方をしてみせた。「所長というような顔をしてるかい?」

その日の午後は、荷物を降ろして片づける作業に費やされた。ティトがまず、僕たちに共同シャワー室と、電気メーターのある場所を教えてくれた。トレーラーハウスを引き渡された母は、少なくとも二時間はどこかへ行っているようにと僕たちに命じた。母は魔法の手の持ち主で、ちょっとしたもので上品な奥様のような装いができたし、父に連れてこられる穴倉のような宿泊施設を、明るくて居心地のいい場所に変えるのだってお手のものだった。そのときも、母が買い物袋の中身を片づけ、テーブル掛けや寝具類を引っ張り出し、お気に入りのカーテンを吊るし、外へ花を摘みに出ているあいだ、僕と父はガスボンベを買いに車で村までおりた。それをいいことに父が僕と話をしたがっていることはわかっていた。そんな機会は二度とめぐってこないだろうし、父がそういった時を待ちわびていることも知っていた。案の条、帰り道、父は橋の近くに車を寄せると、ハンドブレーキを引きながら、最後に軽くアクセルを吹かした。父は毎回そうしていた。あたかも、しばらくここで休んでろと、老いたフィアット・パンダの肩をぽんと叩くかのように。

「それで、キャンプ場は気に入ったかい？」

「たぶんね。悪くなさそうだ」僕は答えた。

「きっと子どももたくさんいるよ」と、父が言った。その時点で僕はもう、なんと返事をしたらいいのかわからなかった。ほかの子になんて興味がなかった。僕はじっと渓流を観察していた。橋の下をくぐるあたりでは流れが激しくなり、川幅がひろがるところでは穏やかになる。渦を巻いているところでは水面の少し下にある石が見えていた。もしかすると、どこかに山小屋を作れるような場所があるかもしれない。僕が父と話したかったのは、そういうことだった。

「いいかい」と、父は言った。「二人のあいだでは、いつも本当のことを言おうと約束したのを憶えてるか？　お互いに目を見ながら話そうと決めただろ？　目を見て話す者どうしは嘘なんてつけないからな」

憶えていた。毎度のことながら、言い出したのは父だ。僕は渓流を観察するのはあきらめて、しぶしぶ父のことを見た。

「なにか気になることでもあるのか？」

「ないと思う」

「五つ星のホテルというわけにはいかないが、父さんもおまえも冒険好きだろ？」

「僕はいいけど、母さんがなんだか寂しそうだ」

父の顔から笑みが消え、眉根が寄った。黒くて濃い眉をへの字に曲げると、顔の印象ががらりと変わった。僕は膝のあいだに挿んでいたガスボンベをぎゅっと押さえつけた。冷たい金属が素肌にあたり、ぞくっとする。とどのつまり、それは父自身が望んだことだった。話をしようと決めたのは、父さんのほうじゃないか。なにか話したいことがあるんなら、くだらない質問なんかせずに、さっさと話せばよかったんだ。どのみち僕は、説明を求めても、まったく関係のない答えを返されるのには慣れっこだった。

父は言った。「いままで、おまえと女の話をしたことはなかったな」

「たぶんないと思う」

「もう少ししたら話そうと思ってたんだ。だけど、この手の話題に向き合う時間はいくらでもある、今度にしよう、次にしようと先延ばししているうちに、一度も向き合わずにきてしまった。だが、おそらくおまえはもう十分大きくなった。そうは思わないか？」

父は、いつもそうやって僕を手玉にとるのだった。無駄にセールスマンをしているわけではなかった。うまい話をにおわせておいて、まんまと相手に警戒心を解かせる。

「そう思う。ちゃんと話が聞けるよ」

「だったら聞いてくれ。女というのはな、独特な言葉の使い方をする。だから、言葉で話すことよりも、眼差しや着ている服、日常の細々とした仕草を通して伝えてくることのほうが大切な場合があるんだ。わかるかい？」

「わかる」と、僕は言った。おぼろげながらも僕もおなじように感じたことがあった。

「母さんはいま、ちょうどそんな時期だ。口はあまり利かないけれど、椅子を動かすときにわざと大きな音を立ててみせる。前はサングラスなんて嫌いだって、いつも言ってただろ？　寂しそうだったり、怒っているみたいだったりするけれど、本当のところはこんなメッセージを発しているんだ。『ねえ、そこの二人！　こっちを見て！　ほら、ここよ。見て、私もいるの！　もう少し私のことも気に掛けてよ！』ってね」

「そうかなあ」

「そうに決まってるさ。母さんのことなら父さんがいちばんよくわかってる。それに、うちには父さんとおまえの二人がいるから安心だ。父さんがしばらくいなくても、おまえが母さんの面倒をみてやれるだろう？」

「たぶんね」あまり確信のないまま、僕は答えた。父があまりに簡単にものごとを捉えすぎていると感じはしたものの、心の奥底できっと、僕自身もそれを信じたかったのだろう。

「約束してくれるな？」

「約束するよ」

「じゃあ、握手だ」父は言った。それはとどめの一撃だった。僕と父は、僕の誕生日以来、キスをしていない。男と女はキスをするし、女どうしでもキスをするけれど、男どうしでは握手をするものだ。全部の指でぎゅっと握りしめて、相手の目をまっすぐ見つめながらするきちんとした握手ならば、キスよりもはるかに有効だ。

その晩、僕たちは早めに夕食を済ませた。土曜なので、父は日曜まで一緒に過ごすこともできるはずだったけれど、おそらくベッドをどうするかという気詰まりがあったのだろう。家でも、両親がソファーベッドを出したりしまったりしているのを僕は見ていた。父は、ウィリー・ネルソンの昔の曲、「オン・ザ・ロード・アゲイン」を口笛で吹きながら食器を洗っていた。母は、いつも食後にとっておくビールを片手に、夜の一服を味わいながら、そんな父のことを見ていた。母も、父のことはよくわかっていた。父は、食器の洗い方ひとつに至るまで一家言を持っているような人だった。まず大きな汚れを濯ぎ落としてから、粗いスポンジでこする。そうして仕上げ洗いのときに初めて洗剤を使うのだ。賃貸のトレーラーハウスに、こんどいつ会えるかもわからないまま僕と母をおいて帰ろうとしているときに、平然と口笛を吹けるような人だった。恋人がいることはさておき――それが初めてではなかったし、たぶん最後でもないだろう――、母は、昔は父のそんなところが好きだったはずなのに、いまとなっては我慢がならないらしい。小出しにした騎士道精神、ガソリンの残量警告灯がいつも点いている車、七〇年代が永遠に続くという幻想……。母のような女性にとって、人生は少しずつ向上していく歩みであり、そこには経済的な安定とか、手狭な家からより広い家への住み替えだとか、買い物をするためのクレジットカードだとか、銀行口座から引き落としになる公共料金とかいったことが含まれていた。なによりも、ともに成長し、過ちから学び、より賢くなることを意味していた。それなのに、父のような男たちは、永遠に若者でいたいという強いこだわりから、そうした女性の気持ちはいつまでたっても理解できないのだった。

そのときの母の眼差しには、愛情も感じられた。きょうだい同然の友達に対する、そして治しようのない悪癖に対する慈しみの念が。とはいえ、もう手後れだった。辺りが暗くなる前に、僕たち家族はトレーラーハウスの前で別れの抱擁をし、父と、男の身勝手な神話や奇術師じみたごまかし、そして楽観主義を乗せたおんぼろのフィアット・パンダは、森の奥へと走り去り、その瞬間から、僕たちの夏が始まったのだ。

翌朝、母は、ようやく人生に陽が射したとでもいうかのようにベッドから起きだした。ミシンと布地の詰まった裁縫箱――裁縫が母の仕事だった――そして何年も前から描きためていたけれど、仕立てる気力のなかった一連のデザイン画をキャンプ場に持ち込んでいた。トレーラーハウスのなかで、二つの二段ベッドのあいだに渡した板の上に、生地や型紙、ファッション雑誌から切り抜いた写真をひろげ、電池式のラジオをお伴に、プラスチック製の小窓の前に陣取って、外で遊んでいる僕に目を配りながら針仕事を始めた。ミシンのうなる音がそこでの僕たちの日々の通奏低音となり、キャンプ場にその音が響きだすと、女たちが集まるようになった。最初は、好奇心に駆られ、歓迎の挨拶と自己紹介をしに来たという口実でドアをノックし、次からは、夫や子どもの服、裾上げをするズボン、あるいはほころびのあるワイシャツなどを持ってやってきた。誰もがしまいにはすっかりその気になって、自分の服用に採寸を委ねた。この点においても、母は僕を驚かせた。それまで街なかで暮らしていたときには、外部の世界との付き合いは父の専売特許だとでもいうように、誰とも打ち解けようとせず、店の人や近所の人にもかろうじて挨拶をする程度だったからだ。それなのに、キャンプ場での母は、誰とでもすぐに友達になった。

母が終始ご機嫌なのは、僕にとって好都合だった。思うぞんぶん木登りをし、泥まみれになりながら、キャンプ場を自由に遊びまわれるからだ。ただし、条件がふたつあった。ひとつは、舗装道路には近づかないこと。ふたつ目は、村の鐘撞き堂から僕らのいるところまで大きな音ではっきりと聞こえてくる三十分ごとの鐘の音がしたら、必ず母の視界のなかに戻ること。自由につきものの問題は、なにをするか自分で決めなければならないことだった。べつにほかの子たちが嫌いだったわけではない。最初の何日かは一緒に遊ぼうとしてみた。けれども、みんな都会での習慣を、そのまま新しい環境に馴染ませようとするだけだった。彼らにとってのキャンプ場は、いつもより広い庭、トレーラーハウスは水平にならべかえたマンションでしかなく、そこでラジコンカーや、喋るロボットで遊び、汗をかこうものなら服を着替えさせられ、テレビアニメやおやつの時間にはトレーラーハウスに戻るのだった。僕は、そんなことよりも冒険がしたかった。探検家になり、敵の陣地に忍び込んだスパイになりたかった。月曜から金曜まで、キャンプ場は母系社会に様変わりし、女どうしで食べ物を分け合い、交替で子どもの面倒をみて、夫の愚痴を言い、職能を交換し合っていた。プラチナブロンドの髪で、いつもマニキュアを塗りたての美容師は、各々のトレーラーハウスに出張してカラーリングやヘアセットをし、子どもたちの髪で新しいカットを試していた。一方、日焼けによるダメージを病的なまでに恐れている青白い顔の看護師は、いざというときのためにガーゼや消毒薬、虫刺され用の軟膏などを常備していた。タロット占いのできるシェフは、僕を見るたびにほっぺたをつねるという悪い癖があって、それがけっこう痛かった。みんな午前中に集中して家事を終わらせ、午後になると水着に着替え、夕食のあとは、お菓子をつまんだり、グラッパを飲んだりしながら、夜更かしをするのだった。

そんななかにティトがいた。キャンプ場で彼はいわば便利屋のような存在だった。女たちはしょっちゅう彼のことを話題にし、なにか罪を犯して、それをつぐなうために山にこもっているのだという仮説を立てた。アルコール依存症だとか、脱獄囚だとか、革命派のテロリストだとかいった様々な噂が飛び交っていた。ティトは草刈りをし、ちょっとした修理修繕を請け負うだけでなく、ミニバンを持っていて、避暑客の買い物をまとめて引き受ける。品物を配達して次の注文を受けるために、週に二度、各トレーラーハウスをまわるのだけれど、寡黙で片足をひきずっている謎めいた山男のティトに対して、好意を隠そうともしないご婦人も少なくなかった。意味深な微笑みを浮かべてドアを開けたかと思うと、ビールやコーヒーをふるまい、窓が開かないとか、蛇口から水が漏れるなどと口実を作っては引き留める。そうしてティトが立ち去りかけると、買い物リストになにか付け加えるために、呼び戻すのだ。

ところが母は違っていた。ティトが来ると、到着した日からずっと変わらない、敵意さえ感じられる冷淡な態度をとっていた。僕は、母を見張ることで、父との約束を果たしている気になっていた。ティトがやってくるのが見えると、僕はトレーラーハウスの床下に隠れた。そこから見る光景はいつだっておなじだった。ティトがノックをすると、母はドアを開けて買い物袋を受け取る。そのあいだティトは靴のつま先で階段をとんとん叩きながら待っていて、すぐにまた母がチップを渡すためにふたたび顔を出す。ティトを中に招き入れることはなかった。不作法にならないように礼を述べるだけだ。ティトがなにか問題はないかと尋ね、母がなにもないと答える程度で、ではまた、と挨拶を交わし合うと、ドアが閉まり、ふたたびミシンの音が響きだす。ティトはそれからしばらく、まだなにかを待つかのようにドアの外にとどまり、外装のスチール板を錆がどれくらい侵蝕しているか確認したり、雑草を抜いたりしていた。けれど、なにをしていたにせよ、ほどなく途中でやめて立ち去るのだった。

土曜の午前中には男たちがやって来た。皆ぐったりと疲れていて、道中ずっと運転していたせいで背中が汗だくになり、車の窓からは都会のにおいを漂わせていた。おもちゃや花束を抱え、ルーフキャリアには自転車、トランクには釣り竿を積んでいた。ワイシャツを脱ぐとサンシェードの下に陣取り、二日連続でバーベキューをし、洗濯だらいで冷やしたビールを飲み、まどろんでいるあいだに新聞が風で飛ばされ、テレビからは《テレガット賞》の授賞式が流れ、夜には物音が洩れ聞こえた。男たちの到着と同時にそれぞれのトレーラーハウスのなかに姿を消した女たちは、日曜の夕方には、車の窓越しに別れのキスを交わして夫を見送った。ビールは飲み干され、花束はしおれ、夫婦の義務は果たされ、自転車には触れもしなかった。そうして、ふたたび楽園は女たちのものとなった。

そんな二日間、僕は父が無性に恋しくなった。なかには僕たちを夕食に誘ってくれる家族もあったけれど、母はその手の施しを受け付けなかった。仲睦まじく過ごしているほかの家族を見ていると気が滅入るので、ある土曜の朝、僕は独りで森の奥へ分け入った。幼いころから冒険物語を愛読し、キッチンテーブルの下に空想の世界をつくりだしていた僕の頭のなかでは、標高の低い山にある松林は五大湖の広大な森林に相当し、キャンプ場に水を供給している名もない渓流は巨大なミシシッピ川に匹敵した。少なくとも理論上は、北がどちらなのか調べる手段《てだて》を知っていたし、太陽の位置から時間を計ることも、火を熾すことも、筏《いかだ》の組み立て方も知っていた。森は僕の避難場所となった。そして、永遠に僕のものとするために、海賊を真似て地図を描いた。森には、よじれた木や雷に打たれて黒こげになった木、クジラの形をした奇岩や先住民の墓地（実際のところはかつての不法投棄所）、川の急流や熊の塒《ねぐら》、うまいこと手に入れた略奪品を隠しておく穴まであった。母は第二の青春を謳歌するのに忙しく、僕に干渉しなかった。僕は森のなかで歩幅を数えては距離を計測し、夕方家に帰るとそれを地図に書き写し、細かい情報を加えながら完成させていった。六月の末のことで、遅くまで明るく、母は辺りが暗くなるまで縫い物をやめなかった。暗くなりだすとようやく作業台から離れ、首筋をさすりながら、ベッドで横になっている僕のそばに腰をおろした。土曜の晩だと、ほかの避暑客たちはちょうどそのころに夕餉を終え、男たちはデッキチェアでくつろぎ、煙草に火を点けた。女たちは食器を洗い、子どもたちを寝かしつけてから、夫と一緒の時間を過ごすために外に出てくるのだった。それは、キャンプ場に来ている夫婦がそれぞれに束の間の平穏を満喫する時間帯だった。満天の星を眺めながら、小さなグラスでリキュールを一杯飲み、その週に起こったことを語り合い、カードゲームに興じ、あるいはただ黙って煙草を吹かす。母はというと、仕立てあがった服がならべてあるベッドに横になり、僕の脚に頭をのせると、スティーヴンスンかマーク・トウェインかジャック・ロンドンのどれかを読んでちょうだいと言い、二ページも読まないうちに寝入ってしまうのだった。

そのうちに僕は森で自分の道を見つけた。渓流をさかのぼっていくと、岩のあいだからごぼごぼと水が湧き出している場所に行き当たり、それより先には進めない。そこは、かつて山の一部があらゆるものを巻き込みながら崩れ落ちてガレ場となった斜面の、いちばん裾のあたりだった。それでも僕は、水の流れが必ずしも地表に現れるとはかぎらないことを知っていた。流れが途絶えたように見えても、実はただ隠れているだけだったり、水源を見つけたと思っていると、単にそこから水の流れが地表に現れているだけだったりする。ある日の午後、僕は勇気を奮い起こし、石がごろごろ落ちている斜面を登り、山崩れを免れた樹木帯や草原地帯を通り越し、あらかじめ目的地と定めていた高圧鉄塔のそびえる場所まで登ってみた。山の小さな稜線で、その下は、とても歩いてはおりられそうにない切り立った崖になっていた。そこからだともうキャンプ場は見えなかった。僕は、あらゆるものからこれほど遠く離れた場所に来たことはないと思った。それは、僕にとっては未経験の、絶対的な孤独だった。その時、足下から、ごぼごぼという水の音がした。その時期、自分ではどうにもできないことや、手からこぼれ落ち、とどめておけないことばかりだったので、僕はよけいに源流を突きとめたかった。僕にとっては、それが生死にかかわるくらい重要な事柄に思えたのだ。そのため、危険を顧みるよりも先に、腹這いになり、しがみついた草で手を切り、膝も肘も擦り傷だらけになりながら、足を置く場所など確かめもせずに急斜面をおりていった。すると、苔の生えた地面に足が触れた。そのときになってはじめて周囲を見まわしてみると、目の前に渓流があった。そこは峡谷で、水の流れがひろがり、深くて澄んだ淵が形成されていた。水流が地下にもぐるまえに、力をたくわえているのだろう。川岸の石は白く、流れに磨かれてすべすべだった。僕のまわりをとり囲む岩壁は難攻不落の要塞壁のように思われた。そこに小屋がありさえすれば完璧だ。僕は自分で造るつもりでいた。そこに建つ小屋が、幻影のように僕の瞼《まぶた》の裏に浮かんだ。

その晩、あれこれ考えているうちに僕は寝つけなくなった。母と僕はいつも窓を開け放して寝ていたので、柔らかな風が、遠くのトレーラーハウスの物音を運んできた。ぐずっている赤ん坊、子をあやす母親の歌声、ベッドで眠る男の高らかないびき。僕は、小屋を建てるには誰かの助けが要ると考えた。父は小屋の話をしたら夢中になるだろうけれど、ここにはいない。母は、小屋を建てる場所を見たがるだろうし、見せたら見せたで、二度と近づくなと禁じるに決まっていた。残るは一人だ。

翌朝、みんながまだ寝静まっているうちから、僕は、ノックする勇気がなかなか出せないままティトの小屋のまわりをうろついていた。ドアの前まで行っては、中から物音が聞こえてこないか耳を澄ませ、準備したフレーズを頭のなかで繰り返し、そのたびに、なんだか幼稚で滑稽な気がして後戻りし、最初からまた考えなおしていた。僕がしばらくそんなバレエのような奇妙な動きをしていると、ティトがドアを開けて、顎鬚をしごきながらこう言った。「まるで野良犬みたいで、見てられんよ」

ティトの家は、それまで僕が見たこともないようなものだった。なかには家具がほとんどなく、長椅子にテーブル、薪ストーブ、折り畳み式ベッドとマットレス、そして至るところに動物の角があるだけだった。まっすぐなもの、湾曲したもの、枝状に分かれたもの、細くて先の尖ったもの、太くて節くれだったものなど、ありとあらゆる大きさや形の角が、どれも二本一組になって板に固定され、壁に飾られていた。

「好きかい?」ティトが尋ねた。「こいつらはみんな、俺の友達さ」

「ティトが撃ち殺したの?」

「何頭かはな。車に轢かれたものもいる。鹿は親父が撃ったんだ。このあたりにはもういなくなっちまったからな」

ティトは、鹿だけでなく、カモシカやノロジカ、そして「山の王者」と呼ばれているアルプスアイベックスの角を見せながら、それぞれの見分け方を教えてくれた。狩に最も適した季節は秋で、九月末以降の、山頂付近で雪が降りはじめるころだとも言った。獣たちは食べものを求めて山をおりてくる。そこで、猟銃を持って待ち構えるのだ。

「一年のうちの九か月間、この山奥は俺とやつらだけになる」

「ティトはそれを殺すんだね?」

「そんなに悪いことだと思うか?」

「わからない」と、僕は答えた。狩という行為に、僕は魅了されると同時に恐怖を覚えた。いずれにしても、僕はもう頼るべき相手を見つけたと思っていた。小屋のことを話してみた。ガレ場を登って、目当ての場所に着くまでの道のりを説明した。そのうえで、僕はお金は持っていないけれど、そのぶん働いて返すと言った。草刈り、買い物の配達、ミニバンの洗車。これまでだって数えきれないほど父の車を洗ってきた。僕の提案を、ティトは笑って聞き流しはしなかった。僕を夢見がちな子どものように扱うこともなかった。そうではなく、手伝いは確かにありがたいと言った。それから窓辺に歩みよって外の天気を確認すると、山に行くには理想的な日和だと判断した。

一時間後、僕たちは稜線にいた。ティトは、持ってきた麻縄に手でつかみやすいような結び目を作ってから、鉄塔に縛りつけた。これで、怪我をせずに急斜面をおりられる。峡谷までおりると、僕たちは水の流れよりも少し高くなっている、南にひらけた場所を選び、苔や大きな石をとりのぞいた。ティトはあらかじめ森で小ぶりの木を二本切り倒していた。地面をきれいに均し終えたところで、腰のベルトに差していた鉈を手に、仕事にとりかかった。まず、すべての枝を切り落とす。そうして二本の幹をおなじ長さの支柱にすると、あらかじめ僕に掘らせておいた穴に打ち込んだ。葉は脇にのけておいて、枝を格子のような形に組んでいく。その際、細い枝は、水で湿らせると、太い枝を結ぶのに利用できることを実際にやって見せた。それは、小屋づくりのなかでも細心の注意が必要な部分だった。ようやくできあがると、二人がかりでその格子を持ちあげ、二本の支柱と、天然の壁を形成していた急斜面のあいだに渡した。あとはそれを固定して、上から葉をかぶせるだけだ。支柱のうちの一本に、ティトは「ピエトロ、一九八七年」という文字を刻みつけた。

「すごいや」屋根の下に二人で座ると、僕は言った。

「もう何年も森のなかを歩きまわっているから知り尽くしていたつもりだったが、こんな場所に来たのは初めてだよ」

「いつでも好きなときに来ていいからね」

「ありがとう。だが、おまえの邪魔はしないさ。ここはおまえの小屋だ」

「お客さんとして、だよ」僕がそう言うと、ティトは独特の笑みを浮かべた。それは、頭から離れない考えごとがつねにあって、仕事をし、あるいは人と一緒に過ごすことで気をそらせようとするのだけれども、笑うたびに、抑えようもなく顔に出てしまう寂しげな笑みだった。僕にはティトの気持ちが理解できた。そのとき、僕もおなじ気持ちだったからだ。そこにいると、小屋を見てもらいたい二人のことを考えずにはいられなかった。

「ティトは何歳なの?」僕は尋ねた。

「四十七」

「どうして片足をひきずってるの?」

「子どものころ、木の下敷きになってね」

「男の子がいるって本当?」

屋根のつなぎ目を点検していたティトは、僕のほうに向きなおった。ティトには息子がいるという話を誰から聞いたのか、僕は憶えていなかったけれど、キャンプ場でささやかれている噂のひとつだった。ティトは、返事をしないでいることも、なぜ知っているのかと尋ね返すこともできたはずだ。そうしたらその話はそこで終わり、口にしてはいけない大人の秘密のひとつとしてしまわれていただろう。

「おまえよりも少し年上の息子が一人いる」ティトは、そう答えた。「十六だ」

「どうして一緒に住んでいないの？」

「母親と一緒に暮らしているからね。うちはすいぶん前に離婚したんだ」

「ティトが奥さんと別れることにしたの？　ほかに女の人ができたから？　それとも独りでいるのが好きだから？」

「皆が思っているほど独りは好きじゃない」

「その子と一緒じゃなくて寂しくないの？」

「おまえはお父さんと一緒じゃなくて寂しくないのかい？」ティトはそう訊き返した。そのひと言ですべてが明らかになった。僕がティトの噂話を聞いていたように、彼も僕の噂話を聞いていたのだ。だから、僕の小屋づくりの手伝いを引き受けてくれた。僕は都会育ちの少年で彼は森の男、十二歳と四十七歳だったけれど、いつどこで生まれたかなど関係のない普遍的な問題が存在していた。そして、それこそが普遍的な問題の持つ力だった。型通りの生活を送っていたら出会うことのなかった人と人を結びつける。

「ほかに質問は？」と、ティトが尋ねた。

「ないよ。ごめんね」

「べつに謝る必要はない」

　その日、僕たち二人のあいだになにかが生まれた。僕には師匠と呼べるような人はいなかったし、師匠を見つけるのがいかに大切か、想像したこともなかった。それでも、僕たちはその場でたったいま取り決めを交わしたのだと感じていた。互いの目を見据える必要も、握手をする必要もなかった。僕たちにとっては渓流がすべてだった。村では鐘の音が四時を知らせていた。僕とティトは静寂を満喫し、秘密から解き放たれた二人のあいだに生まれた親密さを味わっていた。日が暮れるまで、どちらもキャンプ場に戻ろうとは言わなかった。

それからというもの、一日がまたたく間に過ぎるようになった。七月に入り、来る日も来る日も空には雲ひとつなく、僕の前には、ひと夏がまだそっくり待ち構えているのだと思えた。毎朝、目を覚ますとあらゆるものがきらめいていた。トレーラーハウス、そのあいだに茂る雑草、座面に穴の開いたデッキチェア、車輪がひとつない三輪車、木の枝から木の枝へとブランコのように渡してあるブランケット。山々の頂が最初に輝きを帯びはじめ、影の線が徐々に下へと移動していくにつれて、滝や万年雪、高地放牧場や草原が姿を現すのだった。まるで忠実な門弟のようにティトの家の前で待つ僕の足もとを濡らす朝露も八時ごろには消え、やがて陽光が僕たちのところにも届き、新たな一日が幕を開けた。

毎朝、僕たちは一緒にトレーラーハウスをまわった。僕はティトとの取り決めを、言われるまでもなく理解していた。道具箱や買い物の入った段ボール箱を運ぶことも、仕事をしているティトを脇で見ながら、頼まれれば手伝うこともできたけれど、避暑客の前でなにか質問をしてはいけなかった。なにより、彼がふさいでいるときに声を掛けることは許されなかった。キャンプ場の維持管理の仕事は際限なくあった。壊れたり崩れ落ちたりするものがあまりに多く、それらをなんとか持ちこたえさせることには誰も関心がなかったからだ。ティトは、夏のあいだにできるかぎりの手段《てだて》を講じるものの、冬が訪れるたびに雨や雪が降り、凍結し、亀裂が生じ、パッキンは傷み、錆によってできた穴はひろがる一方だった。ティトの懸命な努力にもかかわらず、キャンプ場はあと何年も持ちそうになかった。

僕たちは長い時間を森で過ごした。湿った薪を積んで山にする作業のかたわら、ティトは樹木を指し示し、木肌や葉の形状から見分け方を教えてくれた。橅《ぶな》や栗、標高が高くなると樅《もみ》や唐松がそびえ、水辺の近くには樺《かば》の木が生える。どの木にも、まるで人間のような個性があった。ティトから学びたいことはほかにもたくさんあった。小鳥の鳴き声の真似方、毒キノコと食用キノコの見分け方、野生動物の足跡のたどり方、道から外れたところで迷わずに歩くにはどうしたらいいか。

「目を閉じてごらん」と、ティトが言った。「何か聞こえるか?」

僕は言われるままに目を閉じて、周囲の音に精神を集中させた。そして、渓流のせせらぎを言葉で描写し、それがどれくらいの距離のところにあるのか当ててみせた。僕の足もとで隠れるトカゲのかさこそという音、キャンプ場で吠える犬の声、国道を走る車の音。感覚を研ぎ澄ますと、森のなかから、ブルーベリーの酸味を帯びたにおいや、甘ったるい樹脂のにおい、落ち葉の朽ちたにおい、どこかの焚き火の刺激臭などを嗅ぎわけることができた。すべてがそこから始まるのだ。目を閉じると、開いているときよりも鮮やかに自分の居場所が把握できる。それ以外、僕たちが山にいるあいだに世の中で起こっている出来事はどれも、音もにおいも発さない。いかに現実がつらく、思い描いていたのとはかけ離れていたとしても、山のある程度高いところまで登れば無関係でいられた。それこそが僕たちの森での日々の精神だったのだ。

僕はいつも山小屋で午後を過ごした。母の仕事道具から内緒でナイロンの糸と安全ピンを持ち出し、歯で曲げて鉤の形にした。昼食のときにパンをひと切れとっておいて、白いところを丸めて餌にした。その夏、僕は一匹の鱒も釣れなかった。そもそも渓流に鱒がいるのかさえわからなかった。それでも、魚釣りというのはなにより考えを深めるための手段なのだということを学んだ。屋根で日陰になったところに座り、コルクの浮きをじっと見つめながら、ロープで橋を作ろうとか、ゴム紐とYの字形の枝でパチンコを作ろうとか、トレーラーハウスから山の上まで食料を運ぶためのロープウェーを作ろうなどと計画をふくらませた。頭に浮かぶ冒険は、実際に僕の手で実現できるものよりもどんどん壮大になっていく。僕は、そんな自分が父にそっくりだと思わずにはいられなかった。父はよく、キャンピングカーを買うとか、引っ越すとか、転職するとか言い出しては、新聞広告に目を通しはじめるのだけれど、そのうちに熱が冷めて、いつの間にか忘れてしまうのだった。

僕は子どものころの父と出会ってみたかった。僕と父が親友として、あるいはほかでもなく兄弟として成長する別の人生を想像してみる。母もまた、夫としてでなく、息子として面倒をみることになれば、父を好きになるかもしれない。そして、ティトだったら、僕と父、両方のいい父親になってくれるだろう。そんな空想をしては恥ずかしくなり、釣りをやめて堰堤をつくったり、山小屋の屋根をもっと丈夫にするために葉を集めたり、バッタやカタツムリを捕まえたりした。

三日に一度、夕方になると、僕と母は山をおりて村まで行った。村の広場に電話ボックスがあり、母はそこにこもって父に電話をするのだ。僕は母の動きや表情から、交渉が順調か否かを読み取ろうとしていた。例えば手。さかんにジェスチャーを交えて話しているのはよい徴で、指でとんとんとどこかを叩いているのは悪い徴だった。唇の場合、素早く動いているのはよい徴だけれど、長いあいだずっと固く閉じられているのは悪い徴だった。ジェットーニ〔公衆電話専用のコイン〕にしても、全部いっぺんに入れるのはよい徴で、電話機の上に積みあげておいて、まるで脅迫するかのように、電話が切れる寸前のタイミングで、一分の猶予を与えるために一枚ずつ使われる場合は、悪い徴だった。そのうちに、僕は母を見ていられなくなった。待つあいだ心がすり減るばかりだったのだ。そこで僕は人気《ひとけ》のない広場をさまよい、石畳の線を平均台に見立てて歩いては、家の窓に明かりが灯ると、立ちどまって中をのぞいた。テレビの光が洩れていたり、カーテンに人の影が映っていたり、普通の家族が住む普通の家のように見えたけれど、実際のところは誰にもわからなかった。子どもたちに聞かれないように母親が声をひそめて話しているのかもしれないし、逆に子どもたちのほうが話を聞くまいと耐えているのかもしれない。さもなければ、荷物をまとめて父親が出ていくところかもしれなかった。

電話が終わるころ、母は電話ボックスのガラスを叩いて僕を中に招き入れた。その時分にはもう、僕は家に帰って眠りたくてたまらず、ボックス脇の地べたに座っていた。僕に受話器を渡すと、母はボックスから出ていった。そのまま中にとどまって会話を聞いていることも、僕が話し終えるのを待って一語一句繰り返させることもできたはずだったけれど、母はそのどちらもしなかった。

「今度いつ来るの？」と、僕は父に尋ねた。

「もう少ししたら。たぶん八月に入ってからだ」

「教えたいことがあるんだ」

「彼女でもできたのか?」

「違うよ」

「じゃあ、為替手形か?」

「為替手形って何?」

「知らないならいいんだ。ちょっと心配になったもんでな」父はそんな冗談を言って笑った。いつもどおりの父であることに疑いはなかった。その時々でいくらか疲れていることも、優しすぎることもあったけれど、いつもと変わらないように思えた。電話を切る前に、もう一回母さんに代わろうかと僕が尋ねると、その必要はない、父さんからのキスをひとつしてあげてくれ、という答えが返ってきた。そうして、最後にはガチャンガチャンと立て続けに落ちていくジェットーニの音だけが耳の奥に残るのだった。


ある朝、僕はティトに誤ったことを頼んでしまった。そのしばらく前から気になって仕方なかったのだ。僕は、猟がどんなものか知りたかった。ティトが初めて猟に出たのは何歳のときだったのか、動物を殺すのはどんな気持ちなのか。するとティトは、初めて猟銃を撃ったときのことを話してくれた。彼は十四歳で、すでに樵として働いていた。その日はとにかく寒かったこと、会話を禁じられたこと、そして鉱塩の誘引餌の近くで長いあいだ待ち伏せていたことを憶えているそうだ。そのうちに一頭目のカモシカが姿を現した。ティトの父親がほかの猟師たちに合図をすると、みんなは構えていた猟銃をおろした。ティトには内緒で、チャンスを譲る合意をしていたのだ。ティトは、カモシカが人のにおいを嗅ぎつけ、頭をあげて耳をぴんと立て、自分たちのほうを振り向くまで待った。一瞬を逃せば森のむこうへと姿を消してしまうだろう。だが、ティトはその直前、首の付け根に狙いを定め、発砲した。

その晩、狩人たちはティトの栄光を称える酒席を催した。ティトの父親は息子にワインのボトルを持たせ、夜更かしを許した。そのとき仕留めたカモシカは、単なる肉や皮の蓄えよりもはるかに大きな意味合いを持つものだった。いまの僕にはその意味がよくわかった。だからこそ、どうしても頼みたかったのだ。

「銃の撃ち方を教えて」

「いや、それは無理だ」

「物覚えがいいって、言ってくれたじゃないか」

「おまえに銃は必要ない」

「だけど、ティトにとっては大切なことだったんでしょ?」

「俺はおまえの父親じゃない」と彼は答え、口論はそれで終わりになった。それこそが、あからさまで残酷な真実だった。僕の空想はにわかに現実と食い違い、現実に照らすと、海賊の地図のように他愛のないものに見えた。ティトにはティトの子どもがいて、僕には僕の父親がいる。手に銃を握らせ、おまえはもう子どもではないのだという決断を下す。それは、真の父親にしかできないことだ。その朝、僕はそれ以上なにも質問せず、ティトもいつもと違う顔つきをしていた。キャンプ場に戻ると、僕はトレーラーハウスに帰っていいかと尋ね、ティトも敢えて僕を引きとめようとはしなかった。

ある日、にわかに天候が変わり、雨が降りだした。最初はよくある夏の夕立のようだった。山にいた僕は、夕方六時ごろ雨に襲われた。最初に連続して稲妻が光った時点で、僕はそれが永遠の別れとなるとも知らずに山小屋を後にした。縄梯子を急いでのぼり、滑りやすくなったガレ場は慎重に、森ではふたたび足どりを速めて、崖から飛びおり、激しい雨にしなだれた深く生い茂る草むらに着地した。キャンプ場にたどりついたとき、全身ずぶ濡れだった。まっしぐらに自分のトレーラーハウスに向かい、入り口の三段の階段をのぼって勢いよくドアを開けたところで、足がすくんだ。

トレーラーハウスのなかにティトと母がいたのだ。とくになにをしていたというわけではない。僕以外の人ならば誰だろうと、男と女がテーブルに向かい合わせに座っているだけの光景に見えるはずだった。男は上半身裸で、女は彼のデニム地のシャツにボタンをつけようとしていた。男の胸にはタトゥーがあった。女は明かりを求めていくぶん窓辺に体を寄せている。テーブルの上のミシンが脇にどけられ、ワインのボトルと飲みかけのグラスが二つ、そして灰皿代わりにコーヒーカップのソーサーが置かれていた。

最初に僕を見たのはティトだった。母は、ボタンの糸を歯で切ろうとしたまま動きをとめた。僕は、体の半分は中、半分は外の状態で、トレーラーハウスの床に雨のしずくをぽたぽたと垂らしながら、困惑した気配を感じとっていた。夕食のまえに煙草を吸う母を見るのは初めてだったし、ふだんティトは、避暑客から勧められても絶対にワインを飲まなかった。おまけに、僕が外に出ているときに夕立が来たというのに、二人のうちのどちらも心配していた様子は見られなかった。なにも隠しごとがないのなら、話していたこと、笑っていたこと、そのほかしていたことを中断する必要などないはずだ。わずかに理解できるそんな事柄に納得がいかなかったので、僕はくるりと向きを変えると、思いきりドアを閉めて、ふたたび走り出すしかなかった。

とはいえ、それほど遠くには行かなかった。共同のシャワー室に隠れたのだ。そこなら雨に濡れずに、誰かが捜しにくるまで待っていられる。二人のうち、土砂降りのなか外に出てきて僕を連れて帰るとしたら、きっとティトだろうと思っていたら、三十分あまりしたころだろうか、母が一人でやってきた。床にしゃがんでいた僕のかたわらに座り、指で髪を梳かしてくれた。それがいつもの母のやり方だった。身だしなみを整えたり、ほつれて飛び出した糸を切ったり、油の染みにベビーパウダーを叩いたりするのが母の愛情表現だったのだ。

「こんなにずぶ濡れになっちゃって……」と、母が言った。

「母さんもだよ」

「なかなか見つからなかったから」

「ティトのことが好きなの?」僕は尋ねた。

母は笑ってみせたものの、ひどくぎこちなかった。二人とも、冗談として受け流せることではないとわかっていた。そこで母は、僕の顎をくいと持ちあげて、顔をじっと見つめた。ただ雨で濡れているだけなのか、本当は泣いているのかを見極めるために。母は言い訳が得意ではなかったし、耳心地のいい言葉で人を慰めるようなタイプでもなかった。たとえば僕が泣いているとき、きちんとした理由があるのなら、一緒に原因を突きとめて解決しようとしてくれたし、ただぐずりたいときには、泣きくたびれて静かになるまで放っておいてくれた。僕は、母に抱きしめられた記憶も、撫でられた記憶もなければ、言い含めるような話し方をされたこともなかった。

「ティトに家族がいることは知ってるわね？」と母が言った。

「うん、知ってる。だから？」

「だから、私に助言をしてくれてるの。ティトと話していると、心が楽になるのよ」

「なんの話をしてたの？」

「わかってるくせに。あなたはまだ小さいけれど、いろいろなことに気づいているはずよ」

僕は立てつづけにくしゃみをした。余所《よそ》のお母さんだったら、僕を捕まえて、すぐに着替えさせたにちがいない。けれど母は違った。シャワー室でしゃがんだまま、僕の髪についた松葉をとりのぞいていた。僕はほかにも訊きたいことがたくさんあったのだけれど、それでなくても母が罪悪感を抱いていることが伝わってきたので、訊けずじまいだった。トレーラーハウスにしろ、寝室にしろ、電話ボックスにしろ、そのほかの場所にしろ、僕の入れないところで大人たちがなにを話していたのかなんて、わかりっこないじゃないか。みんなが説明を試みるものの、誰一人わかるように話せないことのどこが、そんなに簡単だというのだろう。それとも、自分たちにすらわからないことを僕に伝えようとしているのだろうか。

その日は夕方も、そして夜になってからも雨脚が衰えることはなかった。翌朝になっても相変わらず雨は降りつづき、僕は熱を出した。その日、母はとても優しく、ホットミルクが飲みたいかとか、一緒に本を読まないかなどと絶えず気遣ってくれた。僕は少しうつらうつらしたかと思うと目を覚まし、またまどろむのだった。そうして毛布をかぶって汗をかいているうちに、怒りも鎮まっていった。その代わり、悲観的な空想をふくらませる疲労感が残された。僕は、ティトがお見舞いに来るにちがいないと思っていた。ベッドの縁に腰をかけて僕の手を握り、謝ってくれるだろう。そうして、元気になったら猟銃の撃ち方を教えると約束してくれるはずだ。僕は生死の境をさまよっていて、最期に目を閉じる前に、弱々しい笑みを浮かべてティトを許してあげるのだ。

二日目に熱は下がった。ティトが姿を見せることはなく、避暑客たちはしだいに騒ぎはじめていた。テレビを持っている人たちは不安げな表情で、氾濫危険水位に達している河川があると言っていた。心配性の夫たちは、休暇をとって妻や子どもたちを迎えにきて、ほかの家族への挨拶まわりも荷物を積むのもそこそこに、慌ただしく発っていった。とにかく町へ帰り着き、大雨がやむまで退避するつもりなのだろう。一方、キャンプ場に残った人たちは、複数のトレーラーハウスに分かれて天気予報にかじりついているか、長靴を履いて傘を差し、電話をかけに村までおりていった。母は、誰よりも落ち着いているように見えた。みんな大袈裟に騒ぎすぎだと言って、平然と仕事を続けていた。片や僕は、本を持ってベッドに入ってはみたものの、二行読むのがせいぜいだった。山の小屋のことが気になり、雨のしのつく森を見ながら、渓流はさぞや水嵩が増しているにちがいないと思った。支柱だけでもなんとか持ち堪えてくれれば、ほかの部分は自分でもう一度造りなおせる。そしてティトのことを考えた。彼の家まで走っていきさえすれば、元通り友達になれるはずだった。僕はしばらくのあいだ母のほうを盗み見て、注意を逸らす隙を待ちながら、脱け出すために必要な動きを練っていた。そのうち、それもまた僕の勝手な空想のひとつにすぎないように思え、行動に移すのをやめてしまった。

三日目、六十時間も間断なく雨が降り続いたあと、市民保護局が到着し、全員をキャンプ場から避難させることになった。男たちが数人、妻子を迎えにきていて、そのなかに父もいた。父は日常生活においてはからきし頼りないが、緊急事態となると俄然張り切るタイプだった。二枚の板を渡して仮設の通路にすると、トレーラーハウスの下にできた大きな水たまりを渡った。そしてスーツケースをひらき、その中に本や洋服、僕が渓流で集めた石、デザイン画や生地、ミシンなどを放り込んだ。母は、茫然と立ちつくしてそれを眺めていた。最後の最後まで避難のことを考えないで済むように、危険から目を逸らし続けていたのだ。キャンプ場で母が造りあげた世界がまたたく間に崩れ去った。父がレインコートを羽織らせ、「エレナ、ほら行くぞ」と言ったとき、ようやく母は我に返った。

その晩、家に帰った僕たちは、間一髪のところで脱出してきたことを知った。僕たちの通った道は、その日の午後には通行止めとなったのだ。テレビでは洪水の被害のありさまが盛んに報じられていた。堤防を乗り越えた川、土砂に埋まった家々、木に引っかかった車、逃げ遅れた家畜の死骸。僕たちのいたキャンプ場が無事だという望みは皆無だった。せめてもの救いがあるとしたら、打ち捨てられて滅びるよりも、洪水で流されるほうがましだと思うことくらいだろう。それはまるで大仕掛けの反乱だった。解体業者の手に委ねられる運命にあったいくつものトレーラーハウスが、いまや自由に世界を漂流している。

ところが夜になると、救いなんてひとつもないように思われた。そしてそれが幾晩も続いた。ベッドに入るたびに、キャンプ場から脱出したときの光景が脳裏に浮かび、ティトのことを思わずにはいられなかった。あの日は停電していた。大声で指示を飛ばす救助隊の人たち、トラックに乗せられる女や子どもたち。そして、とめどなく流れくだる大量の水。もしかするとティトはひと足先に避難したのかもしれない。あるいは、キャンプ場の管理人としての責務を忠実に果たし、全員が避難するのを見届けていたのだろうか。あのとき僕たちは、車でティトの家の脇を通りかかった。そこに差しかかる直前、僕はハンドブレーキを引いて車を停めようと思っていた。車から飛び降りて、ティトを捜しにいくつもりだったのだ。なのに一瞬の後れでチャンスを逃してしまった。車はたちまち彼の家を通りすぎ、消防隊が待機する橋を渡り、舗装道路に出ていた。僕は、薄暗い建物のなかにいるティトの姿を想像し、たくさんの角に囲まれて、「こいつらはみんな、俺の友達さ」と話してくれたときのことを思い出した。独りでいるのはそれほど好きじゃないとも言ってたっけ。一瞬を逃したことに対する後悔は、そののちも長いこと僕を苛《さいな》んだ。

つづら折りの道が終わったあたりで、父は口笛を吹きはじめた。めずらしく空調が効いていて、ワイパーが子守唄を歌っていた。父が母の膝に手をおき、母はその手を撫でていた。こうして、二人の関係を見つめなおすための別居期間は不可抗力によって中断された。それによって問題が解決されるわけもなく、むしろややこしくなったのかもしれないけれど、当面のところ僕たちは、無事に危険を回避できたことで安堵していた。僕は、高速道路の料金所までずっと、リヤウインドーに顔を押しつけていた。母はそんな僕の姿を見ないで済むよう、一度も振り向くことはなかった。

働く男

ジョルジョ・フォンターナ

飯田亮介訳

Giorgio Fontana
L'uomo che lavora

工場の前に座り、膝を抱えた両手を重ね、片方の膝に帽子をのせた男は、働いていた。鎖やロープで体を縛りもせず、危機を訴えるプラカードも持たず、煙草は吸わず、髪は短く、少し白いものが混じっている。年は四十六歳、名はディエゴと言い、帽子を片膝にのせて働いていた。

十日前のことだった。ロヴェーダが長い演説をぶち、新しいシフトの導入が必要になったと説明し、工員全員に最大限の努力と最大限の柔軟性を求めたあとで、ディエゴは手を挙げた。本当は誰も手を挙げてはならぬことになっていた。組合員のフェッリから、みんな何も言わずに、おとなしくしててくれ、と頼まれていたのだ。誰もが知っているように、ロヴェーダを甘く見ると、とんだことになるからだ。この新工場長は六カ月前に先代の後釜に座ってから、すでに二人も解雇していた。そのかわり工場の経営は文句なく順調だったが、工員側にはなんらかの妥協が要求されていた。

ところがディエゴは手を挙げ、こう尋ねたのだった。「すみません、どうして残業手当てが普通の給料と一緒じゃなくて、裏で払われるんですか。よくないと思うんですが」

沈黙が降りた。ロヴェーダへの口答えは許されていなかった。ピエロの格好で出勤しようが、ぐでんぐでんに酔っぱらって働こうが——とにかくノルマの分だけ製品を仕上げさえすれば——別に構わなかったが、口答えはまずい。

あたりはしんと静まり返った。ロヴェーダはにやりとして言った。「すまんが、お前はどこのどいつだ？」

「ピノッティです」ディエゴは名字を名乗った。

「ピノッティか。そうか、ピノッティ、いいぞ。みんな、ピノッティに拍手だ。うちの工場に、なんと革命家がいたぞ！　偉大なるピノッティに拍手！」

まずは秘書の女性と他に二人ほどが拍手を始めた。それから工員たちもみな、最初はそっと手を叩いていたのが、だんだんと強くなり、ついには盛大な拍手がオフィスの前の空間に鳴り響いた。がらんとした工場の空洞をうがつ音のひとつひとつが、対峙する二人の片方がいかに正しく、残る一方は……まあ、単なる馬鹿だということを強調しているようだった。

そしてロヴェーダは工員たちに背を向け、去っていった。


ひらめいたのはその晩のことだった。夕食を済ませ、息子の弁論大会から帰宅したあとだ。なぜそんなことをひらめいたのかは自分でもよくわからなかった。いわれのない非難や不当な扱いならば以前からいくらでも経験してきた。誰だってそうだろう？　上司というものは総じて嫌なやつばかりであり、社長は悪人と相場は決まっている。それはディエゴが父親から授かった、仕事に関する唯一の教えであり、その正しさは三十年の労働を通じて理解していた。

ディエゴは学がなかったから、複雑な感覚をなんと呼べばいいのかわからない、ということがしばしばあった。それでもしばらく前から、自分は恐らく、平均的なイタリア人と呼ばれる人間なのだろうと思うようになった。よく夜のテレビのニュースで言っているあれだ。平均的なイタリア人は危機に直面しているが、それでもバカンスには行く、平均的なイタリア人は彼と同じように子どもが二人いて、月末には少しやりくりに苦労する――それでもバカンスには行く――などなど。だが今度、自分の身にふりかかったことにはどこにも平均的なところがないと思った。よくよく考えてみれば、屈辱を受けるという体験には平均的な要素などまるでない。手を挙げるという彼の行為にしても、平均的なところはまったくなかった。

「この手の連中が話す言葉はひとつだけさ」二十年前にある友人にそう言われたことがあった。「権力の言葉だよ」その友人には学があった。平均的なイタリア人ではなく、さっさと母国を去って、今はカナダかどこかで先生をやっているという話だ。三つの言語を操り、ハンバーガーを食べて幸せにやっている友人。そんな人生を送る奴もいれば、そうではない奴もいる。そういうことだ。ディエゴは友人を嫌なやつだと思っていたが、あいつの言っていたとおりだと思った。権力の言葉をしゃべる連中とは理解しあえるはずがないのだ。俺たちとは住んでいる宇宙が別なのだから。ジェスチャーの問題でも、悪意の問題でもなく、何よりも意味の問題だった。同じ言葉にもこちらと向こうでは異なる現実のかけらが貼りついていて、たとえば一方が、どうしてあなたはそんなに失礼なんだと尋ねても、他方は自分の態度に失礼なところなどまったくないと答える、そんな状態なのだ。それに実を言えばディエゴは、そもそもああした連中には現実など存在しないのだろうと確信していた。

それが金曜日のことだった。ベッドに入ってそのまま崩れ落ちるように眠らない夜なんて初めてだった。

土曜日と日曜日もずっと、あれこれ考えて過ごした。その新しい何かを彼はぎこちなく抱え続けた。それはまだ完全にまっさらな何かだった。つまり、ひとつのアイデアが生まれ、最大限の注目を求めていた。

混乱し、その気持ちを表現する概念を持たぬまま、彼はアルベルトのマウンテンバイクに乗って近所を走り回った。いつものようにバールで座ってのんびりしている場合ではなかった。ペダルをひと漕ぎするたびに、周囲の様子まで変化する気がした。たとえば、雇ったばかりの若者を怒鳴りつける肉屋の主人の声は以前と違って聞こえ、背の高い大柄な十三歳の少年が二歳年下のやせっぽちな少年を突き飛ばす光景も、老人が孫にびんたを張る姿も、やられた孫が老人を突き飛ばす姿も、以前とは違って見えた。権力のかけらのひとつひとつが、大きな摂理の中のそれぞれの位置に収まった。

ディエゴはそれまで、生まれ育ったミラノ郊外の町のことをなんのとりえもない土地だと思っていた。しかし、その町が彼の前で新しい様相を示し、解放を約束していた。必要なのは、勇気だけだった。

月曜日から彼は工場の前に八時間座り、働くようになった。つまり、今やる価値のある仕事はこれだけだと確信していることをするようになった。今日は水曜日だ。もう二日も欠勤したことになるが、誰も何も言ってこなかった。家に電話を寄越す者もなければ、ロヴェーダに呼び出されることもなく、長年、肩を並べて働いてきた同僚たちも誰ひとり声をかけてこない。しかしそれでよかった。ひとは誰しも最後の最後までひとりだ、という思想の正確な帰結だ。

マルタには何も言わなかった。だって何を言えばいい？　言えば、尻を蹴飛ばされていただろう。彼はひとりの父親であり、別の仕事など金を払ったって見つかるはずはないのだから。彼には子どもたちに着るものを与え、食事を与え、学校に行かせる責務がある。「あなた、抗議なんてしてる場合？」妻はきっとそう言うだろう。「頭を下げて、旋盤の前に戻って。あなただけの問題じゃないわ。あの子たちのためよ」まちがいなくそんな話になる。いや、そうとも限らないか。

なぜならマルタは一点については誤っているが――彼の行為は抗議ではない――別の点については正しいからだ。これは彼の問題ではなく、息子たちの問題なのだ。問われているのは、彼が過去には考えたこともなかったか、あるいは当たり前だと思いこんでいた、ずっと大きなことだった。敬意と未来。彼とロヴェーダが次の世代に伝えることになる遺産だ。つまり、これは倫理の問題であり、勝者と敗者の問題であり、よい手本を示せるかどうかという問題なのだ。

だから、ディエゴは抗議をしているわけではなかった。抗議すべきことなど、もはや何ひとつないのだから。二日前から彼は旋盤を前にするのを単純にやめ、そのかわり工場の前に座って、せめて視線だけでも交わそうと、ロヴェーダを待っているのだった。そうして座っているだけで相手を説得できたらなどという期待はしていなかった。権力者は下々からの訴えには耳を貸さぬものだ。そうではなく、彼はボスに自分を始末してほしいと思っていた。ボスは神ではなかったか？　ならばあいつには万人に解決策をもたらす義務がある。どうか天から降りてきて、俺の息の根を止めてほしい、そう思っていた。

そんなわけで、彼が日中、目を上げて、いつもの自分の世界――勤め先の工場、工業地区、町外れの家々――の向こうを眺める時、目を上げて、決してきれいでない水平線の向こう、平らであった例《ためし》がなく、そこかしこが人間の手によって傷つけられた水平線――県道にロータリーに馬鹿でかいレストランに、彼のような一帯の労働者向けの〝ランチセット全部込み9ユーロ〟という看板――の向こうに新しい何かを探す時、目を上げて、何か兆しはないか、俺に救済をもたらし、世界に秩序を取り戻す天の恵みはないかと見回す時、その目に映るのは、何十年という歳月――安定と金を追い求めてきたはずが、終わりを待つ孤独な男と何もわかっちゃいないクソ野郎しかもたらさなかった歳月――の結末だけなのだ。それはすなわち、彼もその手で構築に貢献してきた帝国だった。

しかし今はすっかり状況が変わった。彼は働いていた。まわりを眺めている時間などなかった。だからまた地面に目を戻し、一瞬、重ねた両手にぎゅっと力をこめると、彼は改めて待ちはじめた。

自分が変わったように、何かがついに変わるのを。

エリザベス

ダリオ・ヴォルトリーニ

越前貴美子訳

Dario Voltolini
Elisabeth

そのとき僕はもう門の鍵を開け、中に入ろうと押していた。高くて古い、鉄でできた門がきしんだ。夜のことで、点滅している黄色い信号の交差点は坂になっていた。何も変わったところはなく、地面に散り始めた葉が数枚、弱い風に吹かれて舞っていた。一台車が通ったかもしれないが、遅い時間だったため、往来はほとんどなかった。大通り沿いを、暗い人影が闇にまぎれて下っていた。門を閉めようとしたとき、それが若い女性で、かなり近くまで来ているのが見えた。ナイフで刺されて腸が飛び出すのを防ぐかのように、腹を押さえ右足を引きずっていた。

知ったことじゃない。僕はすぐさまそう思い、玄関ホールの内側に向きを変え、A階段のドアへと歩き出した。だがそのあと、知ったことじゃないとは思えなくなり、引き返した。するとその女性が、夜で真っ暗な、貼り紙がはためく新聞屋のキオスクの向こうへと進みながら、歩みを緩めるのが見えた。

門を出て、後ろ手に再び扉を閉めると、僕は大通りに戻った。どうかされましたか？と女性に聞いたが、聞こえなかったようだ。あのう、どうかされましたか？　何も、と答えた彼女は、体を引きずっていた。僕は彼女のところまで行った。どうかされましたか？　気分でも悪いんですか？　何でもありませんと、彼女は体を二つに折り曲げ、地面を見つめて言った。何でもないわけないと、僕は彼女に言った。具合が悪くて、どこか痛むんでしょう。どうしたの？

痛い。とうとう歩けなくなった彼女は言った。

誰かに殴られた？

殴られてはないし、何でもないと言いながらも、もはや動けなかったから、僕は病院に連れて行くと言った。ちょうどこの近くに病院があるから、と説明して。この手前の角で、救急外来もある。すぐに行こう。歩いてでも行ける。来たほうへ戻れば救急外来だ。そうは言っても彼女が歩けないのは確かだから、僕が車をとりに行き、街区を一回りして彼女を車に乗せ、救急車用の入り口へ行くほうがよかった。

彼女は、行かないと言い続けた。というより、口も利けない状態だったので、首を横に振っていた。僕は出血しているかどうか探ろうと、彼女が手で押さえている部分を見たのを覚えている。なぜなら、ナイフで刺されたという考えが頭から消えることはなかったし、新聞屋のキオスクと、古代の遺物のように立っている公衆電話のあいだの空き地で、彼女が気を失うのを見ていたというのもあった。

ナイフで刺されたと僕が思ったのは、彼女が若い黒人だったもので、言い合いになって誰か男か女にカミソリで刺されたと想像したからだ。夜、売春する若い女性には、起こりがちなことだし、そう思わずにはいられなかった。だが幸い、ナイフで刺されたというのは僕の個人的な想像のなかだけのことで、現実ではなかった。とはいえ、彼女は今にもくずおれて地面に倒れそうだった。片方の腕で彼女を支えて車に乗せるとき——僕はついさっき、そのすぐそばに車を駐めたばかり——、彼女が少し生気を取り戻したのがわかった。少なくとも歩き始めたのだ。それでも相変わらず首を横に振り続けた。何がノーなのか、と僕は考えた。病院に行かないというのか。実際そうだった。病院には行かないと言うのだった。滞在許可証もパスポートもないから、病院には行かない。でも君は痛がっている、と僕は彼女に言った。だから無理にでも君を病院へ連れて行く。

だめ。

じゃあ、どこへ連れていけばいい？

家へ。

いったいどこのどの家？　家の場所を聞くと、彼女は僕が知っている通りの名を答えた。確かにその道が近くなのを知っていたが、正確にはどこかわからない。家でどうする気なのかと思った僕は、彼女が難儀して車に乗り込むあいだにそう聞きもした。彼女は家に誰かいると言った。その誰かが彼女を世話して、やっぱり救急病院に行こうと言い聞かせ、もしかすると連れて行ってくれるというのか？

彼女はお姉さんがいると言ったが、お姉さんという言葉がすべてを意味し何も意味しないのを僕は知っていた。誰もいないという意味にもとれた。あるいは巨体の男がいるとか、彼女に腹を立てた女が二人いるとか、はたまた彼女のような若い娘がいるのかもしれなかった。同じ国の出身とはいえ、初めて会ったトリノで、彼女のお姉さん代わりになっただけなのかもしれない。お姉さんて、どんなお姉さん？　みんなお姉さんがいるとか、お姉さんの家に住んでるとか、お姉さんの家へ行くとか言うけれど、そのお姉さんとは、いったい何者なんだ？

だがどうしようもなかった。彼女は生き返ったように、ここ、そこ、と家のほうへ曲がる場所を指示した。こうして僕たちは、市場の立つ広場がある角まで来た。お姉さんの家は角から十メートルほどのところらしかったから、僕はその広場に駐車した。

ところが、車から降りようとしたとき、彼女の痛みが急激に増したに違いない。なぜなら彼女は再び体を折り曲げ、手で、というより前腕全体で、鼠蹊部とへそのあいだの右腹を押さえていたからだ。虫垂炎の発作だ。彼女に向かって言った。彼女は僕を見たが、言われたことが理解できないらしく、家へ、と繰り返した。

僕らはその十メートルか十五メートルをものすごくゆっくりとしか歩けなかったので、まともなことをしているとは思えなかった。というのも、たとえ彼女の言う家に着いたとして、その後、どうなるというのだろう。彼女は気を失うのではないか。気を失った彼女を引き取ってくれるだろうか。そうこうするうちに僕らは、足を引きずりながら、見るからに人気のない無表情な集合住宅の、灰色の正面にぽつんとある小さなドアにたどり着いた。集合住宅は何年も前に打ち捨てられたという趣で、何もないというか、目に付くものがまったく何もないから、昼間でも気づかないような場所だった。彼女はその小さなドアを、他の鍵が付いた鍵束のなかの一つで開けたのだった。僕はそれらの鍵が、街のあちこちに散らばる、誰かしら「お姉さん」のいる部屋に通じる小さなドアの鍵なのだと思った。

とにかく、彼女は少なくとも鍵を持っていた。そして階段を半階、一階、一階半と、おぼろげに見える入り口まで登ると、そのドアを別の鍵で開けた。僕らは、まったく何もない、暗いアパートメントに入った。おそらく天井が高いのだろう、どんなに小さな音も上から跳ね返って来るように聞こえた。もっとも、何もない家はこだまや反響が聞こえるから、そういう気がしただけかもしれない。灯りが一つもないその家では、そんなふうに聞こえた。

肉の甘みのあるにおいがしていた。嫌なにおいではないが、感じないわけにいかないのは確かだった。というのも、そのにおいは、あらゆる隅に、黒っぽい芳醇な嵩《かさ》を占めているように思えたからだ。もしかすると人間のにおいはこんなふうなのかもしれず、僕らが体からそのにおいを消すのをやめたとたんに、ドシン！と居座るのかもしれない。何食わぬ顔で、以前からずっとそうしていたというように。

アパートメントの造りは捉えどころがなかった。彼女は僕に寄りかかったまま足を引きずって台所へ行き、やっと電気をつけた。ワット数が低いのに白くて強烈だった。合成樹脂が塗られた金属製のテーブルのそばに置かれた、合成樹脂が塗られた金属製の椅子に腰かける前、彼女は暗い部屋のほうへ話しかけて母国語で何か言った。ひとつの部屋から声が返ってきたが、親しみのかけらもなく、ようやく寝入ろうとしたいちばん心地いいところを邪魔された人が発した声みたいだった。女性の声に聞こえた。そうだ、お姉さんだ。よかった。僕は心の中で思った。その証拠に彼女はようやく座り、それ以上、他の部屋に向かって話しかけることもない。ただ斜めに腰かけて動かなかった。まるで彼女が出演する映画がスローモーションになり、さらにゆっくりと、単なる写真になったみたいだった。それで、これからどうすればよいのか。僕は流しのグラスをとってすすぎ、水を入れて彼女に差し出した。彼女は一口飲んでグラスをテーブルに置いた。

具合は?

痛い。

僕らはしばらくの間そうしていた。僕は椅子に座り、彼女も座っていて、テーブルとグラスがあって電気がついている。僕は、親しみのかけらもない声の持ち主が暗がりから現れ、どんな格好で、どんな顔つきをしているのか知らないが、とにかくこちらを見に来るんじゃないかと期待した。なんであれ妹が、明らかに誰か男の人(僕)と帰って来たのだから。

だが誰も現れなかった。その部屋から届く強烈な、強烈すぎる静寂は、甘ったるいにおいの層を、僕らのほうへ、あるいは少なくともにおいに慣れていない僕のほうへ押しやっているようにさえ感じられた。

彼女がうめき声をあげた。

もういい、さあ病院へ行こう。

行かない。

だめだ、行こう。グラスの水を飲んだら、行くぞ。

彼女は急に素直になり、僕の言うとおりにしはじめた。たいそう密度の濃い空間を泳ぐような動きで、力をふりしぼって身を起こし、灯りを消した。僕は反射的にテーブルから鍵束を取った。そうしないと、彼女は鍵束をそこに置き忘れ、そのあと、呼び鈴だかインターフォンだかに誰が気づくかわかったものではない。そういうわけで、僕は自分のじゃない鍵束をポケットに入れ、彼女はそのあいだ僕の腕にまたしがみついたが、今回は急を要しているようだった。たぶん痛みが鋭くなっていたのだろうが、わからない。というのも、彼女の顔はずっと、見た目はとても痛そうなのに穏やかだったから。それは変わらなかった。

外に出ると僕は戸を閉め、内側に甘ったるいにおいと暗闇と、いったいどんな人か知らないがお姉さんを閉じ込めた。すべてを内側に包み込むと、僕は彼女と階段を下りた。そのとき階段は光で目も眩むように見えたが、実際にはまったく違った。わびしいドア、わびしい道、ものすごくわびしい空っぽな広場があるわびしい一角。広場は、日中は市場で人があふれているだけに、夜はいっそう空っぽになる。市場にはとびきりのチーズを売る商人がいるようだが、僕はどの人か知らない。この市場はとても安いのに、僕はなぜだか行ったことがない。広場は一晩中空っぽだった。暗いというより空っぽとしか言いようがなかった（月が出ていなかったのは確かだと思う）。

僕らはまたしても車の中にいた。前と変わったことはといえば、身分証明書などの話は一ミリたりとも変わっていないのに、彼女が診察を受けると言ったこと。それと、お姉さんの態度と、もしかするとあの甘みのあるにおいが、助ける気などさらさらないと暗に教えてくれたおかげで、僕が自分のしていることに前よりずっと確信を持てたことだ。こんなふうにして他の動物は僕らを嗅ぎ分けるのだと思った。動物の嗅覚にあのにおいが、人間特有のにおいがしたときに。だけど僕らはそのにおいを保持することなく消してしまうから、においとともに僕らも消える。

さあ、病院へ行こう。

うん、と彼女はうなずいて言った。シートに身を任せ、前ほど緊張していない。

いくつか角を曲がると病院に着いた。彼女に出くわす前に停めたのとほとんど同じ、救急外来入り口のそばに、また僕は駐車しようとしていた。なんて遠回りをしたんだろう。一見したところ無駄のようだったが、よく考えてみると、いろいろあった。

新たな親しみを感じた僕らは、おずおずと相手を敬いつつ、二人して蛍光灯で照らされた受付へと足を引きずって行った。その白い光のなかで、置き去りにされた負傷者が待機していたり、恐怖にかられて目を剝いた人間が担架でどこかへ運ばれたりしていた。

緊急の度合いによる優先順位付け《トリアージ》だ。

狭い事務室にいた若い担当者が、眉をひそめてはいるけれど、もはやこわばっていない彼女を僕の腕から受け取って、外で待つように言った。だが僕は出ていかなかった。彼女への質問に立ち会いたかったからだ。このときちょっと言うことを聞かなかったおかげで、僕は今彼女の名前を知っている。どこが痛いですか？　ここです。妊娠していますか？　いいえ。確かですか？　はい。殴られたのですか？　いいえ。ぶつけたのですか？　いいえ。

手術を受けたのですか？

いいえ。

お名前は？

エリザベス。

名字はとても憶えられそうになかった。紙に書かれたそのナイジェリア語は、彼女とお姉さんが交わし合っていた音を、綴り字から思い起こさせるものだった。開口音の母音がたくさんあって、ほとんどがアで、エがいくつかあったかもしれない。あとは子音。もしかすると間にウがあったかもしれないが、さっぱりわからない。

要するに名前はエリザベス。彼女の住まいはどこかというと、ポテンツァ大通り。そんなに遠くじゃないと僕は思った。どうして僕は、他でもない自分の家の門の前で、足を引きずって行く彼女を見かけたのだろう。ポテンツァ大通りなら、「お姉さん」のところまで長い道のりを歩かずに行くことができたはずなのに。誰かが彼女を待っていたのだろうか？　おそらく違う。彼女はわかっていたのだ。一人でいては危ないということを。

結構です。問診票への記入が終わると、彼女を三階の産婦人科へ連れて行くように言われた。僕は産婦人科の位置を知っていた。少し前に、より身近な別の出来事で行ったことがあったからだ。とはいっても、必ずしも馬鹿げているとはいえないある視点に立つと、エリザベスに比べれば、すべてのことがより僕の身近にかかわっている。もっとも、それはまったくもって間違った視点だが。

三階に着いた頃には、夜も更けていた。

扉がパタンと音を立てて開いたり閉まったりしていた。電灯はまぶしく、腰かけはアルミ製だったと思う。ここで結構です、と誰かわからないが、そう言われた。エリザベス、僕はこの外の待合室で待っている。彼女はうなずいたが、果たして理解していたのかどうか。僕にしたって待合室がどこにあるかわからなかった。だが、もし僕がはち切れそうなお腹をした妊婦なら、機械で音を拡大した自分の胎児の鼓動を油圧ポンプみたいな（まさに、油圧ポンプそのもの）恐ろしいほどのリズムでさいなむ呼吸と心臓の音を感じる産婦なら、きっと「待合室で待っているよ！」と声をかける、恐怖にかられて被害者然とした夫かパートナーか親類の男性を自分のもとから立ち去らせようと「うん、うん、行って」と言うだろう。

彼女はうなずいた。

待合室といっても、実際には廊下とエレベーターのあいだの通り道だった。腰かけが二つと椅子がいくつか置いてあれば、待合室になるらしい。窓が一つあり、僕が駐車した大通りに面していた。男たちはスウェットの上下にスニーカー姿。髪をヴェールで覆った女たちは貫禄があって年配だから、妊婦たちの母親か叔母だろう。お姉さんたちは見かけなかった。

時間が過ぎていった。永遠に過ぎないようでいて、時間は過ぎていった。これも、病院という場所の、研ぎ澄まされた逆説の一つだ。

何か教えてもらえるかもしれないと、僕は誰にともなく尋ねたが、何もわからなかった。逆に、「あの女性の付き添いですか？」と訊かれることもあった。僕は、そのとおりだったから、そうですと答えた。すると、あともう少しですよ、いま診察していますから、と言われるのだった。

だが、エリザベスが出てくる気配は一向になく、時間ばかりが経過した。僕は自分が抱いた義務感に対して――最新の意識を持つイタリア人の義務感だ――、ほとんど苛立ち始めていた。どうして僕はこんなことをしているのか、いったい僕に何の関係があるのか、なぜこの待合室で待たなければならないのか、帰っていいと言ってくれないのか、と。

もうかなり遅い時間だったことは間違いないが、だからといって何も変わらなかった。僕が落ち着いていられたのは、そこでエリザベスを待つのは正しいことだったからだ。にもかかわらず、そのとき僕を困惑させていたのは、自らに問わねばならないと感じる多くの大げさな問いだった。そうすべきだという。最新の意識を持つ僕らイタリア人の義務はゆるぎなく、僕はこの義務を自分から喜んで果たすべきだといわんばかりの問いだった。

ようやくエリザベスがふたたび僕の手に返されると、二人とも前より晴れ晴れとしていた。彼女は自分の足で歩き（痛み止めの効果だと思う）、僕は質問をしながら改めて彼女に付き添った。彼女は質問に少しも答えなかったが、わずかに微笑んでいた。

何と言われたの？

答えはない。

何をしてもらったの？

何も答えない。

帰っていいって言われた？

黙って微笑んでいる。

だから僕はあちこち引き返して、何か教えてくれる医師を探した。どうにか探し当てた医師はこう言った。たいしたことはありませんが、念のため抗生物質を飲まなければいけません。処方箋を書いたので、明日から飲ませて下さい。今のところは順調です。大きな問題はありません。ですが、とにかく注意してあげる必要があります。申し上げたとおり、処方した抗生物質は飲んだほうがいいでしょう。

エリザベス、その紙を見せて、と言いながら、僕はすでに彼女の小さな、本当に小さな手から処方箋を取って、早くも読み始めていた。

そして彼女に言った。明日、すぐ薬を買いに行くんだよ。いいね？

彼女は、わかったと言った。

こうして僕らは病院を出た。


車の中で、僕は彼女にと尋ねた。どこに連れて行けばいい？　ポテンツァ大通りの家？　それともさっき行った所？

ポテンツァ大通りはだめ。

わかったよと言って、甘ったるいにおいのするお姉さんの家に戻ろうと方向転換し始めたが、お腹がすいているかどうか尋ねてみようと思い立った。それでいて、自分の質問がどれほど場違いか、わかっていた――あるいはわかっているつもりだっただけかもしれない。

ところが、場違いなんかでなかった証拠に、彼女は強くうなずいて、笑いさえした。

こんな時間に開いているのは居酒屋〈ラ・ディヴィーナ・コンメディア［神曲］〉だけだった。僕が鍵をかけてエリザベスを車で待たせたのは、何が起こってもおかしくなかったからだ。逃げ出すとか、大喜びで外に出るとか、鼠蹊部に処置されたなにかを剝がすとか、なにを仕出かすかわからないけれど、とにかく彼女を車に閉じ込めて「ここで待っていて」と言うと、彼女はうなずいた。

それから、僕は店に入ってホットドッグを二つ——一つはマスタード入り、もう一つはケチャップ入り——とコーラ一杯、それに、記憶違いでなければ水を頼んだ。

店の外に出てエリザベスの様子をうかがうと、彼女は車の中で安心して座っていた。

ようやく食べ物と飲み物を受け取って車に乗り、包みを渡すと、彼女はありがとうと言って微笑んだ。ホットドッグは好き？と訊いたかどうか、定かではない。彼女はなんと答えただろうか。好き？　わからない。

僕らは二つ三つ角を曲がって、再びお姉さんの家の前に着いた。

車の、僕はこちら側から、彼女はあちら側から降りた。

大丈夫そう？　僕は聞いた。

彼女はうなずいた。

じゃあ、明日薬局だよ、わかった？

彼女はうなずいた。

家まで連れて行こうか？

ううん。彼女はひとりで歩けた。

じゃあね、エリザベス。

彼女は僕を見つめていた。

ほら、君の鍵だ。僕は彼女に言った。
そのとき彼女が僕に抱きついた。不意打ちにあった僕をつかまえて、強く抱きしめた。

ママの親戚
虹彩と真珠母

ミケーレ・マーリ

橋本勝雄訳

Michele Mari
La famiglia della mamma / Iride e madreperla

ママの親戚

「ママ、お話をしてくれない？」

「またなの？」

「うん、ママの親戚の話をして」

「でも、もういいかげん聞きあきたんじゃない？」

「もうひとつ、お願い。まだほかにもあるって言ってたよね……」

「いいわ。アルフレッドおじさんのお話をしてあげる」

「アルフレッドおじさんて、誰？」

「ジェシーおばさんのお父さんのお兄さんよ」

「じゃあ、もう死んでる人なんだ」

「そう、死んじゃったの。なぜかわかる？　悲しくて死んじゃったのよ。いくつも畑のある大きな農場を持っていたけど、奥さんを亡くしていて、財産をぜんぶ娘二人に分けることになってね。三人目の末娘もいて、ほんとうにお父さんを愛していたのは、その子だけだった。でも、お姉さんたちのようにずる賢くなかったから、お父さんにおべっかを使わなかったの……」

「おべっかを使うってどういうこと？」

「つまり、お父さんをほめなかったの。それで、おじさんはあまり人を見る目がなくてね……」

「人を見る目ってどういうこと？」

「つまり、おじさんは人の本当の気持ちが見抜けなかったってこと。もうお話の邪魔はしないでちょうだい、いい？　簡単に言うと、その気立てのよい娘は家を追い出されて、悪い娘二人が遺産を山分けした。でもそのとき、おじさんはまだ死んでなかった。それまでは自分の好き勝手にしていたおじさんは、娘たちから召使扱いされるようになって、やっと自分が間違っていたことに気がついたのね。そして、それが悲しくて死んじゃったというわけ。そのあと上の娘二人は大喧嘩をして、どっちも最後にはひどいことになった。一人は毒を飲まされて死んじゃったし、毒を飲ませた娘はその悪事がばれて自殺したの」

「へぇ、とんでもないお話だね！　ママの親戚ってほんとにすごい人たちだったんだ！　ねぇママ！」


「ママ、お話をしてくれない？」

「もうこんな時間だから、明日にしましょうね……」

「でも、約束したよ、約束したよね！」

「いいわ。いとこのハロルドのお話をしてあげる。このいとこは、前に話したアーチボルドの息子なの。お父さんが大好きで、お母さんのエリザベスおばさんが、アーチボルドの弟のロデリックおじさんと再婚したのが気に入らなかったのね。そのうえ、そのおじさんが自分のお父さんに毒を飲ませたことを知ったものだから、怒ったのなんの！　かわいそうなハロルドは、ヴァイオレットという女の子と結婚する約束だった。でもハロルドがお父さんの復讐のことばかり考えて彼女の相手をしなかったから、若いヴァイオレットはおかしくなっちゃった。それに、ハロルドが、ロデリックおじさんの友達だった彼女のお父さんを殺したものだから、ヴァイオレットが川に身を投げたのも当然よ。それでハロルドは、ロデリックを殺す前に、ヴァイオレットのお兄さんのマシューと決闘しなければならなくなって、怪我しながらマシューも殺したの。でもマシューの剣先に毒がついていて、けっきょく自分も死んじゃったってわけ。どう、気に入った？」

「すごいね！　ハロルドのお母さんはどうなったの？」

「それを話すのを忘れてたわ。彼女は、ハロルドに飲ませようとロデリックが用意していた毒を飲んじゃって、死んじゃったの」

「どうしてパパは、こんなに面白いお話をしてくれないのかなあ……」

「パパには、ママみたいな親戚がいなかったからね。誰もがこんな親戚を持ってるわけじゃないのよ。さあ、もう寝なさい」

「ママ、お話をしてくれない？　今日ぼく、いい子にしてたから」

「そうね、いい子にしてたわね。じゃあ、ひいおじいちゃんのお話をしてあげる。ひいおじいちゃんはルーファスという名前で、とっても強い権力を持ってたの。よく旅行をする人で、旅先で知り合った美人の奥さんのことが大好きだったのよ。二人はとっても仲が良くて愛し合っていたんだけど、ある日、なぜかはよくわからないけど、ひいおじいちゃんの秘書が、ある疑いをほのめかすようになったの……」

「ほのめかすってどういうこと？」

「はっきり言わずに、あちこちに少しずつ言葉をちりばめて、誰かになにかを伝えることよ……」

「わかった」

「その疑いというのはね、奥さんが、ひいおじいちゃんの友達と浮気してるってことだった。でも、それは本当じゃなかったのよ。本当なんかじゃなかった。でもその秘書はとてもずる賢くて、ひいおじいちゃんはお人好しだったから、その言葉を信じてしまったのね。それで、すぐに奥さんを絞め殺しちゃった」

「うわあ！」

「まだ続きがあるの。ルーファスは自分がだまされたと知って、その秘書を殺させたの。そして自分が間違っていたことを悔やんで自殺してしまったの」

「すごい親戚だね！　ママ。ぼく、ママの親戚みんなと知り合いになれたらよかったのに」

「あなただってママの親戚の一人でしょ。あなたの血には、こういう人たちの一部が少しずつ入っているようなものよ」

そのとき、子どもの父親が部屋に入ってきた。

「また、いつものお話か！　そんな話ばかり聞かせてたらきっと馬鹿になっちまう。きっとそうなるぞ」

「好きに言ってなさいよ。この子は喜んでるし、こんなふうに育ってくれて、わたしは満足よ」

「なぜだね？　どう育ったって言うんだ？」

「ほらね、あなたは目の前にあるものも見えてないのよ。わたしたちの子は特別よ。この年で、同じ年の子よりずっと進んでいるもの」

「そりゃあ、妄想をふくらませるのは上手だろうさ。お前の親戚連中がしでかした残虐な事件で頭がいっぱいなんだから。お前の一族は堕落していて血が腐ってるんだ。お前はこいつにもご先祖のような悪事をさせたいのかもしれんが、おれは許さんからな！」

「ねえあなた、この子の運命はあなたのものじゃないのよ……」母親は言いながら、おびえて黙ったままの息子の髪を、愛おしそうにくしゃっと撫でた。「ひょっとしたら、わたしのお話がいつか役に立つかもしれないでしょ。この子がそれを世界中にひろめてくれるかも……」

　メアリー・アーデンはそう言った。一五七二年、イングランドのウォリックシャー州の小さな街、ストラトフォード゠アポン゠エイヴォンでのことである。

虹彩と真珠母

独りぼっちでため息をついてばかりいる青年トリスターノが、同級生のルイーザに恋をした。もちろん恋心を打ち明けはしなかった。しかし高校を卒業すると、思い切って手紙を認《したた》めた。とはいっても、名前を書く勇気はなかった。匿名に身を隠したままで、二通、三通と書き送った。書くときはいつも、自分が誰だかわかってしまう手掛かりを残さないよう、細心の注意を払った。四通目になってトリスターノは大胆な案を思いつき、七通目の結びの文句でそれをようやく実行に移した。もし手紙を喜んでもらえたのなら、バルコニーの手すりに緋色のリボンを結んでほしいと書いたのだ。彼は幾日も幾日もむなしく思いめぐらしたあげく、望みがないと思い込んだ。自分の手紙は彼女の気に入らなかったのだ。そう思った彼は、二度と手紙を書くことはなかった。

美人のルイーザは、はすっぱで間抜けな娘だったが、ずいぶん前からアレッサンドロなる人物に惹かれていた。このアレッサンドロはクラスで一番の愚か者で、とくにトリスターノから嫌われていた。少女は、届いた手紙にどこか不思議な奥深いものを感じた。無軌道な少女は、心を動かされて、手紙を利用して軽薄なアレッサンドロの気を引こうと思いついた。そこで、細かく注意しながら各々の表現の文法上の男性形と女性形を入れ替えて、七通の手紙をまるまる書き写した。そして一週間の間隔をおいて、イニシャルのLとだけ署名した手紙をアレッサンドロに送った。

その当時、卑劣なアレッサンドロは、ジェシカを口説こうとしていた。ジェシカは気後れしない少女で、早くから性体験を重ねていた。青年は、どのみち手に入れることになるものを待ちきれず、受け取った手紙から豊富な表現を習い覚えて、自分の言葉を飾り立てた。そのなかには「君の瞳の輝く虹彩」、それと、彼自身は意味がわからなかったが「僕のメランコリーの真珠母」という表現があった。アレッサンドロと二度ほど関係を持ったジェシカは、日記にこう記した。「Aとの体験。がっかり！　あんなに期待させたくせに、お喋りばかり。『君の瞳のきらめく虹彩』『僕のメランコリーの真珠母』なんてくだらない。このあいだは、わたしのことを『小さな貝殻』って呼んだのよ！」

好奇心旺盛だが病気がちで、嫉妬深いモニカは、姉のジェシカの陰で暮らしていた。隠れて姉の日記を読むのがモニカの日課だった。彼女は、虹彩と真珠母という言葉をたまたま読んで、ルカの気を引く手段が見つかったと考えた。このルカは、考えられないほど高慢な、ひどい若者だった。モニカは短い手紙を書いた。手紙のいたるところで、虹彩と真珠母、真珠母と虹彩と、ふたつの要素をしつこく繰り返した。ふたつの言葉の威力を信じていたモニカは、自分の名前をしっかり書いた。バイクの騒音で近所の人をいらいらさせることにしか関心のない青年だったルカは、その文章をおかしな女のたわごとだと思い、仲間を楽しませようと、場末の遊技場で読みあげた。

ルカの友達はみな世間の役に立たない連中だったが、一人だけ、それほど愚かでないロレンツォという名の青年がいた。彼の脳には、虹彩と真珠母が発芽を待つ種のように保管された。たまたまこのロレンツォは、トリスターノとルイーザのクラスメートだった。彼はルイーザにそれほど興味がなかったのだが、彼女は近所に住んでいた。何度も顔を合わせているうちに、しだいに彼女を新しい光の下で見るようになった。つまり、ふたつの魔法の言葉、虹彩と真珠母から直接放たれる、色づいたゆらめく光の下で見ていたのだ。ついに、言葉の感動が打ち勝った。ある日の午後、ロレンツォは庭でルイーザと話しているときに、その言葉を口にした。ルイーザは家に帰ると、引き出しにほったらかしにしていた匿名の七通の手紙を手に取った。ロレンツォが口にしたいくつかの表現を聞いて、手紙の奇妙なくだりを思い起こしたからだ。現に、ほら！　一通目には早速「君の瞳のきらめく虹彩」が登場し、三通目には「ぼくのメランコリーの真珠母」とある。五通目には「美しい色模様の君の虹彩」、六通目には「おやすみ、ぼくの小さな貝殻」、最後の手紙には「真珠母色の月光」と書かれていた。ということは、あの人だ！　手紙を書いたのは、ロレンツォ。けっこうイケてるあのロレンツォなんだ。彼女は彼にチャンスをあげようと決心した。こうして次の土曜日、スクーターに二人乗りをした彼らが、ディスコか、あるいはどこかほかの店に行く姿を人々は目にする。

それから十五年が過ぎた。ルイーザとロレンツォの息子エドアルドは小学校三年生。「自分の両親」について二ページの作文を書いている。だが、二ページ目の途中で、どうやって書き進めればいいのかわからなくなった。しばらく迷って、こう書いた。「ぼくの両親は虹彩と真珠母のせいで結婚したんだと言っています。パパはいつもママのことを、小さな貝殻と呼んでいます」

小学校教師トリスターノ・Mは書斎で作文を添削していた。ルイーザ・Fの息子だと知っているエドアルドの作文を読んで、その内容を解き明かそうとした。なかなか説明がつかないが、あきらめずに説明しようと試みる。五日間苦心惨憺したものの、やはり分からなかった。ただし、それよりはるかに重大な何かを発見した。すなわち、彼の虹彩と真珠母が、ロレンツォ・Fの虹彩と真珠母と違って、何も生み出さなかったのだとしたら、文学は何の力も持っていないということを。文学、彼にとって唯一の神である文学には、何の力もない。

そのためトリスターノは五日目に自殺した。

わたしは誰？

イジャーバ・シェーゴ

飯田亮介訳

Igiaba Scego
Identità

わたしはイタリアに生まれて
すごく得をしたとは思わない。
愛するひと、あなたはどう？
I・S・

問題のバッグは新しかった。ファトゥがそのバッグを持って出かけるのはまだ三度目だった。若い彼女とバッグのコンビは素敵だったが、ファトゥはすぐに気づいてしまった。自分たちの関係にはどこか完全には納得のいかないところがある、と。バッグとの相性ならすぐに見極められる自信があった。それはほとんど肉体的な感覚で、今まではひとつとして間違ったことがない。ひとつとして！　ところが、今度の奇妙な台形バケツタイプのバッグにはなかなかなじめなかった。わずらわしく、かなり気になりだしていた。「まったくもう、何が駄目なの？」ポケットのせいだ。それが彼女の判定だった。前にもうしろにもやたらとたくさんあるポケットのせいで、実際、頭がどうにかなりそうだった。フェイクレザーと肌をひっかくファスナーのあいだで、どこに何を入れたかよく迷った。買うべきではなかったのかもという思いも時おり頭をよぎったが、そんなことは絶対に誰にも言えなかった。だから泣き言はこぼさず、今の時代の女らしく、現実に即した解決策を探しているところなのだった。彼女の手は慣れぬコンパートメントをそろそろと探っていた。そこへ携帯が雀のさえずりを吐きかけてきたので、自信なさそうに動いていた手が激しく動揺した。ファトゥは自分の携帯の着信音を嫌っていたが、その悪魔の小道具には、それよりましな着信音が内蔵されていなかった。それになんだかんだと言っても雀のさえずりは、耳障りな電子音やバイエルン風ポルカよりは、まだ聞いていられた。それでも、その耳を刺すような音を聞くたび、いくらヌー・エコロジストっぽい着信音でも、彼女は不機嫌になった。携帯なんて大嫌いだった。どうして持つのをやめないのか、自分でもわからなかった。

ネットの記事では、イタリアには携帯を持たぬひとが千四百万人近くいるとあった。ひとつの州の人口に相当する数だ。ファトゥは彼らをうらやんだ。彼らは自由だが、自分はシステムの奴隷だと思った。着信音のさえずりはますます大きくなり、耳がどうにかなりそうだったが、彼女の手は雀を黙らせることができずにいた。新しいバッグの、やたらと多いポケットのどこを探っても、携帯が見つからなかったのだ。

「どこ入れたっけ？　まったくもう……」彼女はこぼし、ますます苛々《いらいら》してきた。

雀たちはそのあいだも平然と耳障りな合唱を続けた。

　彼女の手はようやく小鳥を探り当て、ただちにその息の根を止めた。

「ハロー」ファトゥは決して「もしもし、どなた」とは応えない。

「こちらオフィス・シスターです」彼女の友だち、ルブナの相変わらずのはしゃぎ声だった。

　ルブナも、ファトゥと同じイタリア系外国人《イタロ・ストラニーラ》だ。ルブナの場合、外国の血はチュニジアのものだが、ファトゥのルーツは両親とも、幾多の戦争と発ガン性の廃棄物によって荒らされたアフリカの角にある。

「キオスクに急いで！　あなたとヴァレリオのこと書いた記事が載ってるよ。ファトゥ、あなたの写真、すごく素敵、もう最高。記事はまだ読んでないけどね……長いんだもの……でも驚いちゃった！　これであなたも有名人ね、シスター。わたしも鼻が高いわ。じゃあね」ルブナはキスの音を立てて、電話を予告した雀のようにさえずりながら電話を切った。ファトゥは喉元がすっと冷たくなるのがわかった。凝縮された恐怖の空気が流れたのだ。キオスクに急げ、ほら駆けて、好奇心のままに飛んでいくのよ。ところが彼女の両脚は、二本のノルウェー産の干しダラみたいに動かなかった。全身の骨格が完全に麻痺していた。

　ファトゥは恐る恐る周囲を眺めた。人々はいつものように、他人のことなど気にもかけぬ様子だった。誰ひとり、彼女の内面の動揺には気づいていないらしい。顔がほてっているのがわかった。脇まで少し汗をかいている。心臓もばくばく言っている。こんな朝っぱらから、こんな不安に襲われるなんて。彼女のいる広場はどこも黄色い砂ぼこりでうっすらと覆われていた。昨夜のあいだに空から降ってきたものだ。空気はじめじめしていた。歪んだ卵形の広場を囲むわずかな木々は、最後にもう一度抱擁を交わそうとして集まってきたみたいに見えた。誰もがそれぞれの世界にいた。しかし彼女ひとりはその日に限り、印刷された紙という並行世界《パラレルワールド》にも存在していた。ひと一倍引っこみ思案なわたしとヴァレリオが、どうして女性誌の魅惑の魔弾の標的にされてしまったのだろう？

パオロのせいだ。

「新しい女友だちができてね……」あの時、パオロはそう切りだした。〝女友だち〟は彼のお気に入りの言葉だった。二カ月ごとにパオロには新しい女友だちができる。女友だちはいつも痩せ型だが、痩せすぎというほどではなく、背は高いが、高すぎというほどではなく、賢いが、賢すぎない女性だった。今度の女友だちは記者だった。「若い子でね」とパオロは言い、「アイデア豊富でさ」とパオロは続け、「みんなで協力してやろうよ」とパオロは呼びかけ、ファトゥとヴァレリオを罠にはめたのだった。協力の内容とは、その若き突撃記者のインタビューを受けることだった。「あの子、異人種間《ミックス》カップルを探しているんだ。君たちなら完璧だよ。これ以上ミックスなミックスカップルなんて、まずいないもんな」

我らがパオロの台詞はファトゥとヴァレリオの胸にそれぞれ別の理由でつき刺さったが、彼の頼みとなると断るのは難しかった。インタビューは月末に行われることになった。野心的な若き女性フリーランス記者との対面は当然ながら最悪なものとなった。だからファトゥは今、その女性誌の購入をそんなにも恐れていたのだ。

記事の内容を自分が気に入るはずがないのは、読む前からわかっていた。

絞首刑の受刑者のように、彼女はキオスクに向かった。

蛮族の襲来……結婚生活が外国式になる時

イタリア半島ではミックスカップルが増加中である。ここにお届けするのは、異人種同士で結ばれたカップルが抱える無数の矛盾についてのリポートだ。

「イタリアの女たちって、自分の国の男たちを誘惑するテクニックを忘れちゃったのよ。彼らがわたしたちを選ぶのも当然でしょ」そう結論するのはファトゥ、すらりと背の高い黒人娘だ。ファトゥはキリンのように長い首に無防備な子鹿のような目をしている。メイド・イン・イタリーの男たちにはたまらない瞳だが、実は彼女、ちっとも無防備な娘ではないし（そのことは本人も実によく自覚している！）、いざとなったらその爪と歯で敵にさんざん痛い思いをさせることもできる。特に、誰かが彼女とイタリア人の恋人、ヴァレリオとのあいだに割りこんできたら容赦ない。ふたりは二年前からつきあっていて、ローンを一口と猫を一匹、たくさんの本と、尋常ではない枚数のCDを分かちあっている。「わたしの仕事に必要なの」彼女は言い訳するみたいに言った。生活のため、ファトゥはローマの某有名ラジオ局でディスクジョッキーをしている。ふたりの家のインテリアはシンプルだが、先祖代々という感じのプリミティブなテイストが強く漂っている。ファトゥが自分の趣味をヴァレリオに押しつけた結果だが、彼はあきらめたように腕を広げてこうコメントしている。「彼女は僕のねぐらとハートのご主人様だからね。仰せのままさ」ファトゥとヴァレリオは、我が国に数多く存在するミックスカップルの一例だ。彼はローマ出身のひげ面の四十男、彼女は巻き毛ちりちりのソマリ人。こうしたカップルは増加傾向にある。しかも、ミラノにローマ、ナポリにトリノといった大都市ばかりの話ではなく、ずっと住民の少ない小規模な市町村でも同様の傾向にある。ミラノ市統計課の調査によれば、国際結婚は25%の急増を見せており、結果、ミラノだけでもイタリア人同士の「はい、永遠の愛を誓います」は32%減となっている。だがいったい何が、イタリアの男たち（はやりの恋愛映画に影響されて恋人とどこかに愛の南京錠をかけに行ってしまうような若者たちから、女性ヘルパーのいない人生なんてもう考えられない七十代の男性たちまで、全世代の男たちの話だ）に異人種の女たちを選ばせているのだろう？　もちろん、エキゾチックな魅力は強力だ。特徴の異なる肉体に没頭するのも、片言のイタリア語で「愛しいあなた《アモーレ》」とささやかれるのも素敵だろう。男たちが好奇心を引かれ、魅了される気持ちもわかる。ヴァレリオ自身、本誌の取材に対しそれは認めている。「僕の職場の仲間は」――彼は歴史学の研究者だ――「僕のことをいくらかうらやましがっていますね。ファトゥはお前にとても優しいなって、みんないつも言ってます」本当に優しい？　それとも狡猾なだけ？　そんな疑問が湧いてしまうのは、取材を受けてくれた男たちの多くが――ヴァレリオも含め――外国人をパートナーに選んだ理由として、相手の態度が従順である点を挙げているからだ。イタリアの女はヒステリックで、キャリアアップに夢中で、女子力が低くて……ところが外国の女ってなんでも言うことを聞いてくれるんだよね……ヴァレリオはそうは言わなかったが、ファトゥの肉体がそのとおりだと告げている。彼女は、ご主人様の指示だけを待つ子犬ちゃんだ。ファトゥは不安に震えている。彼の反射する光を頼りに生きる女。ヴァレリオは与え、奪いたまう。彼女はそれを知り、納得している。「彼はわたしを愛してくれる。だからこっちがあのひとのためになんでもしてあげるのは当然でしょ？　別にわたしに仕事をするなというわけでもないし。でも愛がなければ、仕事なんて無価値じゃない？」カフェラテ型結婚、それともアーモンドシロップ型結婚とでも呼ぶべきだろうか。なぜなら今、イタリアの女たちにとって最大の脅威は東欧出身の女たちだから。そうした結婚はVIPのあいだでも流行中だ。麗しのチュニジア人、アフェフ・イニフェンがいい例だろう。巻き毛のアラブ美女は、ピレリ社CEOのマルコ・トロンケッティ・プロヴェーラを見事に手なずけてしまった。本誌の信用できる情報筋によれば、彼女があの大物実業家を捨てることはまずあり得ないだろうという話だ。ミックスフライにおぼれた男は何もトロンケッティ・プロヴェーラひとりではなく、イタリアでも世界でも似たような例はいくらでもある。たとえばモナコ公国のいかにもお堅い感じのアルベール二世でさえ、ブラック党になった一時期があった。事実、美人キャビンアテンダントのニコル・コステとホットな夜を重ねて、ふたりのあいだに生まれた男の子をのちに認知している。愛とセックスはこうしたミックスカップルを成立させる重大なふたつの構成要素だが、最大の特徴はそれが欲得ずくの関係であることだ。外国人女性がイタリア人男性と結婚するのは、自分の社会的ステータスを上げるためであり、それなりに豊かな暮らしを手にするためであり、そしてもちろん、イタリア国籍を手にするためなのだから。女性と男性の年は決まって大きく離れている。「確かにヴァレリオとわたしは十歳離れてるわ、でも彼、若く見えるでしょ？」ファトゥとヴァレリオならば十歳で済む年齢差も、元ヘルパーとその雇い主というパターンだと、二十歳にもなるケースがある。バランスの悪いカップルだ。経済面でも愛情面でも、男性が女性にすべてを与えるのだから。なお、こうした女性には友だちがほとんどなく、お相手の友人たちが自動的に女性の世界となることが多い。ファトゥは違う。彼女はラジオの仕事のおかげで交友関係が相当に広い。しかしファトゥも、ヴァレリオと歩むうちにさまざまなトラブルに出くわしたことは認めている。「わたしの料理がエスニックすぎるって、彼、言うの」若い彼女がそう愚痴をこぼすと、彼のほうは笑って、「あのいまいましいシナモンをなんにだって入れるからさ」とやり返した。食事の問題はともかくとしても、ミックスカップルにはもっと大きなジレンマがいくつもある。たとえば子どもの教育だ。あなたの文化、それともわたしの文化で育てる？　結婚はわたしの国の儀式でやる？　それともあなたの国のほう？　クリスマスはあなたの実家で過ごす？　それともわたしの実家でラマダン？　といった具合に。離婚や夫婦の危機が訪れると、ミックスカップルは普通のカップルより多くの問題に直面する。なぜなら、それまでは恋愛感情と熱烈なセックスによってしっかりカモフラージュされていた文化的な相違が途端にいくつも浮かびあがってくるからだ。でもファトゥに不安はないようだ。「わたし、ヴァレリオの娘とも仲いいから」そう、よくある話だが、彼の心をつかむ前にファトゥは、十一年ものあいだ相手の伴侶だったミラノ出身の女性（五十歳）を追い払わなくてはならなかったのだ。「前の奥さんと彼のあいだの愛情は底をついちゃってたの」ずるがしこいファトゥは言う。「ふたりの関係を壊すようなこと、わたしは何もしてないわ。もうかなり駄目な感じだったし」こんな具合にして、きれいな外国娘がしばしば、ずっと若くて美人な上に、聞き分けまでいい、第二の伴侶となるのだ。彼女たちのところにはフェミニズムの影響もまだ届いていない。女性の権利を振りかざすより、誘惑と従順さという旧式な武器で外国娘は戦う。クロアチア出身のメレナというご婦人は、イタリアの女たちが直面する劇的状況を理解し、トリノの中心街に誘惑術の学校を開くことに決めた。「男心をつかみ、いつまでも逃さない方法を教えています」本誌の質問に対し、メレナ・ムラディッチは率直にそう認めた。彼女の学校には、絶望したトリノの中年女性が大挙して押し寄せているそうだ。この外国人女性は、イタリアの男たちではなく、女たちをカモにして大もうけしているというわけだ！　イタリアの女たちと言えば、こちらもトレンドに変化が起きている。女らしさに欠けると見下されるのに飽き飽きしたか、彼女たちもまたエスニック志向がどんどん上昇中なのだ。このトレンドをリードしているのは間違いなくスーパーモデルのハイディ・クルムだろう。ハイディはなんの前触れもなく、真っ黒な肌をしたシールの妻となってわたしたちを驚かせたが、それは、とある部位の長さに関する、とある噂が本当かどうか自分の目で確かめたかったから、らしい。しかし、この話はまた次号で触れることにしよう。お楽しみに……。

ファトゥは雑誌を閉じ、歩きだした。ゆっくりと歩いた。ほとんどわざとらしいくらいにゆっくりと。しかしそれは、麻痺してしまった灰色の脳細胞の弱々しい動きに沿ったペースだった。それからファトゥは、ローマ・テルミニ駅に向かう多くのバスのひとつに飛び乗った。悲しくてどうにもやり切れず、とても嫌な気分だった。その上、自分が汚く、醜く、悪い人間に思えた。彼女はあの記事のひと言ひと言に傷ついた。単語のひとつひとつ、句読点のひとつひとつ、省略を示す点々のひとつひとつ、ほのめかしのひとつひとつが痛かった。フィオナ姫が恋に落ちる前のシュレックにでもなったような気分だった。フィオナ姫とシュレック。あのふたりもミックスカップルなのだろうか。ファトゥは自問した。「でもフィオナ姫はシュレックにそっくりだ。ミックスなはずがない。その点、わたしはヴァレリオとそっくりだろうか。わたしたちはみんなが言うように、ミックスなんだろうか」

今日の彼女の服装は地味だが、やはり個性的だった。長い黒のスカート、黒のショートブーツ、当然フロックコートも黒で、赤のベレー帽が毛穴という毛穴から破壊の衝動を発散していた。彼女はスカートには不慣れで、本当はスカートを履くようなタイプの女でもなかった。できるものなら、たくさん持っている、いつものタイトなジーンズを履きたかった。とりわけ今日は、褐色の臀部の上に頼もしい布地をしっかりと感じたいところだった。ところがそのスカートは彼女を頼りなく漂流させた。自分の肉が丸ごと（と言っても、わずかなものだが）未知の世界で道に迷ってふらついているがわかった。ファトゥは終点でバスを降りた。ローマのへそ、テルミニ駅だ。そこから地下鉄のA線に乗り、オッタヴィアーノ駅で降りるつもりだった。バスからは彼女と一緒に、学生や通勤客、頭のおかしな人に主婦、ショーツ姿の観光客がどっと吐き出された。その多くはそのまま彼女と地下道まで巡礼を続けた。テルミニ駅は大きく変化した。昔は、もうだいぶ前になるが、青天井の堆肥置き場にすぎなかった。鳩と人間が駅を公衆便所がわりに使っていたのだ。糞があちこちにあり、小便の悪臭は数キロ先まで漂っていた。もちろん、すえた小便のにおいのする片隅は今もいくつかあったが、全体的に見れば、誰かが駅舎に美容整形を施そうと決め、数多くの照明を設け、店舗をずらりと並べた時から、おしゃれとまで言える場所に変わった。ファトゥは駅にいる人々の顔が好きだった。決して品のよくない面々も含めて。いや実は、そうした面々が特に好きだった。悪臭漂うマクドナルドの一画を過ぎると、CDショップをさっとのぞいた。次に彼女の視線は、エスカレーターのそばにたむろしている若者グループに張りつき、ぴたりと離れなくなった。みんなそれなりにかっこよく、それなりに若い男女だ。娘たちはマルチカラーのエクステを頭に付け、男たちはアメリカの本格的なラッパーみたいにズボンをずり下げて穿いている。仕草もどこか芝居がかっていた。拳と拳、手のひらと手のひらを互いにぶつけあって挨拶をしたり、ゆらゆらと揺れたり、周囲に向かってウィンクをしては、妙に乾いた笑い声を上げたりしている。みんな彼女と同じ黒人だった。アフリカンもいれば、ニガーもいて、カラードもいるな……漫画『ブーンドックス』の主人公、ヒューイ・フリーマンならば、そう言うところだろう。異なる黒のトーンがずらりと並んだような眺めだった。アベシャ人にジェレール人、ふわふわしたアフロに怒れる縮れ毛、ツチ族の長身にピグミーのような短身。ざっと見たところ、みんな、わたしより十歳から十三歳は若い。ファトゥはグループの若者たちの年齢をそう見積もった。なにせ自分は野心的な三十三歳の女で、死んだ時のキリストと同い年で、キャリアウーマンで、男もひとりいて、ローンを一口に猫一匹を抱えている女なのだから……。読んだばかりのあの恐ろしい記事をわかりやすく言い換えれば、そういうことになるはずだった。彼女は若者たちがうらやましかった。「あの年ごろにあんな風に黒人のあいだで過ごすためだったら、わたし、いくらでもお金を出したろうな」ファトゥは思春期に同じ肌の色の友人をひとりも持てなかったのを常々残念に思っていた。何もかももっと楽だったろう。もしかしたら恋愛だって……。人種も肌の色もさまざまなこの町の住民のあいだを渡り歩く力が自分にはないのかもしれない。ここがわたしの故郷なのに。時々、彼女はそんな不安に襲われたりもした。

電光掲示板は三分の待ち時間を予告していた。ファトゥは表示をぼんやりと眺めた。ローマの地下鉄の電光掲示板はあまり信用していなかった。三分が五分になったりするから当てにならない。彼女は幅の狭いホームを前進した。意識して、壁にぴったりと身を寄せて歩いた。嫌な噂をいくつも聞いていたのだ。どういう訳だかホームから転落する人々の話だ。それも落ちるのはたいてい外国人か、外国人っぽい外見の人間だという。今日ばかりは地下鉄のホームから落ちたくなかった。何もほかの日なら落ちても構わないというわけではないが、今日だけは嫌だった。自殺の原因はミックスカップルに関するあの馬鹿げた魅惑の魔弾的記事のせいだ、みんながそう言うに決まっている。あまりいかした動機とは言えないじゃないか。死んだあとで無様な真似はしたくない……。ファトゥは、ミレーナ・モッリが書いた言葉のひとつひとつがまだ信じられなかった。ミレーナ・モッリは一見、親しみやすそうだったが、実はひとでなしで、ちょっとあばずれ《シエルムッタ》でもあった。ファトゥにしたって、うぶな子どもではない。彼女のヴァレリオに向かってミレーナ・モッリがちらりちらりと投げかける熱いまなざしにも気づいていたし、微妙にセクシーな声で発せられる言葉にも、奇妙にも彼の膝の上にばかり落ちて彼女の膝には落ちず、そのままそこを動かぬ片手にだって気づいていていた。ファトゥはミレーナ・モッリの攻撃をすべて見抜いたが、たいして気にしなかった。基本的に嫉妬深いほうではなかった。ミニスカートを穿き、きつそうな短めのタンクトップを着て、ブランド物のハンドバッグを持ったミレーナ・モッリのような女は恐くなかった。あまりにやりすぎだからだ！　それにミレーナはひどいピンクのルージュのせいで、少なくとも百歳は老けて見えた。ヴァレリオはピンクのルージュを見ると蕁麻疹《じんましん》に襲われる質《たち》なのだ。というより、ピンク色そのものが少々苦手らしかった。それでもその後の出来事を考えれば――つまり例の記事のことだが――ファトゥはひと目で兆しを理解しなかった自分を愚かしく思った。男に拒否された女というのは危険な女でもある。ヴァレリオの視線が平然と彼女の体を通り抜けたせいで、あの突撃記者の中で感情のショートが起きたのは明らかだった。そして血祭りのいけにえに選ばれたのが、ファトゥ・アフマド・ヒルシだったというわけだ。

　地下鉄は満員ではなかった。ファトゥはうしろのほうの車両に座り、またあの雑誌を開いた。そしてときおり目を上げては、他の乗客も彼女の悲劇に気づいているかどうか確認した。乗客たちはそれぞれの惨めな人生に埋没していた。ある娘はチューインガムを嚙みながら、鼻から妙な音を立てていた。金属のピアスをひとつした若者はファトゥの横で数独《スードク》をしている。ある老人は失われた季節をふたたび歩もうと決めたのか、ベルボトムのズボンを履いていた。新聞を読む者もあれば、ひったくりをたくらむ者もあった。絶望の涙を懸命にこらえている婦人もいた。そう、誰しもそれぞれすべきことがあり、そばかす顔の白人男性とくっついた黒人女性の悲劇など構っちゃいなかった。地下鉄はフラミニオ駅に到着した。目的地まであと少しだった。あとほんのひと息で、愛する彼の腕の中にたどり着ける。そうしたら今度はふたりでチャンピーノ空港を目指して出発する予定だった。今日、ファトゥの姉がマンチェスターから来ることになっていたのだ。それは例の記事と並ぶ、本日最大の厄介事だった。

二週間前、ファトゥに電話がかかってきた。彼女だった。悪名高き姉からの電話だ。姉はエリザベス二世女王のお膝元で暮らすようになってから、英国人たちの習慣を片っ端から身につけ、やたらと天気の話をするようになり、マンチェスターの湿気のせいでどれだけ自分は体をやられたかと語りだせば止まらなくなった。「生活保護バンザイ。あたしね、善きソマリ人として女王からふんだくってやるの」姉は受話器の向こうで声を張り上げた。「でもこの土地の湿気はあたしたちの骨にはどうにも合わないね。全身錆だらけって感じよ」その日、ファトゥは忙しかった。彼女の新しい音楽番組があと三時間で始まるところで、急いで軽く何か食べて、早めにスタジオにつき、スタッフと打ち合わせをしたかった。ミキサーエンジニアは頼りになるアルベルトで、ぴったり息の合った仕事仲間だから、特に何を伝えねばならぬということはなかった。ただファトゥは完璧主義者なのだ。それに、その夜の新番組のことはとても大切に思っていた。ヘッドフォンの中にローマの鼓動を――自分の鼓動を含め――ひとつ残らず聴きたかった。「時間がないの、姉さん。仕事に行かないと……」

「あんたはあたしが相手だといつだって時間がないんだよね、アバーヨ［ソマリ語で妹・姉の意］」

なんと答えればいい？

ファトゥは沈黙で誤魔化した。姉の言い分のいくらかは本当だったからだ。いつであれ、他人も同然の姉に時間を割いてやる気にはなれなかった。姉を相手にしているといつも気まずかった。話せばいつも喧嘩腰で、いつもおせっかい焼きで、いつも何かが気に入らない、そんな相手だ。ついていくのに少し苦労をさせられる相手なのだ。いや、少しどころかではなかった‼　それにわたしはこの姉について何を知っているだろう？　わたしたちは姉妹だ、それから？　姉の名前がヌーラであることは当然知っている。父親は同じだが、母親は違う。年はわたしより十五歳上で、人生に対する考え方にも多くの相違点がある。ファトゥは無宗教、ヌーラは狂信者。ファトゥは痩せ型、ヌーラはすごく太っている。ファトゥには白人男性の恋人がいて、ヌーラは黒人の夫を亡くした。ファトゥはイタリア国籍で、ヌーラはソマリア国籍という具合に。

「あんたの家にお邪魔するから」ヌーラは告げた。「十日間、お世話になるわ」

十日間。ファトゥには永遠を丸ごと全部よりも長い時間に思えた。

わたしとヌーラとヴァレリオで十日間もどうしろって言うの？

「あんた、まだあのガアルとつきあってるの？」ヌーラが尋ねてきた。

愛する彼のことをガアルとヌーラに呼ばれるのは不快だった。あの女は必ずガにやけに力をこめて発音する。ガアルとは異教徒のことだ。その言葉がヌーラの口から発せられると、右のこめかみの血管が必ずどきどきした。姉のその言葉を聞くたび、相手の非難、大ざっぱでいい加減なものの考え方、この上ない愚かさをそこに感じた。

「彼にはちゃんとヴァレリオって名前があるわ」

「ガアルっぽい名前だね。どうして別れないんだい？　マンチェスターに来れば、わたしがカビリア［アルジェリア北部の山岳地帯］出身の若者をいくらでも紹介してやるのに。こっちは女日照りだからね。ソマリ女は人気だよ。うちらの身内の男たちにしてみれば、お前は悪くない結婚相手だ。ちょっと太ったほうがいいだろうし、馬鹿げた音楽もやめたほうが、ね……。まあ、それはいいわ……。今のままの痩せっぽちでも、いつも妙な音楽を聴いてても、相手には困らないだろうよ。身内のあいだじゃ、父さんは今も名士だからね」

電話のたびにヌーラはファトゥに、彼女が生涯の伴侶と決めた男性と別れろと〝アドバイス〟してきた。そのたびに、ファトゥはこめかみの鼓動がますます激しくなるのだった。

「でも姉さん、わたしがどんなに長いこと探して、ようやく彼と出会えたか知ってる？　どうなの？」

だがその台詞をファトゥは決して声には出さず、いつも胸にとどめた。

本当はひどく愚鈍な姉にそのまま怒鳴ってやりたかった。そして、ヴァレリオはわたしの命を救い、魂を修復してくれたのだ、と続けたかった。

「昔のわたしがゴミ同然な女だったこと、知ってるでしょ？」

これもまた胸の内で考えるだけの台詞だった。愚鈍な姉と彼女のあいだにまともな会話はあり得ず、秘密の共有もなければ、共犯関係もなかった。

ヴァレリオがシャガールの展覧会で自分を拾いあげてくれた時のことをファトゥは思い出した。出会いの瞬間だ。そこはイタリアですらなかった。ふたりはどちらもバルセロナにいた。彼は会議があって、彼女は何も考えたくなくて、そこにいた。絵には宙を舞うひとりの女が描かれていた。あの時ふたりは、宙を舞う女とそのピンク色のドレスを眺めていた。絵の中には黒い服を着た男がひとりいた。シャガールだ。画家は、優しげな世界に向かって目をみはっている。遠くには女のドレスと同じピンク色をした一軒の家がある。画家は地上から女の手を取っている。ただし彼の中にも飛びたいという強い欲求があるのがわかる。画家の手は、宙を舞う女をしっかりと捕まえ、空にはそろそろ星が瞬きだしそうな気配だ。それは有名な絵だった。ファトゥは以前から美術史の本で何度もその作品に遭遇していた。ネットのさまざまなサイトでも、バレンタインデー向けのカードでも何度も見たことのある絵で、『散歩』と呼ばれる作品だった。カードで見た時は、とてもありふれたシーンに見えた。愛と飛翔の組み合わせ？　ありがちもいいところじゃない！　それに、いかにも素朴派らしいその絵の雰囲気には、彼女の脇のあたりをむずむずさせ、中枢神経をひどく逆なでするところがあった。『散歩』のカードはスーパーマーケットにも、文房具屋にもあった。オリーブの実とカナッペをひとつずつつまみに出し、ついでに何冊か面白い本も売っているような薄暗い小さな店にも置かれていた。彼女はいつもそうした『散歩』のカードを眺めては、心の底からほしいと思ったが、同時に憎んできた。ほのかにピンク色をした紙を使った、そのありがちなカードが実は買いたくてたまらなかったが、買ったとしても誰にも言えなかったろう。ファトゥは硬派が売りだった。彼女はレディー・ファトゥであり、郊外という名の小宇宙で最高にクールなディスクジョッキーなのだ。そんな甘ったるいものに夢中になるわけにはいかなかった。レディー・ファトゥの名が泣くぞ！　レディー・ファトゥと言えば、ガーナ系ミラノ人DJのクレオパトラのライバルであり、エリカ・バドゥにアンジェリーク〝クィーン〟キジョーの真っ黒なサウンドからPJハーヴェイの真っ白なサウンドへと軽々と移り、リスナーの神経を破壊する女ではなかったか。大きなアフロヘアーも誇らしく、マルコムの言葉を引き、ファノンの言葉を引き、ヒューイ・フリーマンの言葉を引き、レイ・レマ奏でる矛盾ばらみのリズムで自らの言葉の辛辣さを和らげる女ではなかったか。しかしそうした普段のニガー根性とは裏腹に、ありがちなカードのピンク色の海におぼれてしまいたくなることが当時の彼女にはよくあった。そしてそのたびに、自分の軟派な気分を恥じた。とても悲しい気分でもあった。カードを送る相手もなければ、誰を愛せばよいのかもわからなかったからだ。彼女はハートマークがほしくて、キスしてもらいたくて、甘い言葉が聞きたかった。バレンタインデーのカードに誰も、自分のような人物を描いてくれないのを残念に思うこともあった。イタリアはアメリカとは違う。アメリカならば、マホガニーという会社がアフリカ系アメリカ人用のお祝いカードを作っている。彼女のような人々のことも、マホガニーがきちんと考えてくれるわけだ。しかしイタリアでは、誰がわたしのことなど考えてくれるだろう？　わたしの誕生日も、チョコレート色かカフェラテ色のバレンタインデーも、大学の卒業式も、いったい誰が気にしてくれるだろう？　ファトゥは時々、透明人間にでもなった気がした。

ところが、シャガールの絵は、実物を見れば、神の魔法ではないかとさえ思われ、お祝いカードの上に印刷されていたそれとはまるで別物だった。ヴァレリオ――その名を彼女が知るのはまだ先のことだが――もまた、神の魔法だった。苦しげな鬚が荘厳に覆う顔。背はそう高くないが低くもなく、彼女より一センチ高いかどうか。首には左翼活動家の若者たちのようにアラブの頭巾《カフイエ》を巻き、腕には茶色いベルトの腕時計をしていた。シャガールと同じように目をみはり、不安げな瞳を憂鬱のベールがうっすらと覆っているのも画家と同じだった。ファトゥは何か話しかけたかったが、彼の視線に完全に勇気を奪われてしまった。稲妻のように恋に落ちる体験は脳卒中にも似ている。身動きがまるでできなくなるのだ。彼女は愛と恐れを感じた。ふたつの感情が丸きりごちゃ混ぜになっていた。シャガールの目は彼女に行動を呼びかけていた。人生は積極的につかみ取り、生きるべきものだ、と。だが脳卒中のほうが彼女より強かった。男は音声ガイドを聴いていた。何語で聴いているのだろう、ファトゥは自問した。彼女はしばらく彼を追い、ふたりは多くの絵を並んで観賞した。ふたりはそうして、屋根の上で踊る山羊たちを見た。脚を軽く開いた緑色のバイオリン弾きを見た。女の横顔を、花嫁の彗星を、山高帽を、ヘブライ文字を見た。彼女はガイドブックを開き、自分が今いるのはいったいどこのカラフルな世界なのかを理解しようとしたが、そこに記された解説は不十分で、詩情に欠けていた。だからガイドブックを閉じた。最後の展示作品が近づいてきた。ファトゥはシャガールに腹を立てた。どうしてもっとたくさん絵を描かなかったのか。美術館を設計した建築家にも腹を立てた。なぜ廊下をもっと長く作らなかったのか。自分にも腹が立った。どうしてわたしは勇気を奮って、彼を失うまいと行動することができないのか。しかし最後の作品の前に来ると、彼のほうから話しかけてきて、彼女をジレンマから救ってくれた。

「君はソマリ人だね、ちがう?」彼はイタリア語でそう尋ねてきた。

「どうしてわたしがイタリア語を話すってわかったの?」

美術館のカフェで、彼は自分がモガディシュ［ソマリアの首都］生まれであり、正確にはモガディシュのデ・マルティーノ病院生まれであると説明してくれた。ファトゥは、ヌーラもデ・マルティーノ病院で生まれた、いとこたちの多くもそうだ、と思った。しかし彼女自身は、ローマのサン・

ロレンツォ地区とノメンターナ通りのあいだのレジーナ・マルゲリータ病院で生まれた。その晩のうちにファトゥは彼に対し、自分は幼いころに性的暴行を受け、普通の女性とは違うと告白した。だからわたしの体は時々、心の要求に応えてくれないことがあるのだ、と。

彼女とヴァレリオがどれほど強い絆で結ばれているかなど、ヌーラには想像すらできないはずだった。

「マンチェスターは女日照りだよ」ヌーラは飽きずに繰り返した。乱暴な扱いのせいで壊れてしまったレコードのようだった。

ヴァレリオはバルセロナで、あのシャガールのあと、踊る山羊たちと狂ったバイオリン弾きたちのあとで、彼女の話を聞いてくれた。あの晩、ふたりはまるで子どものように一緒に寝た。セックス抜きで、眠っただけだ。ファトゥは自分がシャガールの彗星になり、花嫁に変わる星々になった気がした。何年ぶりかという久しぶりの気分だった。

セックスはずっと先の出来事だった。素敵な体験だった。

ファトゥがそんな回想をしているあいだも、ヌーラは自分の砂漠でひとり狂人のように説教を続けていた。「マンチェスターの男どもは女に飢えてるんだよ」わたしは男たちの食い物ではないとファトゥは思った。マンチェスターの男たちのことはそのうち忘れた。大切なガアルをそんな連中と交換するつもりなど毛頭なかった。

「来たぞ」ヴァレリオが言った。

ファトゥはそれが姉だとは気づかなかった。記憶していたよりも一層太っていたからだ。もう八年も会っていなかった。送られてくる写真の中で、ヌーラはいつもソファーにどかっと座っているか、カーペットに寝転がっていた。

「どうしてわかったの？」ファトゥはパートナーの眼力に少し驚いて尋ねた。

「それは秘密だ」彼は微笑んだ。

もしかするとそれほど難しいことではなかったのかもしれない。彼女は思った。もしかすると、あの犬のリード式のスーツケースを引きながら小走りに近づいてくる太った物体と自分がとても似ているのを認めまいと頑張っているのは、わたしだけなのかもしれない。姉妹は二センチの距離まで接近した。さて何をすべきか。頬に挨拶のキスをすべきか。握手をするか。それともソマリ人の伝統にのっとり、女同士だから、手にキスをすべきだろうか。ヴァレリオは正しい行動をとった。相手の体にわずかにでも触れないように注意をしながら、ヌーラのスーツケースを手に取ると、こう言ったのだ。

「はじめまして、ヴァレリオです。アッサラーム・アレイクム、握手はやめておきましょうか。午後の礼拝のためにもうお清めをされたんじゃありませんか」

ヌーラはぎくしゃくと微笑んだ。途切れ途切れに噴きあげる間欠泉か、あるいは、調子の悪い噴水みたいだった。

「よくしつけたもんじゃない？」ソマリ語でヌーラは言った。

ファトゥはまだなんの反応も示していなかった。ソマリ語で発せられた偉そうな台詞のせいで、目の前のやけに太った生き物にキスをする気など完全に失せてしまった。

朝起きた時から、今日が楽な一日ではないだろうことは悟ってしかるべきだったのだ。ファトゥには、目覚めについてひとつ持論があった。誰でも目覚めの瞬間には頭の中でなんらかの音か曲が聞こえているもので、それが新しい一日の行方を暗示している、というものだ。ただしファトゥにしても毎日、その日の歌、その日のメロディ、その日の楽器を聞き取れるわけではなかった。目をぱっと開いた途端、音が泥棒のように彼女の耳から逃げ出していくのが見えることもあった。そのたび彼女はなんとかして音を捕まえようとしたが、あまり眠くて手も足も出ない日もあった。だが今朝のヒントは明確すぎるほど明確だった。曲は「恋のサバイバル（I will survive）」、セリア・クルスの歌う下品なカバーだった。ファトゥはセリア・クルスが嫌いだった。うっとうしい感じが嫌だったのだ。セリア・クルスはうっとうしいまま死んだ。駄目よ、ファトゥ、駄目、駄目、駄目、死人の悪口を言うもんじゃありません！　でも彼女はディスクジョッキーであり、ターンテーブリストなのだ。死人の悪口を言い、彼らの噂話をするのが仕事であり、どうしてこの歌が生まれたのかとか、この曲を書くためにどれだけのドラッグが必要だったかとか、この名曲が形になるまでに男女の体液がどれほど大量に入り混じったかを語るのが仕事だった。ラジオのゴシップ屋である彼女は愛を語り、不倫を語り、情熱を語り、私生児を語り、検閲を語り、インスピレーションを語り、詩を語る。ゴシップがなければ詩もない。バージニア・ウルフやオスカー・ワイルドの文学研究者たちが作家たちのゴシップを語るのに、どうして彼女がジョン・レノンやサリフ・ケイタのゴシップを語ってはいけない？　サリフ・ケイタがオスカー・ワイルドに劣るとでも？　つまり、今朝、死んだ女のけたたましい歌声に〝生き抜け〟と呼びかけられた時、ファトゥは、下手をすると自分も、ハリケーン・カトリーナと人間たちの怠慢によって吹き飛ばされたニューオーリンズと同じ目に遭う恐れがあると理解したのだ。

一方、ヴァレリオは落ちついていた。

彼はいつでもそうだ。

ものすごく重要な問題でない限り、決して腹を立てない男なのだ。

「僕は千八百二十六日間、地獄を見てきたからね。君といる今、前みたいなことになるのはもう嫌なんだ」

ラウラとの千八百二十六日間。ラウラは彼の元妻であり、彼の生き地獄だった。ふたりはカラカラ浴場にある元教会で結婚した。彼はサンダル履きにひと回り大きめのジャケットという姿、彼女は花柄のワンピースに大きく突き出したお腹という格好だった。お腹の中には娘のテレーザがいた。最初からもう三人、早くも立派な家族であり、幸福な日々を送れる可能性だって十分にあったはずだ。ところが、待っていたのは千八百二十六日の病んだ日々だった。

「彼女は正気じゃなかった。そして僕は鬱にやられていた。そんな僕らのあいだでテレーザはピンポン玉みたいに右往左往させられて、苦しんだ。僕と彼女はどちらも相手を自分の物にしようとしたんだ。うまくいくはずがないよ」

ファトゥにヴァレリオを我が物にするつもりはなかった。できるだけ彼の傍らで暮らしたい。それが願いだった。あの最初の時の、ふたりの混じり気のない眠りを日々繰り返せたら。彼が自分の横で、同じ枕に頭を載せて眠ってくれたら。

もう家だった。高速道路ならば、あっという間、チャンピーノ空港から舗装道路を何本か横断すれば、ニュータウンのふたりの巣まではすぐだった。

ただし今日は三人だった。厄介なことになる可能性は極めて高かった。女がひとり、男がひとり、それに、太った義理の姉がひとりいれば。

家の中はとても明るい。

日当たりが抜群にいい家なのだ。だからこそファトゥとヴァレリオはそこを選んだ。光は心を明るくしてくれる。

ファトゥは室内の装飾を見つめた。ミレーナ・モッリに例のシナモンティーを出す前、ふたりはあの記者を自分たちの家の大切な一角である、小さなアフリカコーナーに座らせた。ふたりはそこを〝客間〟とは呼ばなかった。あまりにありがちな名称だからだ。アフリカコーナーはヴァレリオが作りあげた空間だった。

「落ちつける場所がほしいんだ」その空間を用意した時、彼はそう言った。

装飾品の大半は元々彼が持っていて、元妻のラウラがモンテヴェルデの自宅に残しておきたがらなかった物だった。「嫌な記憶ばかり蘇るから」というのがその理由だった。その言葉を聞いた時、ヴァレリオは気分を害した。別れたとは言っても、彼にとっては、よい思い出だってあったからだ。彼の人生は悪いことばかりではなかった。彼は黙って思い出の品をそっくり引き取り、アフリカコーナーに並べた。残りの装飾品は時とともに自然に増えるか、旅から戻るたびに増えていった。マサイの彫像、太陽の輪、儀式用の仮面、枕、美しく飾り立てられたコーランのスーラ、アラーの目、ロザリオ、コイン、人面有翼の天馬ブラークの絵、打楽器……。ミレーナは記事の中で〝ファトゥが自分の趣味をヴァレリオに押しつけた〟と書いていたが、実際はその正反対だった。アフリカで生まれたのは彼、ヴァレリオのほうなのだから。ファトゥはアフリカにまだ行ったことがない。四日間、ラジオ局の仕事仲間たちとエジプトのシャルム・エル・シェイクには行ったが、あれはアフリカでもなんでもなく、グローバル化の生んだ雑種にすぎない。食事も凡庸なら、恋も凡庸な土地だ。海にしたって、どこもかしこも安直なセンスで整備された、最低な観光地の付属品でしかない。

ところが彼はモガディシュで生まれた。あの町で育ちすらした。両親が人道団体の職員として現地で働いていたためだ。彼はバマコでも一時期を過ごした。

「バマコはものすごく混沌とした町さ。あそこの住民は片時もじっとしていないんだ」

「アフリカの話をして」ファトゥは大雨の夜が来るたびに彼にねだった。

「無理だよ。話して伝わるわけがない。どこもかしこも違うんだ。ひとまとめには語れない。僕は君みたいに言葉を操るのがうまくないし」

彼女はアフリカのことを布でできた一枚のレコードのようなものではないかと想像していた。魔法の機械の上で回転するレコードだ。サヘルを起点に大陸全体に向けて輝きが広がっていく。マリからギニアにかけて、ガンビアからセネガルにかけて、シエラレオネからリベリアと呼ばれるあの奇妙な植民地にかけての一帯、つまりサヘルでは、究極の人生の数々が交差する物語がいくつも輝きを放っている。

そして遠くにジェリが姿を見せる。砂漠の吟遊詩人たちだ。フランス人によってあっという間にグリオの別名を付けられた彼ら。よく回る舌を持つジェリたちが腰を下ろせば、周りに人垣ができる。彼らが口を開けば、そこから影が飛び出し、獰猛な獣たちが飛び出し、風景が飛び出す。ジェリはわたしたちの死を語り、生を語る。アフリカではジェリが人々の記憶だ。ジェリはひとつの記録であり、こだまであり、イメージであり、証拠であり、白人が闇に葬ろうとした歴史だ。ジェリは高揚する。ジェリはテレビのように諸々の出来事を真似、再現するが、テレビではない。ジェリは血の通った人間であり、その血が騒いで、彼にイメージを描かせるのだ。ジェリは静電気とは異なり、ぱっと消えたりはしない。ジェリはディスクジョッキーに似ている。彼は物語を語り、音楽がその伴となり、たどるべき道を用意する。彼は誕生を語り、王朝を語り、割礼を語り、卒業を語り、結婚を語り、治癒を語り、死を語り、通過点を語り、帰還を語り、亡霊を語る。ジェリよ、お前はジュークボックスにして生命の息吹であり、ひょうたんに貼りつけられた二十一本の弦にしてコラの音《ね》であり、大地の声だ。おお、ジェリよ。

「ヴァレリオ、わたしのジェリになってくれない？」

「でも……」白人青年はためらった。

「でも、何？　バマコの話をしてちょうだい。嫌なの？」

そこで青年は恋人の黒人娘のために即興で語りだした。彼は胸の奥底でいつか見失った物語を再構築した。少年時代の思い出だ。彼はモガディシュを語り、日没の直前のひと時がどれだけ美しかったか、神の目が女傑ハウォ・タコの銅像を見つめ、彼女を絶命させた矢の刺さった乳房を見つめる瞬間、モニュメントがいかにまばゆく輝いたかを語った。彼は初恋の思い出も打ち明けた。相手はバマコのフランス人学校に通っていた少女だった。「彼女は脚が悪くてね。通りでいつも悪ガキたちに石を投げられていた。僕はあの子をかばったよ。でも彼女、一度も笑顔を見せてくれなかったし、話しかけてもくれなかった」

ファトゥは遠くにひょうたんのこだまを聴いていた。サヘルの光に照らされたアフリカのあの一帯では、楽器がすべてひょうたんでできている。大きさも音色もさまざまなひょうたんだ。

「今度は君の番だよ。聞かせてくれ、君は誰なんだい？」

「わたしはあなたの知ってるわたしよ」

「僕は何を知ってる？」

黒人娘もまた、誰にも聞かせたことのない胸の奥底を探り始めた。

「わたしは誰？」コラの二十一本の弦の音がその空洞を埋めていく。「わたしは誰？」問いかけは苦悩を呼んだ。

ファトゥは姉の姿を眺めた。粗末な布地を何重も巻きつけた上からコートを着ているせいで、豚足の詰め物料理を紙でくるんだみたいなありさまだ。クリスマスの豚肉料理にそっくりなスンニ派のイスラム女。神に対する冒瀆ではないか。どうしてそんな無闇に布をぐるぐる巻きにしているの、アバーヨ？　ファトゥは疑問に思った。十五世紀のバグダッドで、首長《カリフ》ハールーン・アッラシードの宮廷を統《す》べていたという優美なスタイルをなぜ身に付けようとしないのか。姉のみっともない格好にファトゥは息が詰まる思いだった。

「怒っちゃいけないよ」ヴァレリオは恋人に言った。「お姉さんが自分の体にこんなに布を巻きつけているのは、自分を見失いそうだという不安のせいなんだから」

「昔、初めて会った時は、こんな風じゃなかったわ。やっぱり布を巻いていたけど、もっと普通だった。一枚のヒジャーブを巻いた姉は、お月さまみたいに丸くて素敵だった。それが今じゃ、汚らしい布きれを地面に引きずって歩いてるだけじゃない？」

彼は正しい行動をとった。彼女の姉に手を触れなかったのだ。彼はスーツケースを手にすると、駐車場で待っている車に向かって歩きだした。

「わたしは誰？」ファトゥは自問した。コラの音が聞こえる。

「君は誰だ？」

「わたしはトゥンニ家の女よ。ブラヴァの町のトゥンニ家の娘。父ジェイラーニと母ルクイアの娘。由緒正しい雌ライオン、高貴な生まれなの。わたしは地図に置き去りにされ、今はここで、あなたといる。わたしは胸にひとつ、痛みを抱えて生きている。失われた大地の痛みよ。わたしのソマリアは建国当時からずっと戦争中だから。わたしは誰かって？　わからない。本当の答えはまだ見つからない。わたしは異国で生まれた。でも知ってるの、自分が誰にとっても異邦人じゃないって」

「君は誰だ？」

「言ったでしょ。わたしはトゥンニ家の女。わたしはローマ人。わたしは異邦人。わたしはこの人間。わたしはあなたのもの」

「君は誰だ？」

「わたしはファドゥマ。愛してるわ、わたしのガアル」


その日、ふたりの家はいつもと様子が違っていた。普段よりずっと空っぽだった。危険なものと危険となり得るものはファトゥが一切合切、物置きに追放したためだ。つまり、あの他人も同然の姉が不快に思う可能性のあるものすべて。絵画に彫像のたぐいは片っ端から消え、一部の本も消え、アルコール類はすべて消え、マリファナも消えた。浄化の波はワードローブにもおよび、危うい服は一掃された。丈の短い服も、襟ぐりの深い服も隠した。とにかく批判的な感想を聞かされたくなかった。目立つ場所にはロングスカートと幅広のパンツ、ショールをやたらと並べた。彼女は家を模様替えするために三日連続で働いた。ヴァレリオは笑っていた。彼女は「笑ってないで手伝ってよ」と言って、冗談で恋人の胸を何度か叩いたが、彼は笑ってばかりで指一本動かそうとしなかった。それは彼女をたしなめる笑い声だった。「どうしてそんなに頑張る必要がある？　よく知りもしない相手じゃないか」彼が実際に声に出すまでもなく、その言葉は宙に漂い、十日間だけ自分の生活空間をカモフラージュしようとする彼女の中でも聞こえていた。ファトゥはバイソンのように鼻を鳴らし、汗をかき、動揺していた。恐かった。だが娘よ、お前は何を恐れている？　ファトゥは答えられなかった。わかっているのは、あの肉玉のような女、あの腹違いの姉に認めてほしい、自分がそう望んでいるという事実だけだった。

「あのひと、この家に元々、ゲイのカップルが住んでたって気づくかしら？」

「気づいたらなんだって言うんだい？」彼はやっぱり笑いながら答えた。

「そうなったらもう最悪よ」

口ではそう言いながらも、ファトゥはオスカルが大好きだった。オスカルというのはこの部屋を売ってくれた、ゲイの変わり者だ。部屋の購入はまさにひとつの事件だった。彼女とヴァレリオは家具が完備した状態でそこを買った。テーブルもあれば、配管も完備され、ユニットキッチンもあり、木製ベッドまであった。元々オスカルがパートナーの若者と何カ月もかけて内装を施し、ほとんど病的なまでに細部にこだわったのだった。ダダ風のデザインの蛇口から滝のように流れ落ちる水も、日々のストレスを癒やす夜っぽい青色の照明も、スペース節約に便利な収納システムも、オーダーメイドのバスタブも。キッチンは何かの賞まで獲得したそうだが、ファトゥはどんな賞だったか覚えていない。オスカルとピッツォはその賞がとても自慢だった。だが内装がついに完成すると、まさにその苦労が原因だったのかもしれないが、ふたりは別れてしまった。ピッツォはカポコッタの浜で出会ったノルウェー人男性に夢中になり、オスカルは泣き暮らし、絶望するほかなくなった。そして彼が売買情報誌の『ポルタポルテーゼ』に載せた広告をヴァレリオとファトゥがほとんど偶然に見つけたのだった。ふたりはバスタブに強く惹かれ、どちらも「このバスタブとなら幸せになれる」と思った。それから購入手続きを済ませ、真夏の夜を青色の照明の下で眠るまでは、あっという間だった。

さて、今日のふたりの家は普段と様子が違っていた。ただし、いつもよりずっと空っぽだからという、それだけの話ではなかった。新たに追加されたものもひとつ、そこにはあったのだ。ニュータウンのふたりの城に、姉とその荷物、ヴァレリオと一緒に帰ってくるまでファトゥも知らなかったのだが、ひとりの侵入者があった。侵入者は女だった。ぎざぎざの額縁に入ったパステル画の女だ。その絵は、部屋の中央に置かれたソファーのうしろの壁にかけてあり、女はそこから怒りをはらんだ目で世界をにらんでいた。

「驚いたかい?」ヴァレリオは言った。

確かにファトゥは驚いた。心臓がちょっと止まったくらいだ。

美しい女だった。ファトゥと同じ黒人女性で、彼女のように縮れ毛で、やはり彼女が時おり見せるような——そして彼女以外にはあり得ないほど激しい——怒りの表情を浮かべている。全身の肌が丸見えで、一枚の腰巻き布《フータ》が下半身をわずかに覆っていた。ふたつの乳房が目立つ構図だったが、こちらも剝き出しだった。

「父さんの家で見つけたんだ。ほら、覚えているかい、このあいだ……」

「ええ、古い書類を片づけるのを手伝ったって言ってたわね。もちろん覚えてるわ」

それは過去からやってきた女だった。イタリアの植民地政策が生んだ現地妻《マダマ》、つまり、ファシズムの時代にイタリア男の公然たる愛人となった数多くのソマリ女のひとりだ。ほとんど妻に等しい女。マダマはイタリア男の服を洗濯し、アイロンをかけ、食事を用意し、臭い足をマッサージし、夜には身にまとった服をすべて脱ぎ、男の傍らに横たわって、相手を膣に迎え入れた。マダマの膣は毎晩、イタリア男のペニスを待った。男がいつもマダマに優しいとは限らなかった。靴の泥も落とさず、腋の下も洗わず、酒臭い息にもお構いなしで入ってくることもあった。膣はペニスに恋をしたかったが、容易な話ではなかった。では、なぜそんな身分に甘んじていたのか。哀れな膣にはもうわからなかった。きっかけは他の膣たちから、マダマはとにかく最高だと言われたことだった。イタリア男はマダマにどっさりプレゼントをくれると聞かされていた。「奥方様になれるんだよ、尊敬もされるし、布だっていっぱいもらえるんだから」しかし膣たちがそれぞれの妹に語ったのは完全な真実ではなかった。現実はまるで別物だった。別物もいいところだった！　膣たちは哀れみの目で見られることを恐れていた。ほしかったのは羨望であって、同情ではなかった。だから、生き抜くために、白い肌をした侵略者たちと自分たちは愛で結ばれているというお話を作りあげたのだった。

「説明書きを見てくれ」ヴァレリオがひどく興奮した口調で言った。

「ブラヴァの女」ファトゥが声を詰まらせながら読みあげた。

ブラヴァ、彼女の母親の故郷、父親の故郷だ。ブラヴァの砂はどんなにおいがするのだろう。ファトゥは自問した。愛するアフリカの香りを自分がすべて失ってしまったのが残念だった。せめてこの体を流れる血ぐらいは、まだアフリカのにおいがするのだろうか。

「つまり、このガアルはお前のことをこんな風に見ているってことかね？」でっぷりした姉が言った。「お手軽な商売女扱いされてるってことかい？　どうしてこんなやつと一緒にいる？　マンチェスターは女日照りだって言ってるだろう？」

黙ってよ、うるさい！　しかしファトゥはその思いを声にはしなかった。

次にヌーラは写真の束を取り出した。「これがみんな、お前を嫁にほしがってる男だよ。ひとり選びな。もうね、それが一番だから。保証するよ。とにかく女日照りなんだ。わかるかい？」

黙ってよ、姉さん、黙って！　しかし今度も思っただけで、口ではこう言った。

「ちょっとトイレに行ってくる。気分が悪いの」

それから彼女は言い訳をして、ベッドで休むことにした。「一時間だけ休ませて」

ベッドに向かうと、彼女の枕の上にはミレーナ・モッリがいた。例の女性記者だ。

ファトゥはそこが夢の中であることを理解していた。わたしは夢を見ているのだ。五分ほど前に、服をまるで脱がずに寝入ったばかりだった。アクセサリーもすべて着けたままで、ベルトが時々、お腹をちくちくと刺した。

「痛い思いをするのも当然だ、そう思ってるんでしょ？」ミレーナが言った。

「どうしてそんなこと言うの？」

「どうしてって」冷笑を浮かべてミレーナが答える。「あなたがベルトを外さなかったからよ」

ファトゥには相手が次に何を言ってくるかもうわかっていた。「どうしてヴァレリオと別れないの？」だ。でもそう聞かれたら、突撃記者になんと答えればいい、ファトゥ・アフマド・ヒルシ？

彼女はその質問を聞かずに済ませることにして、起きあがった。ミレーナ・モッリはまだベッドに横たわり、口を軽く開いたままだったが、放っておいた。もしかするとこの女は、わたしが聞くのも嫌だと思っている質問を今まさにしようとしているのかもしれない。

起きあがるとそこは、どこかのクラブだった。なんでこんなに早くここまで来られた？　ベッドを下りて、三歩歩いただけなのに。一歩、二歩、三歩だ。三歩ではバスタブにもたどり着けない。いや、本当は、どこにもたどり着けるはずがない。そこでやっと自分が夢を見ていることをファトゥは思い出した。強力な光がいくつも輝き、いい香りのする人々のいる夢だ。

店内は、スパンコールを輝かせて熱狂する若者たちであふれていた。ファトゥは興味を引かれた。めいめい黒いサングラスをかけて小型のヘッドセットを付けた男たちの渦巻くような動きが愉快だった。まるで蟻みたいだと思った。彼女は昔から蟻をこっけいな生き物だと思っていた。ものすごい働き者で、しかもナンセンスな蟻たちを眺めるのが幼いころは好きだった。目の前にいる黒服の男たちはそんな蟻たちにそっくりだった。黒服の一部には、ちょっと手を動かすだけで、群衆を押し返してしまう者たちがいた。ネクタイを締めた彼らの突き出す両手にファトゥは怯えた。群衆はみなアルマーニのスーツを着て揺れていた。電気の津波みたいだった。この人類の落ちこぼれたちはいったい誰を待っているんだろう、ファトゥは夢の中で自問した。彼女の夢であるから、彼女を待っている、というのが自明の理だった。ファトゥはＤＪであり、導師《グル》として彼らを導き、はじけさせる義務があった。

気づけば、いつの間にか彼女は、ぴったりとしたスウェットを着て、腰に紫のショールを巻いた格好になっていた。頭にはヘアバンド、長さが彼女の腕ほどもあるイヤリングをふたつつけて、目には濃いめのアイシャドー。勇ましくもフェミニンなそんな姿でＤＪブースに立った。群衆は熱狂的に拍手をしている。彼女はこんな夢はもううんざりだと思った。休もうとしている時まで働きたくはなかった。夢に見たいのはヴァレリオだけ、あのひとだけでいいのに……。ところが、急患で呼び出された外科医みたいに、彼女の前には仕事道具だけが並んでいるのだった。ターンテーブル、ミキサー、コンピューター、そしてヘッドフォンだ。少しピッチをいじって、レコードを軽くスクラッチし、曲のテンポを聴いてから、ミックスし、ピッチを上げ、死神の目の前まで行って、相手をうっとりと眺めてから、別れを告げる。「またね、ハニー」再会を約束した。ファトゥ、あなた正気？　死神に話しかけるなんてどうしちゃったの？　何も知らぬ群衆はそのあいだも頭を動かし、耳を動かし、首を動かし、眉を動かしている。膝に肩甲骨に大臀筋に大腿骨にバイブレーションを感じ、シンコペーションの効いた動きで、絶望をちゃらちゃらと鳴らしている彼ら。次にファトゥは二頭の羊がいるのに気づいた。群衆は羊に道を空けつつも、頭と耳と首と眉を動かすのは片時もやめない。二頭をつなぐ手綱を握っているのはミレーナ・モッリだった。白い羊が黒い羊を蹴りつけている。ミレーナ・モッリがファトゥの瞳をまっすぐに見つめて言った。「スイスと同じよ。白い羊はこれからもずっと黒い羊の尻を蹴飛ばすの」ファトゥはぱっと思い出した。例のミックスカップルの記事にはウェディングケーキの写真が添えられていて、そのケーキの上で白と黒の二匹の羊がキスをしていたのだ。「これが愛よ」ミレーナ・モッリは声高らかに告げた。「イギリス人はラブと呼び、アラブ人はハブと呼ぶわ」そしてミレーナはファトゥに告げた。「あなたは愛なんて知らない」五〇年代の歌謡曲のタイトルみたいな台詞だとファトゥは思った。どうにも嘘っぽかった。するとミレーナは一枚のポスターを見せつけた。三匹の白い羊が一匹の黒い羊の尻を蹴飛ばしている。それはスイスの右翼民族主義政党ＵＤＣの選挙ポスターだった。

「このあばずれ女、わたしの国の男たちに手を出さないでちょうだい。あんたにはもったいないわ」言うなり、ミレーナ・モッリはファトゥの顔に唾を吐いた。

ファトゥは吐き気に襲われた。曲を止めた。人々が抗議を始めた。しかし誰かがなんらかの行動に出る前に彼女はＤＪブースを飛び降り、全力で走りだした。汗をかいた顔が風を切り、化繊のボディスーツのおかげで勢いに乗り、スピードが出た。自由になれた気さえした。背後から、ずんぐりした体を幾重にも覆う布地の衣擦れさえ聞こえなければ。追ってくるのは姉、ヌーラだった。その巨体にもかかわらずヌーラは足が速く、動きも機敏で、まるで腰から下に翼でも生えているかのようだった。

「お前に見せたい写真があるんだよ」脂っぽい息を吐きながらヌーラが叫んだ。「みんな求婚者さ。お前と結婚したいんだって」そして彼女はファトゥめがけて写真を一枚ずつ飛ばし始めた。「それはサイード・ハジの息子、ムクタールと言って、医者の卵だ。それはオマル・ロジェ、バーミンガムのイスラム式屠場で鶏の喉をかっさばいていて、稼ぎがいいよ。その髪が短いのはヌル・ゲール、アラブの国々と商売をやっていてね……」

「いらないわ!!」

「なんだって？　いらないって、どういうことさ？　みんな、お前と同じ種族の男たちだよ？　ソマリ女は今、引く手あまたなんだ。いつもそうやって断れば済むって話じゃないんだよ？」

「いいえ、済むわ」ファトゥのかわりに答えた女の声があった。美しい髪の女で、誇らしげな瞳をし、筋肉質で、左右の乳房は剝き出しだ。あの肖像画の女だった。

スウェット姿のファトゥは、鏡に映った自分の姿を見るような顔をした。

「彼、あなたの絵にわたしを見てるのよ」ファトゥは泣きながら言った。

「エキゾチックなもの、って記事には書いてあった」

「わたし、エキゾチックな女でいるのは、もううんざり」

「わたし、エキゾチックな女でいられないのは、もううんざり」

「じゃあ、自分自身でいなさいな」肖像画はファトゥに言った。

日曜の星座占いめいたアドバイスだが、それが彼女なりの真理なのかもしれなかった。

そんな午後の夢から覚めた時、ファトゥは自分が何をすべきなのかをようやく悟った。


彼女は鋏を手にした。そしてソマリ女の絵を壁から外すと、細かく切り刻んでいった。次に求婚者たちの写真を手に取り、それも細切れにした。

それからミレーナ・モッリの記事を手にして、こちらも切り刻んだ。真実の愛を誓って口づけを交わす黒い羊と白い羊にも容赦しなかった。最後に切りくずをみんなまとめて大きな玉にすると、ゴミ箱に捨てるべくキッチンに向かった。

キッチンではヴァレリオとヌーラが、湯気を上げる二杯のスパイスティーを前にして座っていた。

「お目覚めかい、寝ぼすけさん」

「お前、三時間も寝てたんだよ」姉にとがめられた。「食事だって全部、このひとが作ってくれたんだから」あきれたようにヌーラは付け足した。

ファトゥはただうなずいてみせた。始めた儀式を中断するわけにはいかない。彼女の苦しみの無数のかけらがゴミの金庫の中にすべて安全に保管される時までは、ただのひと言も言葉は漏らすまいと思っていた。イケアで買った呪わしい安物のゴミ箱を足でぽんと押して開く。うまくいった。蓋がぱっと跳ねあがった。切り刻んだ時と同じく厳粛な仕草で、彼女は己の不安をすべてひと息に抹殺した。苦しみの時がやっと終わった。彼女の顔から険が消え、唇は、苛々と噛みついてくる歯から解放された。ファトゥはほとんど恍惚とした目を姉と恋人に向けると、「チャオ」とだけ言った。


軽やかな気分だった。彼女はもうエキゾチックな女でもなければ、不信心な女でもなく、何者でもなかった。彼女は彼女、自分の言葉と本能だけ、それだけの存在だった。

「ヴァレリオはソマリ語を話せるって、どうして教えてくれなかったの？」ヌーラが尋ねてきた。

「だって訊かれなかったから」

ファトゥは思った。今日も、恐らくはこれからの日々も、なんとかやっていけそうだ。つまるところ姉は無害な人間ではないか。それにヴァレリオもベナディールなまりのソマリ語でさっそく姉の好意を勝ち取った。ヴァレリオ、ああヴァレリオ……。もちろん彼は、わたしが切り刻んで捨てた絵のことでは怒るだろうが、それ自体はそんなに心配じゃない。愛が終わってしまうより、定期的に訪れる喧嘩のほうがましというもの。それから彼女の思いはセリア・クルスに飛んだ。あのでんとしたキューバ人歌手の今朝のお告げは大当たりだった。わたしは、ファトゥ・アフマド・ヒルシは、あの歌の歌詞のように生き抜くだろう。セリア・クルスは思っていたよりもうっとうしくない。それに、ディスクジョッキーが必ず死者の悪口を言わなくてはいけないというのも嘘だ。ファトゥはこのことは忘れたくないと思った。だから黄色い付箋にきちんとメモして、ポケットにしまった。

恋するトリエステ

ヘレナ・ヤネチェク

橋本勝雄訳

Helena Janeczek
Trieste in love

大災害が生じる以前、人はたいてい忙しさにかまけて災いが近づいているのに気がつかない。時が矢のように過ぎ去ろうが、あるいは繰り返されようが同じことだ。季節は暦通りに進み、日々はちょっとした事件や思いがけない出来事、退屈や興奮をもたらす。職場から広場までの短い散歩や、毎朝カフェが客のために置いてくれる新聞を読むことが習慣となる。その客たちの体を支えるステッキは微妙に古びている。ステッキに用いられる木材はたいてい、ウィーンの流行に合わせていた時代からずっとカフェの裏手か入り口に打ちつけられているコート掛けと同じだ。

日刊紙の選択肢は限られていたし、掲載される記事は勝利を喧伝するとまではいかなくても楽観的な論調だったけれど、一九三七年でもやはり、トリエステの人たちは、いつものように注文を待ちながら新聞を読むことに変わりはなかった。重大ニュースが新聞に載ることはめったになかった。そうした知らせが届くのは軍事郵便で、人々はドアを閉め、震えを抑えきれない手で封を開けた。しかし戦争が起きていたのはよその大陸で、裏山で砲撃が炸裂して白い石灰岩のかけらが雨のように降り注いでいた二十年前とは違った。

しかも、軍服を着て出征していった息子や夫、婚約者がすべての家庭にいたわけではない。たとえ身内にそういう人がいたとしても、なにができただろう。じっと我慢し、うまくいくことを願いながら、なにか別のことを考えて毎日の生活を埋めるしかなかった。

そういった「別のこと」のひとつが、春先に花咲こうとしていた。町の嫌われ者であり、それでいて少しばかり自慢でもある強風《ボーラ》があまり吹かなくなったころのことだ。陽気に誘われて、いつものように人と人がごく自然に顔を合わせるようになった。ご婦人方はティータイムに集まり、夫たちは仕事帰りや夕食後に一杯やったりする。そこでの会話が陰口となるのもおなじく自然な成り行きだったが、ある種の話題となると、どうしてもほのめかしや方言での軽口で扱うしかなかったので、会話そのものがごく限られていた。イタリア王国の辺境となった一地方都市のブルジョワたちが、昔からの顔見知りで、おまけに互いに親族関係で結ばれている者も少なくないなか、何を話すというのだろう。話題になるのは身の回りの、子どもが生まれたとか、誰かが亡くなったとか、婚約や出世の話、苦しい家計や健康問題、夫婦の不和といったことばかりだった。そんなわけで、本当に新しい出来事があれば、瞬く間にお喋りの種となった。

一九三七年春の新しい話題は一人の青年だった。彼がトリエステにやってきたことは、まだ寒いころからすでに知られていたが、それ自体は、古い物語の余白に付けられた注釈に過ぎなかった。要するにスキャンダルとなった話のエピローグで、それゆえにいっそう蒸し返したくなるのだ。

その二年前のこと、ジョズエ・カルドゥッチ王立師範学校のある教員が、裕福なユダヤ人ブルジヨワ家庭の娘との婚約をいきなり破棄した。当人の説明はともかく、けしからぬ行いの原因となった女性は、列車でやってくると、その教員が一間か二間をまた貸ししていたアパルトマンに住み着いた。彼もまたよそ者で、ミラノ出身、事情をよく知る者の話によると、歴史・哲学教授として最初に赴任したヴォゲーラからやってきたという。ライプニッツを手稿に基づいて研究し、ドイツ哲学を原典で理解できた。要するに正真正銘の哲学者、クローチェのイデアリズムの弟子であり、どうやらベネデット・クローチェ自身から認《ベネデット》められたらしい。

カルドゥッチ校は昔ながらの名声を保っていたとはいえ、彼が明らかに政治的理由で女子師範学校にやってきたことについてよく思わない人がいて、婚約が結ばれて間もないころは、彼を擁護するのにそんな評価が口にされたものだった。

町では、ギムナジウムに通った人たちも領土回復運動主義者だった。イタリア人であるか、少なくとも外国由来の姓や、オーストリア系・スラヴ系の呼び名によって明かされてしまうほかの血筋に比べればイタリア人に近いというだけで十分だった。トリエステのために多大な犠牲が払われたことを覚えていて、かつてダンヌンツィオがおこなったフィウーメ占領に拍手喝采を送った人々は、総領ドゥーチェを心底信じ切っていたのか、あるいは単なる祖国愛からか、彼に共感を寄せることが多かった。一九三四年から三五年にかけて、こうした共感は、一方ではトリエステ特有の辛辣な懐疑論にとってかわられたが、他方で、帝国主義者の喧伝や、アフリカから届く雄々しい戦況報告によっていっそうかきたてられ、熱狂が頂点に達した。ミラノ出身の教授はどうやら反ファシストらしいが、それが反体制思想からではなく哲学的動機、高貴な精神性によるものに見えていたことがよかった。加えて、経済的に安定しているという噂が、彼を擁護する材料になった。結論として、哲学者の背後にお金と家業があるならそれほど悪い縁組ではないだろうと思われた。

ところが実際はそうではなかった。シュトゥルーデルに入ったリンゴのようにぐずぐずの駄目男だったのだ。行き場に困った女友達を家に入れたばかりか、女子生徒とほとんど年齢の変わらないその女性を学校の前で待たせるという悪趣味なことをやってのけた。

《ステッラ・ポラーレ〔北極星〕》に出入りする奥様たちは、その多くが娘をカルドゥッチ校に通わせていたこともあって、この最悪の行動に対する意見を断固として曲げなかった。一方、《カフェ・デッリ・スペッキ〔鏡〕》に集まる夫たちは、その恋人がただの家出娘ではないと指摘しがちだった。彼女が亡命を余儀なくされたのは反ユダヤ法のためで、ドイツ人たちが、そしてあの憎たらしいチビの総統が尊大な野蛮人である証だった（カルソ高地〔第一次世界大戦の激戦地〕で彼らと対峙した者なら誰しもよく知っているとおりだ）。この点については、愛国者だろうと、「チェッコ・ベッペ」ことフランツ・ヨーゼフ一世を懐かしく思う人だろうと、ファシストだろうとそうでなかろうと、ユダヤ人だろうとカトリックだろうと、その他もろもろ、みんなの意見が一致していた。しかし妻たちは、だからといって、亡命した娘がわざわざこの地に来てトリエステのお嬢さんから未来と婚約者を奪う行為の情状酌量になるとは考えなかった。そして男たちが寛容なのは、むしろ同じ下心があるせいだと勘づいていた。教授の新しい恋人は、誰の目にも明らかなほど艶やかな魅力の持ち主だったからだ。

時間が経つにつれて彼女はますます魅力的になった。おいしい空気と充実した食事のおかげもあって、イタリアの優雅さに触れ、ジプシー風だがぱっとしない見苦しい外見が洗練されていった。結婚式を挙げたあとは、すっかり美しいトリエステ婦人となった。ただ、オーストリア訛りに慣れた耳にはひどく耳障りなアクセントは残っていたが。それでも、ものごとは丸く収まり、一緒に暮らすようになったふたりのよそ者に対して陰口を言うようなこともほとんどなくなっていた。まあ、いいじゃないか。せいぜい奥さんに挨拶をして、彼女をいっそう光り輝かせている、お腹のお子さんは順調ですかと声をかけるくらいだった。

そんなとき、一人の若者が師範学校の前に姿を見せるようになった。教授の義理の弟、つまりプロシア女性の弟だ。姉のような扱いにくい縮れ毛ではなく、セム人らしいはっきりした特徴もなく、礼儀正しく少し青白い顔で立っていると、実際の年齢より若く見えた。

最初はカルドゥッチ校の女生徒たちから、次いで、大学でフビーニ教授の経済学講座に登録した若者と同級生になった彼女たちの兄から、彼の噂が広がりはじめると、人々の反応は一変した。《ステッラ・ポラーレ》では、ある婦人が思わず「かわいそうに」と洩らした。その一言には、これほど前途洋々たる青年が、同じように祖国を離れるよう迫られたただ一人の親類のもとで家族の慰めを見出すしかないことに対するあらゆる憤慨が凝縮されていた。自分の娘には、学校のそばでその若者を見かけたら挨拶を忘れないようにと言い聞かせ、息子には大学で彼を手助けするのはもちろん、居酒屋めぐりに誘うよう勧めた。二月か三月ごろ、フビーニ教授の従妹のひとりは、プリム「ユダヤ教の祭日」の祝いのお菓子を二盛り、青年のところへ女中を使って届けようと思いついたが、あとになって考え直して、親戚の分だけ用意した。そのお菓子ハマンタッシェンが「かわいそうな学生」の胃袋に収まるだけでなく、トリエステのユダヤ人社会に大きな悲しみをもたらしたその姉と義兄の口にも入ることになると、どうして最初に気がつかなかったのか。

こうして過越《すぎこし》の祭りが近づくと、すでに新しくなくなったそのニュースは、祝日と休暇を目前とした用事にすっかり押しのけられてしまった。若者のほうも、小包用の紙でくるまれた本を持って校門で待ち続けていた義理の兄と、新しい指導教官である統計学校のルッザート＝フェジッツ教授を別として、あまり人と付き合わなかった。ちょうど過越の週間に、ベルリンから来た女性は女の子を出産した。滞りなく進んだこの喜ばしい出来事のおかげで、その後、弟は人々の前から姿を消したようだった。勉強に没頭しているか、さもなければ生まれたばかりの姪を乗せた乳母車を押して、市場での買い物に付き添っていた。

何事もなく数か月が過ぎた。いや、ワイエス博士ならフロイトの用語を使って「潜伏期間」と呼んだことだろう。ところが、学期末の数日間、そして夏のあいだずっと、街は、拡大する一方のある現象に巻き込まれていた。それは一種の伝染病のように、秋の嵐が始まってもなかなか消えなかった。

理由はあまりにも単純だった。アルベルト――教授の義理の弟は、最初からそう名乗っていた――に恋焦がれる娘たちがますます増えていったのだ。

アルベルト、あるいはフランス風にアルベールと呼ばれることもあった。その流暢すぎるイタリア語に漂う、かすかなガリア風訛りの雰囲気を引き出そうとしてのことだ。彼もまた、姉と同様、大学に入学する前に滞在していたパリとロンドンで受けた傷から立ち直っていた。朝早く、姉とその子どもをいつもの海水浴場に送っていくと、そこでお昼過ぎまで一人で泳いだり読書をしたりしていた。バルコラの磯で、ミラマーレ城を眺める姿が見かけられることもあった。ときおり、たいていは午後遅くに、海水浴場バーニ・アウソニアでお定まりの行列に並んで飛び込み台に上ることもあった。大きなワッフル生地のタオルだけを持ち、頭からと足からの二度、飛び込みをすると、隅のほうで体が乾くのを待って、帰っていった。そのあいだ、アクロバティックな妙技を披露する男友達を眺めるためにプールの横に座っていた若い娘たちは、アルベルトの日焼けした体だけでなく、タオルの上に放り出された本の表紙も観察していた。彼が意外なほど熱心に読みふけっていたのは統計学の教科書やドイツ人哲学者の分厚い本ではなく、『危険な関係』や『感情教育』、『ボヌール・デ・ダム百貨店』だった。

それは、若い娘たちにとって、彼に話しかけるきっかけとなった。十九世紀小説の詳細な心理描写の素晴らしさを彼が語るあいだ、娘たちはその素晴らしさに見とれていた。アルベルトの美しさには、そのころでも派手な要素はなかった。整った顔立ちや、穏やかな目つき、塩で色の薄くなった髪、均整のとれた体つきなどが美しさの源だった。何度か会話をしたあとになってようやく、まつ毛がとても長いこと、ぼんやりしているときにわずかに唇をゆがめること、さらには盲腸手術にしては醜すぎる腹部の傷跡に気がつくのだった。こうして、アルベールがまだベルリンにいたときに、ナチス突撃隊に襲われて怪我をしたという噂が広まった（おそらく折りたたみナイフか、割った瓶で）。そのころは、きっとまだ十八にもなってなかったのよ。信じられる？

周囲に巻き起こった騒動にひとりだけ気がついていなかったのは、アルベルト本人だった。彼は若い娘たちと上品な会話を交わし、男子とはトリエステのスポーツ・チームの成績について話をし、誰に対しても礼儀正しく挨拶した。彼からフランス語と数学の個人授業を受ける女子学生が急に増えて、さらにホフマンスタール、トーマス・マン、リルケで学んだドイツ語をおさらいしようとするご婦人方までその個人授業を受けるようになっても、自分が好意を持たれているとは思わなかった。もちろん彼にとって、ドイツから逃れるだけのお金をまだ工面できていないお母さん《ムッティ》に資金を送ることのほうがはるかに大切であって、早熟な女生徒が《カフェ・トンマーゾ》のベランダで友達に向かって、彼の姿が「まるでアポロンみたい」と叫んだことなどほとんど気にならなかった。夢中になった少女の父親たちが国際取引に長《た》けた知り合いに頼んで、〈ベルリン育ちのベルト〉の身の上を調べさせていても、知ったことではなかった。こうして分かったのは、彼の家族はたしかに良家だったが、あいにく外科医の父親は早くに亡くなっていて、有名な女優ティラ・デュリューと結婚した叔父が投機に手を出したこともあり、さらには人種法に続く数々の過酷な政策のせいで没落していたということだった。若者が持参金として用意できるものがその優れた頭脳と貴族らしいふるまいだけだとしたら、花嫁の父親が感謝すべきは蛮族アーリア人ということになるだろう。

学校が始まると、大半の娘たちはトリエステ流の実用主義に従い、自分たちに振り向いてくれないアルベルトをあきらめて、他の恋人候補と踊りに行ったり、直販所《オスミーザ》「農家の納屋で、ワインやサラミ、農産物をふるまい、販売する」での夕涼みを楽しんだりしていた。それでも、すっかり惚れ込んでいた娘が二人だけ残った。かつてはぴちぴちと健康的だった二人が病的にやつれてしまったことを、《ステッラ・ポラーレ》に集まった母親たちも、《カフェ・デッリ・スペッキ》に集う父親たちも、屈辱と受けとめた。美しい娘たちを精神分析医の診察台に送るだと？　とんでもない！

　だが恋の執着は、説得にも処罰にもまったく耳を貸さず、クリスマス休暇にフィレンツェ旅行をしてトルナブオーニ通りで手袋や毛皮を買いこんでよいと言われても揺らがなかった。根こそぎ消し去ろうと親が努力すればするほど、恋心は従順さを装ってその管理から逃れようとした。こうして、母親が、詩行「あらゆる天使は恐ろしい《アイン・イエーデル・エンゲル・イスト・シュレクリヒ》」を精神分析的に解釈して、『ドゥイノの悲歌』の第一歌に登場する恐るべき天使は、自分に男の子がいないため解消されずに繰り返されるエディプス的欲求を指しているのだと納得する一方で、その次女は、ドイツ語教師に「こんにちは」「さようなら」を言うのがやっとだというのに、サン・ニコロ通りの建物の入り口に隠れて、サーバ古書店に向かうアルベルトを待っていた。その場に立ちつくして横殴りの雨風で乱れる髪を片手で押さえ、もう一方の手は、垂れる鼻水をいつでもかめるようハンカチを握っていた。当のアルベルトは、まったく姿を見せない日もあれば、日によっては書店が閉まるまで、あるいは閉店後でもしばらく留まっていたが、彼女はそれほど長い時間、居続けられなかった。運よく、向かいに店を構える宝石商ジャネシッチが彼女の行動に気がつき、父親に会って、みじめな様子を伝えようとした。

　宝石商が気をつかい、カフェを出て広場を横切るあたりまで待ってから父親に声を掛けると、父親は保険会社ロイド・アドリアティコとジェネラーリの看板から連想して、なにか金を無心されるのではと心配になった。ちょうど海から凍りつくような風が吹きつけ、宝石商は、もはや疑いようのないその問題に時間をかけたくなかった。友人に向かって、君の娘がしょっちゅうサーバ書店の隣の建物の入り口に隠れているんだと告げた。彼女がのぼせているドイツ人の小僧は、彼女が凍りついたって気がつかないだろう。真相は二つのうちのどちらかだ。あの青年は書店で好ましくない政治談議をしているか、さもなければゲイ……。

父親の顔は真っ青になり、感情を抑えながら、必要なら娘に平手打ちをしてでもすぐ問題を片づけると約束し、握手して宝石商と別れた。そしてコートのえりを立て、決然たる足取りでウニタ広場を後にした。帰宅するとまっすぐ娘の部屋へ行き、ドアの前に立ってすべてをぶちまけた。それから恥ずかしくて死にそうな娘に最後の一撃を加えた。そのアルベールとやらは、母親が大好きなフランス小説のヒロインのように「アルベルティーヌ」と呼ぶのがふさわしい、と。

こうして彼に恋焦がれる娘たちの最後のひとりも消されたが、春になるとアルベルトの評判は復活した。数か月前から、学業の第一歩を刻んだ街に研究のため何度も戻るようになり、個人授業の回数は減っていた。といってもパリ大学にふたたび通おうと思っていたわけではない。実際、行き来していたのは個人的な理由らしく、とりわけ親しい教え子には打ち明けていた。

「恋人ですか？《ディー・リーベ》　聞いてもよろしければ《ヴェン・イッヒ・フラーゲン・ダルフ》」

「ええ……《ヤー》」と彼はうなずいて、純粋に内気な微笑みを浮かべて、札入れからパリの婚約者の写真を取り出した。

「ああ、やっぱり！」

五月、ヒトラーがイタリアを訪れたとき、アルベルトはトリエステ大学の図書館に閉じこもって論文『ポワンカレ・フランとその切り下げ』を書きあげようとしていた。一九三八年六月二十七日に論文試問を受け、賛辞なしの満点という評価で卒業する。もしかしたら試問委員の誰かが、学生本人あるいは指導教官が賛辞に値しない、両者には人種の点で疑わしいところがあると判断したのかもしれない。その指導教官レンツォ・フビーニはルイージ・エイナウディの教え子だったが、一九四三年イヴレアで密告によって逮捕され、翌四四年にアウシュビッツで殺害されることになる。

七月、アルベルトは姉夫婦とその娘といっしょに、ドロミティ山地の避暑地で過ごす。町に戻ると、パリを往復するのに使っていた、反ファシスト文書を運ぶ隠しポケット付きのカバンを用意する。きれいに畳んだ服の上にお気に入りの小説の一冊を置き、ルター派ドイツ人オットー・アルベルト・ハーシュマン名義の旅券を手にして、別れを告げると駅に向かう。

九月三日、義兄はアルベルトが無事にパリに到着したことを喜ぶ手紙を書き送り、あれこれと注意をする。パリの彼女と結婚し、仕事を見つけて、そのうち自分を泊められるくらいに稼いでくれと助言する。

九月八日、手紙の差出人は秘密警察オヴラに逮捕され、ヴァレーゼの監獄に連行される。エウジェニオ・コロルニに対する政治的、人種的迫害の始まりだった。その後ヴェントテーネ島に流刑となり、一九四四年五月三十日、ローマでファシストに殺される。合衆国第五軍の到着まであと五日のことだ。

一九三八年九月十八日、ベニート・ムッソリーニはウニタ広場の壇上から、熱狂するトリエステの群衆に向かって、「ユダヤ人問題」を解決するために「違いだけでなく、明白な優越性を定める、明らかで厳格な人種意識が必要だ」と宣言する。このときから人種防衛法が《カフェ・デッリ・スペッキ》でも《ステッラ・ポラーレ》でも、大きな影響を持つようになる。

これが史実だ。その他のことは、せいぜい史実によって押しつぶされてしまわないためのお喋りであり、自由な空想の産物に過ぎない。

捨て子

ヴァレリア・パッレッラ

中嶋浩郎訳

Valeria Parrella
Gli esposti

娼婦たちのほうがあなたたちより先に神の王国に入るだろう
マタイによる福音書二十一章三十一節

サン・パオロ・スタジアムでの試合前、彼女たちの誰もが慣れっこになっている重苦しい沈黙が、期待と不安のうちに修道院中に広がっていった。沈黙は外から上ってきて、凝灰岩の塀を乗り越え、入口アーチに描かれたフレスコの聖セバスティアヌスに、矢で射られたのと同じ深手を負わせた。試合が近づくにつれて、沈黙が四百年前の急な階段から自分たちのほうへ、じめじめした中庭のほうへ上ってくるのを、女子修道院長と修道女たちは感じていた。町は憂えるのをやめ、緊張が独房の中まで到達していた。奉納物を供えたり祈りを捧げたりするために修道院に来る人は一人もいなかった。玄武岩の古い道路を跳ねながら走るおんぼろバイクのぼやけたマフラーの音も、外に町がまるごと存在している証である遠くの騒音も、修道院には入ってこなかった。

修道禁域という帳《とばり》に包まれた院長は、もう二十年間も町を見ていなかった。ただ、往診を頼めずに病院へ行く途中のタクシーの窓から見たり、アッシージのクララ会修道院での勤行に出かけるとき高速道路へ向かう途中に見たりして、町のいくらかのイメージを持っているだけだった。それでいて、院長は町のことをすべて見ていた。漂白剤の匂いの漂う路地や、地震で被害を受けた建物の壁に開いた口のように下だけ大きく開け放された鎧戸を通して、町が彼女の周りでつながっているのを感じていた。院長は、記憶のなかの町と、目にした町を、インターネットを通して少し再現もしていた。神がインターネットを修道院の中にまで届けたがった以上、きっと何か意味があるはずだった。院長が微笑んでいたのはそのためだった。

出入り禁制の修道院に入ったのは二十歳と遅く、今は四十歳になっていた。彼女が過ごした二つの人生の年数は今ちょうど同じで、半分に開いた聖書をぱたんと閉じるように閉じられていた。人生の半分はシルヴィアで、あとの半分はマザー・ピアだった。その本の前半部はラヴェッロで暮らし、アマルフィの高校で学び、それから新体操にすべてを捧げた。腱を伸ばし、クラブをつかみ、曲の最初の音を感じるとき、シルヴィアのすべては身体の中だった。精神もあったが、その前の練習中に役立つものだった。いまや彼女は精神を排除していた。感じなければならなかったのは足首が伸びることだけで、実際に感じていた。さらには、弓のように曲がった背筋、腿を胸に引きつける大腿四頭筋も感じていた。演技中は仲間を見なかったし、見る必要もなかった。完璧さと魅惑が自然に四角いマットの上で組み立てられた。天地創造後に出現した宇宙さながらに。星がそれぞれ正しい場所にあって星座がつくりだされるが、彼女はそんな星の一つだった。頭のいい女性だった。

毎年ラヴェッロは芸術家や外国人で賑わっていて、高校の彼女のクラスには、ペルシアの大富豪やハリウッドの俳優の息子など、絶えず新しい生徒がやって来ては、またすぐに去って行った。だから、宗教は一つだけではなく、むしろ生徒の多くは神をまったく信じていなかった。そこで、シルヴィアはすべての解釈を自分の中に取り入れ、ひとつに組み立て、不動の動者である神がビッグ・バンにエネルギーを与えたのだと想像していた。ちょうど彼女が海岸のアトラーニの方へ下っていきたいときにバイクのアプリリアのエンジンをかけるように。今ではラジオを聞きながらシュートの場面を完全に再現できたし、修道院の中にいても、マフラーの音からオートバイを再現することができた。頭と心の目さえ持っていればよかった。

さて、当時二十歳だった彼女をイエスが呼んだのは、ポントーネの最後のカーブでギアを上げていたときだった。それはまさしくイエスで、木々でも神でも聖母マリアでもなく、いやいや、まさにイエスだった。確かに木々はあったし、雲と海岸の切り立つ岩の陰に神もいたが、イエスがべつの場所から、彼女の体の中から呼んだのだった。喜びという不安で胸が張り裂けそうだったが、喜びはあまりにも、あまりにも大きく、全体を把握するために立ち止まらなければならなかった。そしてそのまま動かなかった。シルヴィアはオートバイの横で、頭にはヘルメットをかぶったまま、地中海松の根元に立ちつくしていた。自分の前にある喜びを見ていた。そう、岩の先端に十字架があった。だが、印はそれではなかった。印はみぞおちにあり、心臓と腹と胸を一つかみにしていた。すでに二十年間生きてきた彼女は、前にもそんなふうに感じたことがあったから（これほど強くはなかったが、感覚はまさに同じだった）、恋に落ちたのだ、と言わずにいられなかった。そう認めながら、興奮のあまり笑い出し、自覚するためにミラーを眺めると、まだヘルメットをかぶったままの自分の姿が見え、実際に自覚できたのだった。

沈黙の中でも騒音の中でも、修道院に町の人々の人生はいつも姿を現していた。修道院はまさにそうしたものなのだが、修道女たちには理解できなかった。修道女たちは他人の人生の周囲でいつも時間を浪費していたのだった。駅では移民のために、食堂では貧しい人々のために働き、修道女の服はつねに歩道と教会を行き来し、古い布地を繕い、宣教に行き、教皇に従って飛行機に乗っていた。それにしても、彼女たちはどうやって祈る時間を見つけていたのだろう？　イエスからの日々の手紙、読まれるために残された愛の証を見つけるには、中庭の井戸の前に身じろぎもせずに佇み、葉を茂らせたパピルスが生きているのを眺めるだけで十分だったというのに。

あるいはその必要もなかったかもしれない。マザー・ピアが愛せたかもしれず、愛されたかもしれない他のどんな男たち（シルヴィアは好奇心旺盛な女性で、心を閉ざすことなくラヴェッロを隅々まで探検し、そこで一人の恋人と別れていた）とも、イエスは違っていた。本当に違っていたのは、彼女を創造したのが彼であるために、分子一つひとつから欲望を引き起こせるということだった。そして彼女の体のあらゆる部分に至り、的確な言葉で誘惑できた。五十年におよぶ結婚生活でさえも手にできず、子供を思う母親でさえそれほどすぐには口について出ないような類《たぐい》の言葉だった。それこそ非の打ち所のない愛で、新婚の床は修道院だった。

もちろんベッドは整えて空《から》にしておかなければならないのだが、遠ざかるほど思いは募るものだから、修道女や修道院長が身を守れば守るほど、磁石のように人生をひきつけた。頑固に時代錯誤の出入り禁制の生活を続ければ続けるほど、世間は修道院の中に入りこもうとし、敷居を超えようとした。そこで院長は見せかけの希望は与えずに世間を迎え入れることにし、修道女たちにもそう説明した。少しだけフェイスブックを使ってもいいことになったが、個人のプロフィールのない公式ページに限ってだった。週に一度だけ観光客に聖セバスティアヌスの見学を許すことにした。すると観光客は、直径が一品料理の皿ぐらいの回転盤を見て、こんなことを言った。

「ここに捨て子を乗せたんですか？」

「はい、奥さん。ばらばらにして」

「どういう意味ですか、シスター？」

「赤ん坊は見たことがありますか？」

「子供が二人います」

「生まれたばかりの子供さんがこの回転盤に乗ると思いますか？　こんなに仕切りがあるのに？」

「ふふふ、ごもっともです」

「それから、わたしたちは誓願修道女です。シスターではありません」

「ふふふ、ごもっとも」

「聖ゲオルギウスと竜」の修復がようやく可能になるほど気前のいい寄進をしてくれた知事夫人が見学を許されたのはもちろんだった。ようやく良心の回復が可能となるほど気前のいい寄進をしてくれたパオルッチ弁護士も当然。それに、マルクス・レーニン主義者にして多くの女性の愛人であり、ときどきおしっこをする修復家もしかたなく許可。それから、若い娘に恋をし、その子と結婚したいとも思っていて、客用宿泊所の隅の小部屋に住みたいと要望した管理人もたぶん許された。しかし、イエスは自分のすることがわかっていた。世間はある晩、図書館に十六世紀の古書があることをよく知っている泥棒という形で教会に現れたのだから。運良く管理人がまだそこにいて、部屋を借りることの是非について修道院長と議論していた。おかげで二人は窓の下を通って、院長は警察に電話をしに、管理人は泥棒たちが逃げるよう期待して二階の電気をつけに行くことができた。翌日、管理人は底辺の人々の住む地区へ行って家のドアを一つ残らずノックし、誰か知っているはずだ、そうではないか、と地区の住民一人ひとりを脅した。

そして、とうとう世間は修道院の西側にあるテラスに巣を作った。そこは修道女たちが洗濯物を干し、夏の晩課の後には、サン・マルティーノの向こうに日が沈むのを見に上るところだった。白頭巾をかぶり、薄い生地の服を着ただけの姿で。

世間はカモメの巣という形でテラスにやってきた。親鳥に忘れられたらしいひな鳥に、ピンセットに挟んだ挽肉をそっと差し出して餌をやるのは図書館係の修道女の仕事になった。ところが、雨が降りそうなある日、カモメの親たちが円を描いて低空を飛び、大声で鳴きながら戻ってきた。近くから見ると巨大で、何を食べたのか血で汚れた固い鉤状の嘴《くちばし》を持つ母鳥は、ひな鳥をテラスから突き落とした。こうして、ひな鳥は飛べるようになった。インターフォンが鳴ったのは、激しい雨で道が川のようになり、凝灰岩の塀に水が染みこんだその夜のことだった。最年長の修道女にとってはとっくに新しい日が始まっていた夜中の三時に、百回、いや千回も鳴った。その年取った修道女が応対したが、今度ばかりはイエスのやったことは度を越していた。

修道女たちの前にいたのは、サンテジーディオ共同体のよく知っているボランティアの女性で、白に近い金髪の痩せ細った娘の背中を支えていた。もし毛布が掛けられていなかったら、その子は見えもしなかっただろう。光に透かしてようやく見えるといったほどだった。

「この子を一晩かくまわなければいけないんです。院長さん、預かってもらえますか？」

「もちろんです」

「明日の朝ヴァルレーゼ神父が電話するそうです。よろしくと仰ってました」

家で最初の場所、修道院で最初の場所、その娘を連れて行った世界で最初の部屋、それは調理場だった。修道女たちは忙しく働いて鋳鉄のストーブに火をつけ、さらに暖房機も準備した。娘が長い長椅子に腰を下ろして毛布を取ると、妊娠していることがわかった。そこで、みんなにこにこしながらクッション、厚手の靴下、キルティングの掛け布団、年寄りの修道女の煎じ薬を取りに行った。だが、娘は笑いもせず、訛りのあるアクセントで息も絶え絶えに「ありがとう」と言うだけだった。たぶん疲れていて精一杯だったのだろう。氷のように冷え切っていた体が少しずつ温かくなると、長椅子に横になった。

院長は修道女たちを部屋に帰らせてから、座って娘の足を手にとり、膝に挟んで温めた。

「あなた何か月？　月は？　子供？　いくつ、七？」指で数を示した。

「八」

「それでまだストリートで働かされてるの？」

娘は目を閉じた。そこで、修道院長は物語を話して聞かせた。

「ほら、わたしは男を靴で見分けるのよ。あなたのときと同じように、インターフォンが鳴ると、シスターが回転盤から面会所の鍵を渡して、訪ねてきた人が外から戸を開ける。その間に、わたしは奥の格子窓の陰に隠れるの。格子窓の扉は開けたままにして待っていると、鍵を回す音がして、人が入ってくるんだけど、そのとき、最初に見えるのは靴。それで誰が入ってきたかわかるのよ。男の人は靴を替えないから、絶対に間違えない。政治家とか、弁護士とか、建設業者とか、お金持ちでもね。もし替えるとしても、よく似た靴だから。その人がここに入ってきて見るのは人魚。上半身だけの女で、絶対に自分のものにはできないけれど、世間に自分の不名誉を話されることもない。だから、何でも、本当に何でも話してくれるの。いい？　わたしには告解を聞くことも罪を許すこともできないのをよく知っているのに、それでもわたしのところへ来るの。ここに来ればわたしが微笑んで、目をじっと見てあげるから。五世紀前に先見の明のある芸術家の手で『エッケ・ホモ』が彫られるはずだった大理石の上に、自分の汚れた部分を捨てて出て行くというわけ。戸に鍵をかけて、鍵は回転盤の上に置いていく。ここは新しい千年紀の修道院。修復家は足場から降りてトイレに行くし、わたしは観光客を握手で迎えます。本当はこの鍵の儀式なんかいらないのよ。やったほうがいいことになってはいるけれど、形式にこだわりたくないの。もし、その人たちが本当にこの儀式を望んでいるのでなければね。男たちが一番望んでいるのは、自分たちの惨めさといっしょにわたしを鍵で中に閉じ込めておくことだから、わたしはそうさせています。そうでないと彼らを許せないもの。弱みが見えても、そのままにしておきます。もしちっぽけな人間だとわかっても、わからないふりをします。そうしないとそんな人たちのためには祈れません。神父はどうかって？　神父の話をしましょうか？　告解を聞くことも罪を許すこともできる人たちのことをね。あの人たちにも困ったものよ。勤行のために客としてここに泊めたとき、修道女たちが食事を作って届けてあげたのに、食事の後でさえ、長椅子からお尻を上げようともしなかった。わたしは司教代理に言ったのよ。『カルミネ神父。あなたのところの神父さまたちは祭壇にいるわけでもないのに、どうしてわたしたちが給仕をしてあげなければいけないのでしょう？　ここは食堂です。わたしが間違っていなければですが。一人ひとり調理場まで自分の食器を運んで洗うことになっています。やれやれ、こんなことは子供でも知っていますよ。違いますか？』

それから、そうした人たちの上にいる枢機卿は……もういい、やめましょう」

院長が話し終わって振り向くと、娘は眠っていた。お腹の中の小さな生き物より小さかった。院長は彼女に毛布を掛けて早朝の祈禱へ行き、図書館係の修道女と打ち合わせをした。

「あの子はあなたと体格が同じだから、あなたの服をあげなさいね。それから、いっしょに寝られるようにあなたの部屋にベッドを置きましょう」

「客用宿泊所がありますが、院長さま」

「いいえ、誰かといっしょのほうがいいのです。あんなに純真で、未熟なのだから」

「純真ですか？」

「純真です」

娘は世の中のことを何も知らなかったし、想像する時間も目もなかったからだ。

彼女は夜しか知らなかった。穴ぼこだらけの長い道、ゴミ捨て場、たき火しか知らなかった。速度を落とす車、開くウインドー、自分に小便を引っかけるペニス、そして国道の雑踏に紛れて走り去る車のことも知っていた。中に出すから口を開けろと言う男、怖いのは最初だけで、数分後には自分が自分でなくなってしまって何も感じなくなる集団レイプ。彼女は思う。《あたしはもう死ぬんだ》。それは悪い考えではない。こうして、彼女の頭は死に、穴だけが残る。穴など何でもない。しかし、殴られるのはいつだって痛い。彼女がぼろ切れになっているときでも、いつだって。彼らが靴で踏んづけて行くとき、頭は抵抗するのをやめる。すると、自分を傷つける人に感謝するようになる。頭は言う。《もしわたしがぼろ切れなら、存在するためには、わたしを濡らして絞り、踏みつけながら靴底をきれいにする人が必要だ》。でも殴られるのはいつだって痛い。気を失えばわからなくなるけれど。ほかにも娘は覚えている。その男が自分の尻に突っこんでいる間、ボンネットに手をついて体を支えていたことを。男は押し続け、彼女は車にお腹をぶつけないようにしていた。絶頂に達した男が抜くまで。彼女が尻の穴に引っかかっていたコンドームを外している間、彼は嘔吐していた。なぜ彼が嘔吐していたのかはわからない。彼女は黒い原っぱの方へ歩き出す。一歩また一歩。雨が降り出して、一軒のバールに入った。バールには客が大勢いたので、レジ係の女は彼女を店の奥に連れて行き、カプチーノを淹れてくれた。

レジ係の女が言った。「あんたがここからすぐ消えないとあたしがやっかいなことになるんだよ。おしっこしたいの？　あんた何か月？　お腹は？　いくつ？」

「八」

「あんた、身分証明書はもってる？　しょーうーめーいーしょ」

「ノー」

そこでレジ係はある番号に電話をした。

「どうすればいい？　ここには置いとけないよ。もし見つかったらこの子は殺されるし、あたしゃバールを閉めなきゃならなくなる……。うん、いや。証明書なら、お腹のなかだよ。八か月だって」

娘が知っていたのはそんなことだった。世間の他のことは何も知らずに長椅子で休んでいた。修道院長もそれを知っていたし、修道女たちも知っていた。レジ係の女も共同体のボランティアもそれを知っていた。それぞれ知っていたのはほんの一部だけで、疑惑、印象に過ぎなかった。だが、みんな自分の人生の中のどこかで、何らかの形で知っていたのだった。自分の肌と体の中で、北風と灼熱、光と夜の中で。


何日か経つうちに娘の頬の色が戻ってきた。そのうちに顔色が赤くなりすぎたので、最年長の修道女が血圧計を取り出し、朝と晩に測ることにした。誰も彼女にカトリックなのかとか、聖体を拝領するかとか、告解の神父を呼ぼうかとは聞かなかった。そんなことよりも、暑くないか、寒くないか、まだお腹がすいているか、規則的にトイレに行っているかを聞いていた。電話をしたい人がいるかとたずねると、いつでもノーと答えた。名前と名字を書くことを教えた修道女もいた。院長はインターネットで検索し、葉酸を手に入れた。

「もう遅すぎるかも」院長は心配のあまり大きな声で言った。

「遅くありませんよ、ほら」オルガン弾きのシスターが安心させ、娘を教会へ連れて行った。そこにはシスターが一人で共鳴箱や増幅装置をセットしたオルガンがあった。彼女は日曜日のミサの間、禁域の格子窓の後ろで演奏していたが、音質には満足していなかった。

「ほら、聞いてて……。ちょっと待って。いい、聞いててね……」

娘は手を下腹部に置いて長椅子で黙っていた。オルガン弾きはニ短調のトッカータとフーガを弾き始めた。左足がペダルの上をすばやく動き、タップダンスを踊っているようだった。

「ふふ！　これはハモンドB3、五〇年代のオルガンよ」弾くのをやめずに大きな声で言った。

院長が入ってくると、オルガン弾きは言い訳をした。

「赤ちゃんのためなんです、院長さま……胎教にいいと思いまして。院長さまが昨日の夜インターネットでお読みになっていたように」

「でもそれはクラシック音楽の話ですよ。バッハのビバップ・バージョンではありません」

「院長さま。もし神がジャズをわたしたちに伝えたのだとしたら、それには理由があるはずです」

シスターがスウィング・ザ・ブロンズの即興演奏をしている間に、娘が身をよじって苦しみだしたので、救急車を呼ぶことにした。ところが娘は地面に体を投げ出し、修道女に取りすがって何語かわからない言葉で哀願した。

「ノー、病院。ノー」わかったのはこれだけだった。

それから、「お願い」

そのとき、院長は苦しんだ。二十年間の禁域生活で初めて、激しい怒りを感じ、不当な仕打ちに服従するという鈍い痛みに苦しんだ。自分が同じお腹をして、ぬかるんだドミツィアーナ街道に独りぼっちでいる姿が見えた。同じようにひざまずき、《ノー》と言い、《お願い》と頼んでいる。院長が感じていたのは、枢機卿に対してときどき覚えるような、すぐに鎮まり、納得できる怒りではなかった。それとはまったく別の、怒りが彼女の選択の動機となっていた時代のものだった。

「わかりました。やめましょう」茫然としている修道女たちの前で言った。彼女たちはこんなことを考えていた。《どうして？　もしここで死んでしまったらどうするの？　わたしたちには何もわからないのに？　どうして、院長さま、どうして？　出産もインターネットでできるというの？》

「用務員さんに、アントニオ・ラヴァージ先生に電話するように伝えて。高校の同級生で、信頼できる人です」

「この町にいるんですか？」

「キアイアにいます。婦人科の先生で、修道院とはフェイスブックで友だちです」

《赤ちゃんは生まれるときはみな裸》。医者がへその緒を結んで、生まれた赤ん坊を腕に抱いた後、真夜中に院長はこんなことを思っていた。《わたしは修道院を支えているのだから、赤ん坊も支えていく》。これまで母性本能を発揮したことが一度もなかった彼女がそう考えていた。

「赤ちゃんは元気ですか？」修道女たちが代わる代わる院長の部屋に顔を出してたずねた。

「聞こえませんか？」

事実、泣き声が聞こえていた。

ようやく赤ん坊が母親の胸に抱かれ、修道女たちが掃除をすべて終えて、年長者たちがロザリオを持ったまま床についたころ、医者は院長を脇に呼んで話をした。

「いいかい、シルヴィア、この娘さんがどんな病気を持っているか検査する必要がある。本人は何も知らないんだから。自分が妊娠何か月かも知らなくて、八か月だと言っていたけど、臨月だったわけだしね。それから、今、病院では赤ん坊に総合的な適格審査をして、この子に問題がないか調べるんだけど……。それはともかく、シルヴィア、娘さんはこの赤ん坊の出生届を出さなきゃいけないよ。つまり、ぼくが出産証明書を作って、彼女はそれを戸籍課へ持っていって登録しないといけない」

「それはできないわ」

「シルヴィア、ばかじゃないのか？　ごめん。でも法律なんだ。十八歳までこの子をこの中に置いておくつもりか？　とても困ったことになるぞ、シルヴィア。ぼくときみがね。特にぼくのほうだが、きみもだ。それは違法行為で、誘拐に……」

「あああ……落ち着いて。わかったわ。でも、今は夜中でしょ、こんな夜中に届けに行かなきゃいけないの？　まだ名前も決めてないのに……」

「出生証明書には時刻を書く欄がある」

「わかったわ。でも、次の日に行って『昨日この時間に生まれました』って言うことだってできるでしょ？」

「十日以内に処理すればいい」

「ああ、十日もあるのね。主は天地すべてを作るのにそんなにかからなかったわ。十日あれば、戸籍課へ行くようにあの子を説得できるはず……」

「どこかの家庭に預けることになるだろうね。国へ送り返したり、赤ん坊を取り上げたりするほどの情け知らずじゃないだろうから。それとも……」

「明日の朝、弁護士のパオルッチを呼ぶわ。もう帰って寝てちょうだい」

「どんな様子かまた見に来るよ」

「ああ、トト……」

「え？」

「ありがとう。神の祝福がありますように」

それから数日後、娘が姿を消して見つからず、戻って来なくなると、マザー・ピアは何度も繰り返した。彼女が知っていた数少ないイタリア語の「弁護士」という単語を、うっかり彼女のいる前で微笑みながら言ってしまったことが間違いだったと。「安心しなさい。すぐに友だちの弁護士を呼びますから」娘を安心させるためなら、できる限りのことをしただろうし、彼女を守るためならできないことだってやっただろう。院長は胸が張り裂ける思いだった。その間に、修道女たちはとても高価な粉ミルクと、煮沸消毒をして使う小さい哺乳瓶を手に入れた。そして、生き物の世話に特別の才能がある図書館係が三時間おきに赤ん坊にミルクをやり、他のことはすべてユーチューブで見つけたとてもわかりやすい使い方説明の動画に従って対処した。

祈るときにいつも修道女たちの頭と心に共通してあったのは、娘が無事でいてほしい、カモッラ［ナポリの犯罪組織］にも警察にも見つからないでいてほしい、熱を出さないでいてほしいということだった。それに、もちろん、できるだけ早く戻ってほしいとも思っていた。授乳疲れで目の下に隈のできた修道女たちは交代で賛歌を合唱しに教会へ行った。赤ん坊が合唱に合わせて泣き声を上げたりすると、修道院長なら正しい方法をきっと見つけてくれるはずだと確信しながら、じっと院長を見つめるのだった。

院長が神に向かって問いかけていたのはまさにこのことだった。人間の法律や福音書の掟に従えば間違っているが、未来のために進むべき正しい道。万人の未来、まず第一にこの小さい赤ん坊の未来。それから修道院、そして最後に彼女の未来。

そうしている間も、途方にくれ、怯えた視線が注がれているのを院長は感じた。

「さあ、元気を出して。菜園のことを忘れないようにしましょう。この寒さでは何が起きるかわかりません。それから、四月には教皇さまがいらっしゃいますから、その準備もしなくては。そうそう、枢機卿のところへ行って外出許可をお願いしなければ……」

そして、心のなかでこう続けた。《枢機卿はわたしの外出を拒否するのを楽しみにしているでしょう》

朝と晩に様子を見に来ていた医者も同じだった。通っていたのは産婦と新生児を診察するためというより、早くこの問題を解決したかったからだった。だから、娘の姿が見えなくなったときは震え上がり、診察をすべてキャンセルして、携帯を手に昼間はずっと修道院の客用宿泊所に籠もっていた。

「彼に仕事をするように言って！　何か手伝いなさいってね！」院長は修道女たちに命令した。

「先生、ここから出て行くか、そうでなかったら手伝ってください。一日じゅうそんなことをしていられたら困ります。さあ」

七日目の晩、医者は夕食後も帰ろうとしなかった。そこで、院長は終課の後、年長の修道女が作ったクルミ酒のボトルを持って彼を面会所へ連れて行った。

「ねえ、シルヴィア。あの子は帰ってこないよ。今ごろはもう死んでるかもしれない。今きみが考えなければいけないのは赤ん坊のことだ。きみはいつでも勇気と分別のある女性だった。きみが修道院に入ったとき、ぼくたちは打ちのめされたよ。きみのお母さんは毎日ぼくの母の家へ来て泣いていた。ぼくはきみの見習い期間中ずっと、きみが帰ってくるのを待っていたんだ。今となっては大昔の話で、きみにあのころのことを思い出させる資格なんかぼくにはないんだが。でも、きみにはわかってる。ぼくは何も新しいことは言っていない。きみのような人は他にいないってことを知っているのはぼくだけじゃない。きみに会ったことのある人は誰でも知ってる……。きみがこの中に閉じこもったのは、きみの美しく優秀な姿を思い出す人に会わないためだったんじゃないか、そう思うことがあるよ。きみのすばらしさを受け止めるにふさわしい人は一人もいなかったんだから。たぶん、きみのイエスだけだ。今必要なのはあのときと同じ決断だよ。一番簡単なのは、そのパオルッチとかいう弁護士と警察を呼ぶことだ。いっしょに何が起きたか説明しようじゃないか。ぼくたちみんなが証人だったんだ。赤ん坊はすぐ養子にやられることになるだろう。この子が一番最後の捨て子になるわけだ」

「ちょっと待って、トト……そうじゃないわ。赤ん坊は回転盤に置かれてたんじゃないし、一人でこの中に入ってきたんじゃないのよ。捨てられたのはあの娘さんで、わたしはあの子を守ってやれなかった」

「娘は逃げていった」

「ここは監獄じゃないわ。逃げたんじゃない。あの子は出て行ったのよ」

「自分の責任から逃げたんだよ。はっきり言うと」

「わたしが修道院に籠もったのはそのためなのよ。そんなクソ……ええと……ばかな話を二度と聞かないため。だけどこの修道院でも聞かされたわ。そんな責任なんてクソ……いや……ばかげてる。あの娘は雨の中、裸同然で、歯の根が合わないほど寒い三月に、言葉も何一つしゃべれない状態でここへたどり着いたというのに……。学士のお医者さん、あなた何を見てたの？　あなたは出産を見た。わたしは一人の無辜の子に世界中のすべての悪が襲いかかるのを見たわ。顔も声もわからなければ哀れみもない獣の種でお腹がふくらんだ女の子を見たわ。あの子を犯したのはみんな悪魔だと言えたらどんなにいいか。でもわかってるでしょう？　わたしにはそんなこと信じられない。そうじゃなくて、確かにみんな人間だった。あの赤ん坊に対して重い責任を持っているのは、産んだあの子じゃなくて、わたしたち二人なの。わかった？　わたしが何言ってるかわかる？」

「わかるよ、シルヴィア。ぼくに当たらないでくれ。わかったから。おいで」

そして二十年前にシルヴィアが泣いていたときのように彼女を抱きしめた。そう、今マザー・ピアは泣いていた。

その夜、院長は教会へ行き、かつてイエスと結婚したときと同じように、両腕を十字架の形に広げ、額を大理石につけた姿勢で身廊の床に横たわった。町が凍るような夜だったが、マザー・ピアは床に伏せたまま動かなかった。それから体の痛みをこらえて起き上がり、朝課と賛課の間に客用宿泊所へ医者を起こしに行った。

彼女が枕元に腰を下ろすと、彼は夢から覚めて飛び起きた。

「いっしょに行こうか？　それとも連中が来るのかい？　出生届を出そうか？」

「ええ、トト。わたしが行く」

「特免状なしで出られる？」

「出られるわ、トト。赤ん坊はわたしの子供だとあなたがその書類に書いてくれるから」

「きみはどうかしてる」

「どう思ってもいいから、書いてちょうだい。お願いだから。サルヴァトーレと命名される男の子はシルヴィア・Pが産んだと」

「でも、それは嘘だ」

「可能性はある。わたしはまだ四十歳だし」

「子供はどこにいたことにするんだ？」

「二十年前から世間の人たちはわたしの顔しか知らないの。面会室では上半身しか見えないし、こんなにゆったりした服なんだから、下には双子だって隠せる」

「ばかげてる。嘘っぱちだ。きみは破滅するよ。でもどうしてそんなことを？」

「あなたはもう俗世間の暮らしでだめになってるのよ。あんなに誇り高くて、あんなに革新的だったのに……」

「でもどうしてそんな……」

「トト、わたしたちが望んでいた愛のためよ」

医者は服のまま寝ていたベッドから起き上がり、オレンジ畑を見晴らす窓際へ行った。空は明るくなり、教会から朝の祈りの声が上ってきた。草原は霜に覆われていた。

「わかったよ。ぼくたちが望むことができるかもしれない愛のために」振り向かずにそう言った。


陽射しの下に出るなり、修道院長は後ろを振り返ったが、それは一瞬のことだった。古い道を行き、間もなくドゥオーモの通りに出た。身の回りの品々を入れたスーツケースと服の入った袋を片手に、もう一方の手にはへその緒と出生証明書を持っていた。赤ん坊は大きなショールで作ったおくるみに包んで抱いていた。

シルヴィアだったころのズボンはボタンが閉まらなくなっていて、股ずれがした。司教区庁まで歩き、枢機卿に面会を求めた。

「マザー・ピアです」びっくりしている守衛に、短い髪の毛を掻きながら言った。

いつもと違って、枢機卿は急いで彼女のところへやって来た。

「猊下、用件を申し上げます。わたしは子供を産みました。これは出生証明書の写しです。修道院を出て、国へ帰ります。そこで戸籍登録をして、父の土地で暮らします。修道服はここにあります。手紙か何か書く必要がありますか？」

「シスター、マザー、一体これは……」

「はい、わかっています。総院長さまの処分に従います。これが住所です。他に何か必要でしょうか？」

「ああ……あの……父……親は？」

「誰かわかりません」

「何ということ、ま……まるで娼婦じゃないか」

「その通りです、猊下」

「ああ、イエスさま……」

「いいえ、イエスさまの話はやめましょう。イエスさまとは昨晩話しました」

そう言いながらミサ典書に近づくと、マタイによる福音書二十一章を開いて、気が動転している枢機卿に示した。

そして、外へ出て海のほうへ歩いて下っていった。町は広く、人であふれ、生き生きしていた。他のどの町よりも生き生きしていた。町に出てしまえば、彼女はアマルフィ行きのバスに乗るため、ヴァルコ・インマコラテッラの停留所に向かう赤ん坊を抱いた一人の女だった。

二十年の結婚生活は長く、まだとても愛していながら別れるのは恐ろしかった。

だが、アトラーニとラヴェッロの分かれ道まで行くと、実は昔も今もずっとそうだったのだが、ふたたびシルヴィアに戻っていた。そして、母になったシルヴィアは、マザー・ピアの新たな時代に過ぎなかった。過ぎ去った日々のことは考えず、ただ来たるべき日々のことだけを思う現実的な女性だった。その日の午後、ヴェスヴィオ山の上には雪が積もっていた。

違いの行列
王は死んだ

アスカニオ・チェレスティーニ
中嶋浩郎訳

Ascanio Celestini
La fila della diversità / Il re è morto

違いの行列

むかしむかし、あるところに小さい国がありました。
小さい国には小さい学校がありました。

子供たちにはたくさんの先生がいましたが、
小さい政府は
こんなに教えることが多いと
混乱を招くと考えました。

そこで、どうしても必要ではない学科の
先生を排除することにしました。

たとえば、外国語の先生は解雇されました。
小さい国はとてもすばらしくて、
外国へ行ってしまう人が一人もいなかったからです。

文学の先生も解雇されました。
文学は退屈なものですから。
その証拠に、人はただ寝つくために夜、本を読むのです。

数学と物理、生物と化学、
それに体育の先生まで解雇されました。
とうとう、生徒たちを混乱させないために
ひとつの学科だけを残すのがいいということになりました。
そして、小さい国の学校に
「一列縦隊」を教える先生がやってきました。

一列縦隊は労働という小さい世界に
じょうずに仲間入りするための基礎となるもので、
役に立つ教えです。

小さい国には釘製造の多国籍企業がありました。
工場へ出入りするのに
一列縦隊を知っていると便利でしたし、
釘を作るのにも
一列縦隊はどうしても必要でした。

労働時間外に、小さい国の国民は
スタジアム、スーパーマーケット、教会へ通っていました。
一列縦隊はきちんと列を作って
試合のチケットを買ったり、レジで自分の番を待ったり、
聖体拝領式で神父からホスチアを授かるのを
待ったりするのに便利でした。

新学年の最初の日、
一列縦隊を教える女の先生がクラスに入ってきました。
先生は言いました。「みなさん、自由に一列縦隊を作りなさい」
そこで、当然のことながら、生徒たちは輪になりました。

先生は言いました。「だめ。輪になるのは法律違反です。
小さい国の法律で禁じられています。
悪口雑言や手淫と同じく禁止されています。
手淫をすると目が見えなくなり、
悪口雑言を吐くと無神論者になりますが、
輪になるとみんな同じになってしまいます」
生徒たちはうなずきました。
「それでは、背の高さの順に並びなさい」
先生が言いました。

背が高くて痩せた金髪の女の子が一番前に並びました。

ところが、ジプシーの女の子も前に並ぼうとして、言いました。

「わたしのほうが背が高い」

「そうね、でもわたしはかかとの高い靴を履いてる」

先生が言いました。「みなさん、ご覧なさい。
もしジプシーの子を一番前にしたら、
金髪の子に高さは越されているのだから、

まちがっているように見えます。
でも、金髪の子を前にしたら、
表面的な解決にしかなりません。
明日金髪の子がジプシーの子と同じように裸足で来たら、
今度の列では
二番目の子より低いことになります。
ですから、背の高さは一列縦隊の正しい基準ではありません」
生徒たちはうなずきました。
「それでは、髪の毛の色の順に並びなさい」
先生が言いました。

背が高くて痩せた金髪の女の子が
また一番前に並びましたが、
背が低くて太った金髪の女の子もとなりに並びました。
髪の毛は同じ色で、
ルーマニア人の男の子も二人と同じ金髪でした。
先生が言いました。「みなさん、ご覧なさい。

色は人の目を欺きます。もし髪の毛だけで考えれば、
この三人はみんな一番前にならなければいけません。
誰かがあなたたちはみんな同じだと言ったら、
その人は嘘を言っているということがわかりますか？
実際、この三人は客観的に見てみんな違います。
背の高さも、体格も、それに人種も。
なにしろ一人はルーマニア人なのですから。
ですから、色は一列縦隊の正しい基準ではありません」
生徒たちはうなずきました。
「それでは、違いの順に並びなさい」
先生が言いました。

背が高くて痩せた金髪の女の子が
また一番前に並び、
誰も文句を言いませんでした。
アフリカ人の男の子が一番後ろに並んだときも
誰も何も言いませんでした。

でも、その間は？

背が高くて痩せた金髪の女の子の次に、背が低くて太った金髪の女の子が並び、その次にジプシーの女の子、その後ろにルーマニア人の男の子がいて、次に太って眼鏡をかけた男の子、中国人の女の子、最後にアフリカ人の男の子。


太った男の子が言いました。「ぼくは太って眼鏡をかけてるけど、小さい国で生まれたから、ルーマニア人の男の子とジプシーの女の子より前にいなければ」

ルーマニア人の男の子は文句を言いませんでしたが、ジプシーの女の子は動こうとしませんでした。

「わたしはジプシーだけど、小さい国の生まれだよ。お父さんやお祖父さんと同じように」

太った男の子が言いました。「そうさ、でもトレーラーハウスで暮らしてるのはおまえだけだ。ぼくたちはみんな家に住んでるのに。ぼくたちは同じで、違うのはおまえだけだ」

そして、太って眼鏡をかけた男の子は自分の場所につきました。

外国人の男の子が言いました。「ぼくたちルーマニア人は
小さい国の人たちみんなから嫌われてるけど、
ぼくたちの国では、あんたたちがぼくたちを嫌うように、
みんなジプシーを嫌ってる。
だから、ぼくの方がこのジプシーの女の子よりみんなと同じだ」
そして列の前に進みました。

今、一列縦隊は
背が高くて痩せた金髪の女の子、
背が低くて太った金髪の女の子、
太って眼鏡をかけた男の子、
ルーマニア人の男の子、ジプシーの女の子、
中国人の女の子、アフリカ人の男の子の順になりました。

アーモンド形の目をした女の子が言いました。
「わたしは中国人。わたしたち中国人は働く。
でもジプシーは盗む」

ジプシーの女の子が言いました。「嘘よ、わたしは勉強してる」
「あなたは勉強してる。でもお父さんは？」
中国人の女の子が愛想よく聞きました。
「働いてるよ」

「それじゃお祖父さんは？　ほかの親戚は？」
列になっているほかの生徒が
みんな声をそろえて言いました。
黙っているアフリカ人の男の子を除いて。

「あんたたち、わたしの親戚なんて知らないくせに
どうしてそんなことが言えるのよ」

先生が言いました。「その通り。
わたしたちはその人たちのことを知らないし、
今この瞬間、その人たちがどこにいるのかもわかりません。
何か悪いことをしていないと、誰が保証してくれますか？
盗んではいないかもしれませんが、人を殺しているかもしれません！」

「ジプシーは泥棒で裏切り者です」全員が声をそろえて言い、
ジプシーの女の子は列の後ろの方、
ずっと黙ったままのアフリカ人の男の子のすぐ前に並ばされました。

一列縦隊が完成したので、
先生は満足しました。
先頭から背が高くて痩せた金髪の女の子、
背が低くて太った金髪の女の子、
太って眼鏡をかけた男の子、
ルーマニア人の男の子、中国人の女の子、ジプシーの女の子、
最後にアフリカ人の男の子の順番でした。

ジプシーの女の子はとても怒って、言いました。
「先生、もしわたしが黒人と交尾したら
わたしよりまちがいなく黒い子供が生まれるだろうし、
もしかしたら、牛のような斑がある子ができちゃうかもしれない」

先生が言いました。「その通り。人種が汚染されないうちに
違いを排除しましょう」
そしてアフリカ人の男の子はあっという間に窓から放り出されました。

中国人の女の子が話を続けました。
「このジプシーの女の子は盗まないかもしれないけど、
わたしたち中国人がよく働くのは確かよ。
わたしたちは怠け者が嫌い。
経済を停滞させる厄介者だから」

先生が言いました。「その通り。わたしたちが貧乏にならないうちに
違いを排除しましょう」
そしてジプシーの女の子はあっという間に窓から放り出されました。

ルーマニア人の男の子が言いました。
「ぼくはこの中国人の女の子と同じ外国人だけど、
ぼくの国も小さい国です。ところが中国人は十億人以上いて、
もしいつか全員が小さい国にやって来たら、

中国人が大多数になっちゃいます」
先生が言いました。「その通り。みんな同じにならないうちに
違いを排除しましょう」
そして中国人の女の子はあっという間に窓から放り出されました。

太って眼鏡をかけた男の子が言いました。
「この汚らしいルーマニア人の男の子は愛国者のふりをしてます。
そのうちにぼくたちと同じ小さい国の市民だと言い出して、
太ってもいないし、眼鏡もかけてないから、
一列縦隊でぼくの前に並びたがるに決まってます」
先生が言いました。「その通り。追い越されないうちに
違いを排除しましょう」
そしてルーマニア人の男の子はあっという間に窓から放り出されました。

背が低くて太った金髪の女の子が言いました。
「この男の子は眼鏡をかけてます。遺伝性の病気かもしれません。

交尾して目の悪い子供が生まれる前に片づけてしまいましょう」

先生が言いました。「その通り。病気を移されないうちに違いを排除しましょう」

そして太った男の子はあっという間に窓から放り出されました。

背が高くて痩せた金髪の女の子が言いました。

「残ったのはわたしたち二人だけど、わたしがこの子と違うのか、それともこの子がわたしと違うのか、どっちなのかもうわからなくなっちゃった」

先生が言いました。「その通り。混乱を引き起こさないうちに違いを排除しましょう」

そして背が低くて太った女の子はあっという間に窓から放り出されました。

背が高くて痩せた金髪の女の子がにこにこしながら言いました。

「さあ、残ったのはわたし一人だけ。わたしの人種がほかの人種と交じって腐敗する危険はなくなった。

違いはもうありません」

「いいえ、あなた。まだ二人残っていて、あなたはわたしと同じではありません」
女の子を窓から放り出しながら、一列縦隊の女の先生が言いました。

やれやれ、いやな話です。

でも、この話にはいいところもあって、その年、小さい国の学校は一つの記録を作りました。誰も落第しなかったのです。

王は死んだ

むかしむかし、あるところに小さい国がありました。
小さい国が小さい第一共和国だったころ、
マフィアと汚職者の党が政権を握っていました。

ところがかの有名な党会議で
マフィア派が汚職派に対抗して
争いになりました。

汚職者たちは
マフィアに敬意を払いながらも、
殺したり盗んだり違法に家を建てたりしても

刑務所行きにならないで済むには
マフィアでいる必要はないと確信していました。
罪にならないで済むには買収するだけで十分でした。

同じようにマフィアたちは
買収が有効な手段だと評価はしながらも、
殺したり盗んだり違法に家を建てたりしても
刑務所行きにならないで済むには
買収が不可欠だとは考えませんでした。
罪にならないで済むにはマフィアの援助があれば十分でした。

その有名な党大会で
二つの派は別れ、
二つの別々の党を創立しました。
汚職党とマフィア党です。

選挙の日がやって来ました。

マフィア党は国民の気分をすぐに感知して、
マフィアへの投票を求めるより
(それは客観的に見て誰にとってもムカつくことでした)
「汚職者には投票しないでください！　汚職は犯罪です！」
と言うことにしました。

こうして、みんな汚職党に投票しない方を選んだので、
マフィア党が選挙に勝ちました。

トニー・マフィオーゾ一世が
大統領になりました。

でも誰もマフィアは好きではありません。
そこで汚職党は国民の希望に応えるため、
大統領殺害を計画、実行しました。

もちろん小さい国民は満足でした。
小さい国では

大統領が死んで
マフィアが一人減ったのですから。
次の選挙ではマフィア党が負けました。
誰かが汚職党の政府を望んだからではなく、
単にマフィアがムカつくからでした。

こうしてトニー・オショキーノ一世が大統領に選ばれました。

もちろん小さい国民は大統領の名前を
聞いただけで震え上がりました。
汚職は国民が戦わなければいけない災厄だったからです。

そこで国民の希望に応えるため、
マフィア党はトニー・オショキーノ一世を殺害しました。
次の選挙では
汚職党が負けました。
そしてトニー・マフィオーゾ二世内閣が生まれました。

ところが、汚職党は国民の気分を察知して、
マフィアの大統領を殺害し、
トニー・オショキーノ二世を位に就かせましたが、
誰も喜びませんでした。

しばらくの間こんな状況が続き、
トニー・オショキーノ百四十三世を殺害したばかりの
トニー・マフィオーゾ百四十四世の政府になりました。
汚職党はすぐに権力を取り戻すために
（マフィアへの国民の憎しみを利用して）
彼を殺害しました。

ところが、彼が死んで数分後にはもう、
マフィアの大統領の後を継いだ
汚職党の大統領を殺すために
マフィア党は殺し屋を雇いました。

その殺し屋は、殺し屋ではありましたが、汚職党員でもありました。

偶然にも
汚職党の党首に指名された人物で、
つまり、
トニー・オショキーノ百四十四世になるはずの人だったのです。

その汚職者には二つの選択肢がありました。
トニー・マフィオーゾの後任者を殺すこと、
つまり自殺すること。

または、トニー・マフィオーゾの後任者、
つまり自分自身を殺すことを拒否して、
そんな無礼を許さないマフィアに殺されること。
要するに、どちらにしても彼は死ぬことになります。

そこで、汚職党の汚職者たちは
マフィア党の大統領、
つまりトニー・マフィオーゾ百四十四世が死んだことを

公表しないことにしました。
こう考えたのです。「彼の死を公表するのが遅くなればなるほど
その後任者、つまり我々の仲間が殺されるのが遅くなるだろう」

それどころか、汚職者たちは死んだ王のところへ行って、
その王はマフィアでしたから、手にキスまでしたのです。
その場面を見て、マフィアたちは
こう考えました。「奴らが公表したくないのなら、
どうしておれたちがする必要がある？」
結局のところ、彼が生きていることにするというのは、
権力を失わないで済むということだったのです。
そこで、マフィアたちも死体の手にキスをしました。

小さい国の小さい市民たちは
彼が死んだことに気がついていましたが、
国民というのは子供ですから、何でもないふりをしました。

こうして、しばらくの間死んだ大統領が王座にとどまりました。

何日か過ぎたある月曜日のこと、
歩道の歩行許可を求める
小さい市民協会が
大統領に謁見を求めました。

今や小さい国には歩道がなくなっていました。
小さい市民たちは平日に仕事へ行くにも、
休日にスーパーマーケットやスタジアムや教会へ行くにも
車を使っていて、
さもなければ家にいてテレビを見ていたからです。

歩道の歩行許可を求める
小さい市民協会は
死者の前に行き、
小さい国の歩道を復活させるように頼みました。

大統領は死んでいましたから何も言わず、

ただ、腐敗が進んでいた体から
片方の耳が落ちただけでした。

でも、それまでいつも返事はノーでしたから、
この沈黙は解禁を表すと解釈されて、
その日から
小さい国では
また歩いてあちこちに行けるようになりました。

次の月曜日には、
飲料水の飲用許可を求める
小さい市民協会が謁見を求めました。

小さい国の水がすべて有毒だったわけではありませんが、
飲める水も法律で有毒と見なされていました。
マフィア党の政府も汚職党の政府も
炭酸飲料の多国籍企業から賄賂をもらっていたからです。
炭酸飲料を飲まない者は刑務所に放り込まれました。

過激派はすぐに発見されました。
げっぷをしないのは彼らだけでしたから。

飲料水の飲用許可を求める
小さい市民協会は
せめてボトル入りの水を飲むことが可能になるよう求めていて、
いずれは水飲み場が利用できるようになればと願っていました。

大統領はずっと死んだままでしたから
今度も何も言わず、
ただ腐敗が進んでいた体から
左手の五本の指が落ちただけでした。

それまでいつも返事はノーでした。
マフィアの大統領か汚職党の大統領かに関係なく、
返事はこうでした。「水は便所掃除につかうものだ！
ナチコーラを飲め！」
ところが、今この沈黙は

解禁を表すと解釈されて、
次の日から小さい国では
げっぷをしないで話す
小さい市民に出会えるようになりました。

月曜日ごとに、大統領トニー・マフィオーゾ百四十四世の死体は
別の代表団と謁見しました。

呼吸できる空気を求める
小さい市民協会がやって来ました。
今では歩道があって
車を家に置いて出かける人が増えました。
空気はきれいになりはじめて、
酸素ボンベは歩くのに不可欠なものではなくなりました。

投石による女性殺害に反対する小さい市民協会も、
ホモセクシュアルの刺殺に反対する小さい市民協会も、
ジプシーと浮浪者の焼却に反対する小さい市民協会も

謁見を受けました。

大統領は黙って死んだままで、
片方の目がなくなったり、
片方の膝蓋骨が転がり落ちたりするだけでした。
小さい国にこれほど賢明な大統領は今まで一人もいませんでした。

ある月曜日のこと、個人及び集団の自由を求める
小さい市民協会がやって来ました。
トニー・マフィオーゾ百四十四世の体で残っているのは
頸骨と、股関節の上で危うく平衡を保っている頭蓋骨だけでした。
小さい市民たちは刑法に
汚職とマフィアの罪を導入するように求めました。

そのとき、汚職党から大統領に指名されている人物が、
彼は大統領の近くに座っていたのですが、
跳び上がって叫びました。
「だめだ！　自由はだめだ！　いくら何でもそこまでは！」

彼はトニー・マフィオーゾ百四十四世の頭蓋骨を蹴って床に転がして、
自分の前任者の最終的かつ確定的、
身体上かつ制度上の死亡を宣言し、
同時に自分がトニー・オショキーノ百四十四世であると宣言しました。
しかし、彼は自分を殺すためにマフィアに雇われていて、
りっぱな政治家でもあったので、自分の義務を果たしました。
ピストルをこめかみに当て、引き金を引いたのです。

死ぬ間際に最後の力を振り絞り、
大統領専用マイクに向かって言いました。
「自由よりは……死だ！」そして息を引き取りました。

トニー・マフィオーゾ百四十五世は死体をどかし、
大急ぎで話しました。
すぐ殺されることがわかっていたからです。
就任演説ではこう言うこともできたはずです。
「本日、マフィアが政権を取り戻した」
それは確かに本当ですが、目新しさがありません。

彼はもっと人々を熱狂させる演説をすることにしました。
そして「本日も我々は汚職に打ち勝った」と言いました。

大衆は小さな真実よりも大きな嘘にたやすく惑わされる。
アドルフ・ヒトラー

隠された光

リザ・ギンズブルグ

橋本勝雄訳

Lisa Ginzburg
Hidden Light

シルベルト夫婦はそれまでイタリアに住んでいた。パリに移ってきたのは、長女のミリアムがキュリー研究所の研究員になり、ミラノにいるより、娘や孫たちと一緒に年金暮らしを送りたいと思ったからだ。夫婦の名はイーサン・シルベルトとヨハンナ・シルベルト。イーサンは背が低く、禿げていて、顔に釣り合わないほど大きな鼻をしていた。妻のヨハンナは、極端に赤味がかった栗色に髪を染め、悲しげな青い目をして、腰にゆがみがあるせいで右足をひきずっていた。二人はいま地下鉄ペルティエ駅近くのラファイエット通りに暮らしている。広い通りで、交通量も多く、いつも騒々しい。でも夫妻の住まいは高層階の内側にあり、静かだった。アパルトマンをいつも一緒に出入りし、足を引きずってゆっくりと歩く妻をイーサンは辛抱強く待っている。二人が話題にするのは十中八九、娘のミリアムのことだ。ミリアムは、アルザス出身の技師である夫のセルジュ・ミレと別れたばかりだった。シルベルト夫妻は、娘と孫たちがつらい思いをしているのではないかとひどく気にかけている。セルジュは冬の休暇のあとすぐに家を出て行き、いまでは幼い子どもたちは何に対しても不満そうだった。とくに上の子はヒステリックに泣き出すようになり、祖父母は戸惑うばかりで、どうしていいかわからずにいた。

自分では気がついていないようだが、ミリアムは美人だった。ライオンのたてがみのようにふさふさとして縮れた赤毛を、いつもかっちりとしたシニョンにまとめている。青い瞳はヨハンナと同じで、ただミリアムの瞳のほうがいくぶん輝きに欠けていた。

ラファイエット通りに近いマゼンタ大通りに、ジャック・トゥルニエという男が暮らしている。背は低く、スポーツマンの体格で、ブロンドの前髪でたいてい眼が隠れている。身なりに細かく気を遣い、いつも香水をつけて髭をきれいにそりあげている。見栄や、女性を誘惑したいがために身だしなみにこだわるというより、自らに課した日々の規律に、信条として従っているタイプだ。ジャックは不動産業者だった。つまり家々を見てまわり、評価し、値をつけて、貸したり売ったり、買ったほうがよいとか、やめたほうがよいなどと忠告するのが彼の仕事だった。ただそれは他人の家のことであり、ジャック自身の家にはもっぱら寝に帰るだけで、家で過ごすのは日曜日くらいだった（それもジョギングができないほど天気が悪いときだけ）。平日は、夕方にさっとアパルトマンに戻るとジム通いのバッグを手にしてトレーニングに駆けつける。運動は、日中にたまった緊張を解きほぐすのに役立った。客や同僚とのせわしない会話、打ち合わせから次の打ち合わせへと交通渋滞のなかでの移動、自らのスケジュールをこなそうとする精神的努力。そんなことばかりでくたくたになっている。そして残ったエネルギーはすべて自分のために費やした。お金を稼ぎ（仕事はかなり順調だ）、己を好きになるために、外見を磨きあげる（自らの目に好ましい自分になる）。

こうした生活を送っているのが、ジャック・トゥルニエという人間だった。

ジャックが、ミリアムとその夫セルジュ・ミレと知り合ったのは、夫婦が七区にあるクレ通りの大きなアパルトマンを購入したときだ。初めて家を見学したとき、ジャックとセルジュは互いに親近感を覚えた。ジャック・トゥルニエは人の心理を巧みに読みとり（職業柄それは必要不可欠な能力だ）、購入に際して乗り気でないのは夫のセルジュだと見抜いた。そこで、まずセルジュと話をして、好印象をもってもらい、同時に信頼を得ようとした。そのあいだ、子どもたちに気をとられていたミリアムは、不動産業者のことをほとんど気にしなかった（下の子を腕に抱えていたし、上の子は隣の部屋に駆け出していた）。彼女が見ていたのは家だった。特別に明るい家というわけではないが、必要な条件をすべて、余すところなく満たしていた。静かで、五部屋ある。緑豊かな中庭に面したバルコニー。広さにくらべて価格はまずまずだった。トゥルニエがしつこく売り込むまでもなかった。最初の見学から十日も経たずに、セルジュ・ミレから電話がかかってきた。それから二十日が過ぎて仮契約となり、二か月後には契約が成立した。すべてがスムーズに進んだ。理想的な客だった。

シルベルト夫妻はミラノに友人がいたが、パリには誰も知り合いはいなかった。そのことを寂しく思っていた妻のヨハンナに対し、夫のイーサンはまったく気にしなかった。日常の家庭生活がうまくいくこと、それだけが彼の関心事だ。年金暮らしに入る前、イーサン・シルベルトは、イタリアで、家業である医療機器専門の大手保険会社を経営していた。シルベルト夫妻が以前オーストリアにいたころは、イーサンの父親が会社を仕切っていた。その後、イタリアに移住したイーサンが跡を継いで経営にあたった。今では、ミリアムの弟アリエルが引き継いでいたが、事業はかなり低調になっていた。

イーサンとヨハンナの二人の子どものうち、いつもかわいがられていたのがミリアムだった。ミリアムは自分に向けられた特別な愛情を反発せずに受け入れていた。おかげで自分に自信が持てたが、一方で心の底では不安だった。ミラノのサン・ラッファエーレ病院で専門知識を学んだあと、三十五歳でパリのキュリー研究所の所長に任命された。彼女は、パリでセルジュ・ミレと知り合い、結婚して三年間で二人の子をもうけた。人生を外見で判断するならば完璧だった。ところが内面では、ミリアムは職業上の成功ほどの達成感を味わっていなかった。仕事は一直線で、ためらうことなく一歩一歩進んできたのに比べて、プライベートではもろく、不安定で、両親の意見に左右されすぎる女性だった。結婚生活に関してミリアムは、セルジュとの関係が進むたびにイーサンとヨハンナに打ち明けていて、両親はその都度娘夫婦の関係を把握していた。そうしたことの結果が離婚だった、とまではいかなくても、ある程度影響を及ぼしたのは間違いない。セルジュは義理の両親からの（ますますあからさまな）干渉が嫌になっていた。子どもの教育や、自分の酒好きについて終始二人からとやかく言われることにうんざりし、むしろ疲れ切っていた（セルジュ、飲みすぎだ、少し控えたらどうだ、とイーサンはいっそう厳しく言った）。ラファイエット通りのマンションの管理人は、安息日《サバト》の日にシルベルト夫妻の娘婿が、妻と子どもを連れて階段を上るのを何度も見た（安息日にはエレベーターの使用が禁じられていた）。しばらくすると、見るからに興奮して彼が出ていく姿があった。そんなときはエレベーターを使い、怒ったようにドアをバタンと閉めた。ミリアムとセルジュのあいだに争いがあったわけではない。距離はできたが、目に見える対立ではなかった。彼の不満が強くなったのは、義理の両親の行動がますます厚かましくなったからだ。妻がそうした口出しを後押ししているように思われた。セルジュは、家族が狭すぎる鉄格子の監獄になるなら、鉄格子を叩き壊したほうがましだと自分に言い聞かせた。こうして一日一日とその決心を固めていった。一人で、だれにも打ち明けることなく、ミリアムにさえも話さなかった。そして、ある日とつぜん、彼は家を出て行った。

いまや子どもたちはしょっちゅう祖父母のところに連れて行かれ、週末にはときどき泊るようになった。ミリアムにとって、ひどく多忙な仕事と、クレ通りとラファイエット通りの往復を両立させるのは容易ではなかった。一方で、自分のやり方が正しいはずだと自信を持っていた。たとえ子どもたちを連れまわして疲れさせ、自分は、仕事と一日のやりくり、そして市内の通勤との両立で疲れ果てるとしても、素性のわからないベビーシッターのとってつけた温かみではなく、祖父母の愛情を選ぶべきなのだと。「心療科の先生のところに相談に行ったらどう?」母親のヨハンナ・シルベルトは勧めた。ミリアムは時間をおいた。このときは珍しく、すぐには母親の言うことを聞かなかった。子どもたち、とくに上の子が動揺しているのは間違いない。だが時間をかけること、待つことが必要だ。何をするにしてもまだ早すぎる。

「ミロメニルだ、もちろん。何度も言ったじゃないか。台帳監査だけで解決できるようなことじゃない、いいかい、アルマン……そうそう、アルマン・クステルだ。昨日のメールに書いておいた。記憶違いじゃなければ、十八時四十五分に送ったはずだ。チェックしてみてくれ……五万七千だ。『ミロメニル』ファイルに決算報告がある。俺のコンピュータで確認してもらっても問題ない。パスワードは ergosum。ラファエルにちょっと見てみるように言ってくれ……」朝の九時だった。ジャック・トゥルニエが、フォブール・サン＝ドニ通りの角のガレージにオートバイを取りに向かっていると、ポケットの iPhone のバイブが鳴った。会社の秘書からで、ある客が取引を考え直すと言ってきた。何か月もかけて一歩一歩積みあげてきた重要な取引が、その数分間で消えてしまう。ジャックはいらいらし、iPhone を頰と肩にはさんで話しつづけた。天を仰いで怒りを表したが、その怒りは、誰でもなく自分自身に向けられていた。そしてヘルメットが入っているバイクのリアボックスを開け、そこから上着のポケットのハンカチを取り出して額をぬぐった（焦ると決まって汗をかく）。そのあとで、アメリカ人のカップルにベルヴィルの高級街のロフトを見せに行き、客が自分たちだけで家の印象を深められるように、じっと口をつぐんでいた。一日はヒステリックなリズムで進み続け、ようやく夜になり、ジムで一時間、そのうち四十五分間は腹筋を鍛えて過ごした後も、ストレスは消えずに残っていた。ベッドに入ったジャックは、iPad で続けて三本ポルノを見た。そんな習慣はなかった。ただこんなふうに、神経が本当に耐えきれなくなったときだけだ。

セルジュ・ミレから電話がかかってきたのはその翌朝だった。

クレ通りにミリアムと子どもを置いて、セルジュはモンパルナス地区のホテルで暮らし始めた。

そこのオーナーとは知り合いで、特別割引をしてくれた。カタローニュ広場に面する近代的な建物の最上階の部屋だった。なるべく部屋にはいないようにしていたが、やはりそんな環境は気が滅入った。急いで自分の居場所を見つけなければならない。クレ通りとは遠いところで、新しい本当の家を見つけないかぎり、なにより彼自身の目に、ミリアムとの離婚が現実味を帯びないだろう。ジャック・トゥルニエの名刺は、アパルトマンを購入したときから手元に残してあった。ある朝、セルジュはかなり早い時間に電話をかけた。

「ムッシュー・ミレ！　ついさっき、ご近所を通りかかって、どうしてらっしゃるかなと思っていたところですよ……」前日の最悪の出来事から眠りによって回復していたジャックは、勢い込んでまくしたてた。次いで、それに対するセルジュの言葉数の少ない返事に、無言の共感をこめて耳を傾けたあと、即座に、愛想よく、昔馴染みでありながら新しい顧客の要望を整理するために、直接会って話そうともちかけた。「いつだってビールを前にしたほうが話しやすいじゃないですか。そう思いませんか、セルジュ？」

ミリアムと知り合ったばかりのころ、セルジュが気に入ったのは、二人きりのときの彼女が、恥ずかしがりで少し妙なくらい内気だったことだ。仕事ではきっぱりとして自信家だった彼女だが、プライベートでは不安を抱えていた。男性の権力を崇拝する文化のなかで育ったセルジュのような男の目には、そのギャップがたまらない魅力に映った。ミリアムは、理想的な恋愛対象、まさに「獲物」そのものであり、彼はハンターの役を演じた。付き合いはじめて数か月で彼女は身ごもり、セルジュはごく自然な流れでプロポーズをした。義理の両親となるシルベルト夫妻がすこし厄介なのは承知していたし、ディアスポラのユダヤ人という独特の宗教（それは文字通りのディアスポラではなく、感情的なものだったとはいえ）が、まったく無宗教な自分の考えとぶつかるかもしれないとも感じていた。だからと言って、それでしり込みはしなかった。ミリアムは安心感を与えてくれたし、ベッドでの相性もぴったりだったし、距離感と親密さのバランスもちょうどよかった。セルジュは、自分が取り囲まれているとも、のけ者にされているとも感じなかった。たしかに彼女は仕事に少しのめりこみすぎてはいたが、ひとたび家に帰れば、夜と週末は彼に尽くしてくれて、彼だけのものになった。うまく行くさ――セルジュには自信があった。

時間が経つにつれて、些細だと思っていた事柄が問題となるのは、それほど珍しいことではない。ミリアムは両親の同意がなければなにひとつ重要な判断をしなかった。ある夏、上の子を連れて行ったバカンス先のパルマ・デ・マヨルカで（下の子はまだ生まれていなかった。それからしばらくして身ごもることになる）、ホテルが手配したベビーシッターに子どもを預けて浜辺で催される聖母被昇天のお祭りに出かけるのは不用心かどうか、彼女は両親と一時間電話で話し合ったことがあった。長々とやり取りしたあげく、イーサンとヨハンナ・シルベルトは、多少の冒険であるけれど（「わたしたちは、あなたとアリエルを育ててたときに、そんなことは一度もしやしなかったけど」）、試しにやってみても構わないだろうという結論になった。なにもかもうまくいった。子どもは目を覚まさなかったし、ベビーシッターの若い女性は非の打ち所がなかった。なのにセルジュとミリアムは一晩中、激しいけんかをしていた（お祭りも、最後の花火ショーも楽しまずに）。「お前は未成年の子どもか？　三十六にもなって一歩踏み出すのにもパパやママに助けてもらわなきゃならないなんて！」彼はいきりたった。ミリアムは強く反論した。自己弁護をする声は震えていた。「セルジュ、そんな言い方をするなんてひどい。あなただって、ご両親がまだ生きてたら、わたしよりももっと相談してたでしょ」

しかめ面、沈黙、叫び声。セルジュは握ったこぶしを力なくおろし、ミリアムは涙を流した。そのあとで訪れる情熱的な和解――それが一定のリズムで繰り返され、しだいに回数が増えて、二人の仲を維持するのに必要な、一種の再生装置となった。両親に服従するミリアムへの怒りを、セルジュはベッドで解消した。そこではセルジュが絶対的な支配者であり、ミリアムは、耐えて彼の言いなりになり、同時に彼をうまく手なずけた。その関係に彼女がとくに興奮したからではなく、受けた教育のせいでもなく、そうした役割を演じることが肝心であり、二人の結婚生活の不安定な均衡そのものを支える要だとよくわかっていたからだ。時間が経つにつれてミリアムは、自信のない母親、いくつになっても両親に言いなりの娘、女としての自らの選択において本当の意味で自立していない女性という役割に、愛着を感じるようになった。それは打算でもあり知恵でもあった。その役割が、仕事での成功に対するバランスを保ってくれるとわかっていたからだ。あたかも、夫に対する知的優位への代償であるかのように。要するに、己の罪悪感と彼の不満との完全な妥協の産物だったのである。

そのあいだセルジュは酒浸りだった。ひんぱんに昼間から飲むようになっていた。何よりもアルコールは、シルベルト一家との緊張関係を和らげる助けとなった。そうでもしなければ耐えられない彼らの習慣を受け容れるために。セルジュは子どもたちのバル・ミツワー〔ユダヤ教の成人式〕を祝うことにも反対しなかった。それ以前に、子どもたちが割礼を受けることを認めた。このささやかだが決定的な変化によって、子どもたちの性、将来の男らしさは、彼自身のそれとは異なるものと定められることになった。それでもセルジュは口を挟まなかった。高い身長に釣り合わない不格好な体型をした彼は、無関心を装い、見たところおとなしかった。何でもないふりをしていたが、実際にはなにひとつ看過しなかった。

　変化が起きたのは、子どもたちがすこし成長したときだ。セルジュは以前ほど寛容ではなくなっていた。安息日《サバト》の夕食の席でイーサン・シルベルトが、パラーシャー〔安息日の礼拝で朗読されるトーラー（律法）の一節〕を口にしながらパンを割るとき、セルジュは、その場の神妙さをまったく気にしてないことをもはや隠そうとはしなかった。ぼんやりとして、息子たちをじっと見るだけで、頭ではなにか他のことを考えていた。片付けねばならない仕事が山のようにあるからという口実で、さっさと出て行き、土曜日に使うことを禁じられていたエレベーターを使った（ミリアムがいないところで戒律に従うなんて馬鹿げていると思えた）。たまに家族一緒の食事の席に残ったときは、いつも隅に引っ込んでいて、飽き飽きしているのか、いらいらしているのかよくわからなかった。

　ある晩、ラファイエット通りの家で、パレスチナが国連オブザーバーに認められるべきかどうかをめぐって議論になった。このとき初めてセルジュは、義理の両親の感情を傷つけることを気にせず、自分の意見を自由に口に出した。その後、車で自宅に帰るとき、セーヌ川からエコル・ミリタール、さらに西へと環状道路を走りながら、ミリアムは夫に向かって、穏やかだが、きっぱりとした口調で言った。「私たちは、もちろんシオニズムを支持はしてない。私はイスラエルには子どものころ一回だけ行ったきり。神話なんて信じてない。でも、私の父みたいな人間にとって、国際社会でパレスチナが独立国家だと考えるのはかなりショッキングなことだっていうのは、あなただってわかるはずでしょう」彼を非難したのではない。彼女の性格からして、咎めることはなかった。むしろ、呆れていたのだ。それでも自制したのは、夕食の席の騒ぎで、すでにかなり動揺していた子どもたちを、さらに刺激しないためだった。「あなた方のように、相手側の立場なんてまったく顧みずに派閥でしか物事を捉えられないなら、世界はぜったい前に進まないだろう!」セルジュがそう叫ぶのを子どもたちは聞いた。するとイーサンおじいさんは、誰か、あるいは何か一種の至高の存在に盗み聞かれるのを恐れるかのように、妻に向かって小声でささやいた。「ヨハンナ、教えておくれ。どうして私はこの歳になって、自分の家でこんな言葉が口にされるのを耳にしなければならないんだね?」

ひどく荒れたその夕食は、全員が顔をそろえた最後の夕食となった。その後、セルジュが家を出たからだ。

ジャック・トゥルニエがセルジュ・ミレと待ち合わせをしたのは、北駅の正面にあるカフェ、《ル・クール・パスィオン》という店だった。待ち合わせのため、ジャックはジムの予約をキャンセルした。ミレのことはよく覚えていた。背が高くて、内気で、明るい瞳の色と対照的に濃い黒い眉毛。「あの人なら、業務時間外に特別に会ってもいいさ」とつぶやいた。立て板に水のお喋りで、最初のきまずさを破ったのはジャックだった。

「今週は、何か月も交渉してきた契約を結ぶことができたんですよ。モンソー公園地区の二百六十平米のロフトが売れたんです。すべて即金で。売り主も買い手も大喜びでね」

「ふーん、ぜいたくな物件ですね……」セルジュの返事はあいまいだった。

「ええ、すばらしい建物です。買ったのはかなり有名な女優でした。ジゼル・ウィーラーをご存じですか」

「いや、まったく」

「まあ、どうでもいいのですが。六十歳なのに若々しくて、品のある女性です。私にとっては本当に願ったりかなったりの話でした。はじめは彼女も売り主も疑い深くて、難しかったんですがね、説得して、どんな人柄なのかをくみ取って、双方を理解させるのに、数か月にわたる繊細な仕事が必要でした。でも最後には、どちら側からもお褒めの言葉をいただきました」

「ややこしいお仕事なんでしょうね」

ジャックは受け流した。「たしかにそうかもしれません。わかりませんが……なんといっても、どんな職業でもそうですが、方法論が必要でして……私の場合、三つのPの方法と呼んでいます。説得《ペルスアジオーネ》、持続《ペルセヴェランツァ》、忍耐《パツィエンツァ》……」そうして笑みを浮かべると、明るい色の前髪がふんわりと額にかかった。彼の微笑みは、緊張が解けた合図というよりも、顔面神経の痙攣で、そのたびに目の周りに生じる小さな皺だ。ジャックの体全体がぴりぴりと張りつめて、その場を見守っていた。どんな些細なことも見逃さないだろう。

一方セルジュは、ジャックの話を聞こうと努力しながらモヒートを飲んでいた。話の中身は実際にはどうでもいいのだが、この不動産屋がとても感じが良いので（好感というのは本能的で不可解なものだ）、できるかぎり興味を持っているふりをする。アルコールがまわりだして、二杯目のモヒートを飲みはじめたころ、ようやく自分でも話しはじめた。「家を出て三か月になります。クレ通りのアパートメントを購入したときには、こんなことになるなんて、誰も想像しなかったでしょう。正直なところ、僕たち二人とも、ミリアムも僕も、まだびっくりしてるんです。でも、どうしようもないのです。立ち向かわなければ……」ほろ酔い気分のセルジュは、人懐っこい大型犬のような優しい目をして懐かしそうに微笑んだが、それは、話し相手の緊張した笑みと対照的だった。「子どもたちとは、僕なりの付き合い方を見つけるつもりです。時間はかかるでしょう。もう少し大きくならないと。でもそのうち分かってくれるはずです。だからこそ、僕が自分の家を持つことが大切なのです。狭くても構わないので、邪魔されずに、子どもたちと一緒に過ごせるような場所なら……」

ジャック・トゥルニエは注意深く話を聞いていた。聞きながら、首に提げた金のネックレスを指でもてあそび、ひっきりなしにシャツから出し入れしていた。顔面神経の痙攣がおさまって、微笑みから深い共感の眼差しに変わるまで、ビール二杯が必要だった。そのあいだ、喋りだしたセルジュの打ち明け話は止まりそうになかった。二人は不思議な組み合わせだった。セルジュは背が高くがっしりとした体なのに、短すぎる首が顔に似合わず、醜い印象を与えていた。相手（ジャック）は背が低くて筋肉質で、性格や身振り、姿勢、早口の喋り方に、毎日パリのあちこちを動きまわっているリズムが表れていた。二人は翌日の午前中にまた会うことにした。ジャックは、ビュット＝ショーモン公園近くのシングルルーム、四十五平米、月八百五十ユーロの物件をセルジュに紹介するつもりだった（「数日前に手に入れたばかりの物件です。きっと気に入りますよ。めぐり合わせというものです。めぐり合わせです」）セルジュは考える時間を一日もかけずに、すぐそれを借りることにする。一階なのであまり日は差さない。それでもとてもいい部屋で、すぐに飛びつくべき掘り出し物だった。それでセルジュはそこに決めた。

ジャック・トゥルニエには、物件を紹介する独特のやり方があった。内見の前半は手早く進めるが、そのあとで急にペースが緩慢になり、それぞれの部屋で立ち止まって目を細めて、まるで目に見えない何かを推し量る。実際のところ彼がしているのは、自分で作りあげたある種の精神的修練で、毎回すばやくそれを行っていた。彼しか知らない、いわば秘密の儀式だ。客から聞き出した暮らしぶりをもとに、その空間でどんな生活を送るかを思い描こうとする。その奇妙な遊戯は効果的で、それでなくとも鋭いジャックの説得力が、いっそう強まるのだった。一年前、その「テクニック」のおかげで、パリ天文台近くの豪邸を、ロシア人経営者とその妻に売ることができた。リュクサンブール公園に面する客間で奥さんが来客をもてなす姿が「目に見えた」のだ。ウルク通り沿いのロフトをブルターニュ出身の女性画家に貸したときは、その朝の光（パリの標準と比べると、直接的で豊富な光）が彼女の抽象画にとって転機となるだろうと説得した。物件を内覧する際、ジャックは人が変わった。いつもの神経質さと気まぐれな快活さは消えて、控えめで落ち着いた態度になる。相手の内面に入り込んで、その仕草、拒否、ためらいを感じとる。そうした共感力があるおかげで、ジャックは、不動産を選ぶにあたって鍵を握る人物として特に信頼されていた。ビュット＝ショーモン公園近くのシングルルームをセルジュと見学したときも同様だった。ジャックは、その部屋で、背の高い不恰好で様々な不安を抱えた男が一人で新しい暮らしを築く光景を「目にした」。そうしてその「姿を思い描いた」ことで説得に成功した。契約の成立を祝い、ジャックは、翌週夕飯を一緒に食べようともちかけた。セルジュは顔を赤らめて、なにかぶつぶつ言ったが、結局はうなずいた。

ミリアムは国際シンポジウムに出席するため、イタリアのクールマイユールに出掛けていた。少なくとも一年に一度はそのような場に参加する（国際腫瘍学研究の最前線の情報を収集するため、というのは建前で、実際のところは、海外の研究者仲間と知り合ったり、旧友と再会したりする喜びのほうが大きいかもしれない）。発表は月曜日に始まる予定だったが、日曜日に着くことにした。一人になりたい気持ちが強かった。いろいろ考えたかった。その数週間後にセルジュが家を出ていくことになるのだが、すでに彼女は予感していたかのようだ。ホテルの部屋に落ち着くと、パリの家に電話をした。

「大丈夫？」

「ああ、まったく問題ないよ」セルジュは彼女を安心させた。「出かける準備をしているところだ。子どもをサーカスにつれて行くよ」きっぱりした彼の口調は、やはりこれまでなかったことで、彼女は気になった。電話を切ると、ミリアムはホテルのテラスから顔を出して外をのぞいた。十一月の正午、太陽は出ていなかった。左手には整然とスキーリフトに並ぶスキーヤーの列が見えた。右手には、息を呑むほど美しいパノラマがひろがっている。ミリアムは疲れのせいでひどく敏感になっていて（明け方に起きて飛行機に乗り、それから車で百五十キロ走った）、標高の高さからくる酸素の薄さが苦しかった。まばゆいばかりの白い雪のせいもあって彼女はぼうっとなり、落ち着きと活力を同時に感じた。視覚と聴覚という二重の効果（光の反射、雪の濃密な静けさ）で、遠くの山が間近に迫って見えた。テラスを離れ、ホテルから谷に降りる小道を数メートルほど歩いた。道端に深く積もった雪に足を踏み入れて、木の根元で落ち葉や枝や土と混じっている雪を間近で見た。食事のためにホテルに戻ると、シンポジウムの参加者はまだ自分しか到着していないことを確かめた。夕食が出される広間の奥に若い男性がいて、彼女と同じように一人で座っていた。二人は興味をもって遠くから互いを眺め、その視線はだんだんと大胆になった。見知らぬ男性に心を惹かれるなんて、最後にそんなことがあったのはいつだったか、ミリアムは思い出せなかった。おそらく一度もない。その週末の出張から彼女が戻ってまもなく、セルジュが意を決し、彼女と子どもたちから離れることにした。そんな事情、つまり直後に受けたショックのことがあって、高地へのその短い旅行は、彼女の記憶にはっきりと刻まれた。

ジャックとセルジュは、セルジュの新居のあるプラディエ通りのコンドミニアムの入り口でキスをした。キスを求めたのはジャックだった。ジャックが部屋に入ろうともちかけ、中に入ると、相手が怖がらずに落ち着いていられるようにとても気を遣った。要するに、ジャックがセルジュに

「手ほどき」をしたのだ。そうすることでジャックは興奮し、同時に大胆になり自信を持った。セルジュのなにか（がっしりとした体つき、おとなしそうな外見と対照的な背の高さ）が、最初の男、二十年前に付き合ったテニスコーチを思い出させた。似ていることに戸惑いながら、いっそう興奮した。ワンルームマンションを後にしたのは午前三時に近かった。翌日は、ジムで三時間続けてトレーニングをしたあとのように、てきぱきと精力的に多くの仕事をこなした。そんな幸せな気分を感じていたのは彼だけだった。「あんなふうにまた俺に会えると思ってるなら、忘れるんだな」セルジュは、ジャックからかかってきた電話口で、相手の耳に向かって叫んだ。「飲みすぎたんだ。それだけだ。またあんなことがあるなんて思うなよ！」ジャックは自分も同じ体験があるので、相手が怯えているのがよく分かった。大切なのは待つことだと知っていた——パニックが治まって、変化に慣れるのを。

いまではセルジュとミリアムの会話は、要点だけの短いやりとりになっていた。

「今晩家に帰りたい。ミリアム、子どもたちに会う必要があるんだ」

「来週末に会うっていう話じゃなかった？」

「ああ、そう言ったけど、俺は今日会いたいんだ」

「好きにして。悪いけど、電話切らないと。これから会議なの」

クールマイユールでミリアムを不安に陥れていた、混乱した予感は現実となった。すべてが変わってしまい、セルジュとミリアムは別れようとしている。二人のうち、彼女よりも彼のほうが、この大変動のショックを受けているようだ。クレ通りの家に来るセルジュを見たミリアムは、会うたびに彼の外見がどんどん崩れていくことに気づいた。ひどく顔色が悪く、ぼうっとしていて、身なりもだらしない。態度まで変わって、いつもとまったく異なる様子だった。食卓を準備するミリアムを手伝い、テーブルにつくと下の子を膝に抱いた（父親に会うために遅くまで起きていて、疲れてぐずっていた）。料理の出来ばえをほめ、微笑んで、一緒に住んでいたときにはなかったほど愛想よく、優しかった。その一方で、ときどきぼんやりして、自分のワインをゆっくりとすすっては宙を見つめることがあった。ミリアムは彼を観察した。ひどく緊張して、不安げだった。お金や健康の問題があるのだろうか。それでもセルジュは我に返ると、子どもと遊びはじめ、夕食がすむとベッドにつれて行き、寝る前のお話を聞かせてやった。子どもたちの規則正しい寝息を聞いて落ち着くまで、ずっと暗いなかで動かずに座っていた。「君は用事があるだろう。もう行くよ」セルジュは家を出る前に、ミリアムの額にキスして、ささやいた。ひとりになった彼女は、彼の仕草の一瞬一瞬を思い返した。セルジュの手が震えていたこと、夕食の席で、たびたび上の空になっていたこと、悩みごとのあるような眼差しや、普段見られなかった優しさ、不安そうな、憂鬱な表情。論理的に見えるミリアムだが、その裏で動物的なところがあった。嗅ぎとって察知するのだ。「彼は押しつぶされそうになっている何かから、逃げこめる場所を探している」彼女は心のなかでつぶやいた。たしかに何かあった。その何かから自分を守れるのは彼女と子どもたちだけだと感じていた。

五年前、ミリアムがイタリアを離れたとき、まったく重々しさは感じなかった。そうすることで家族から適切な距離をとれるだろうと思って（その予測は誤りだった）、心が軽かった――ほとんど幸せの絶頂と言っていいほどに。ただ、弟のアリエルとの別れだけは厄介だった。「幸運を祈るよ」という彼の言葉には棘《とげ》があった。成功してイタリアを出ていく自分を弟がうらやんでいることは、はっきり感じていた。家族関係が変わることで、これまで両親からあまり関心を向けられなかった弟が愛情を取り返せると彼女は期待していたが、それは間違っていた。彼女が出発して間もなく、イーサンとヨハンナもパリに移り住むことになり、ミリアムとアリエルに対する両親の扱いの差はさらにひろがった。

キュリー研究所での仕事は、着いた直後からたいそう忙しかった。ミリアムは毎朝九時に研究所の玄関に入り、十時間、十一時間と連続で働いた。家に帰らずに外泊する晩もあった（そのころはイタリア広場の近くに住んでいた）。長い距離を歩いた。ときどき映画館や劇場に足を運んだ。何時間も顕微鏡に向かっているために疲れ果て、気分転換が必要だった。夜になると、街は昼間ほど慌ただしくなかった。闇に包まれた街は、穏やかで静かで、落ち着いていた。なにもかもが目新しかった。望むままの自分でいられる自由があり、心配性の両親の愛情たっぷりの声を身近に感じずに、息ができた（息をつく時間と方法があったという意味だ）。

セルジュと出会ったのはその最初の年の冬の終わりで、イタリア人同僚の誕生日祝いの席だった。二人はたちまち意気投合した。彼は背が高く、金髪で、落ち着きがなく、まるでクマのようだった。ミリアムは打ち解けた。彼女としては、将来のことを急いで考えたりせずに、成り行きに任せて彼と付き合いつづけたかった。ところが事態は早く、というか、むしろ急転直下に進んだ。急な進展に、彼女は少し身構えた。すぐに彼女が感じたのは、セルジュもまた、両親と同じく、彼女に期待しているということだ。要するに彼も、期待を裏切らないことを彼女に暗に求めていた。付き合って数か月過ぎたころ、ミリアムは妊娠した。事態と同様に、彼ら自身も嬉しさに身震いして、結婚した。こうして、初めてパリに来た時間、一人きりで静かで自分自身について新しい感覚があふれていた時間は、突然途切れてしまった。ところが、いまになってクレ通りの家からセルジュがいなくなり、子どもたちと彼女だけになると、その糸がふたたび伸び始めた。一度も途切れたことがなかったかのように。一方、仕事はやはり非常に忙しかった。ミリアムは熱心なチームリーダーのままだった。同僚に発破をかけることもあれば、みんなが熱狂しすぎてかえってなまけそうなときには、抑えることもできた。

「俺はジムの会員で、友達を一人招待できるんだ。来ないか。マシンをやってみたらいい。顔を合わせることもできるし……」それなら二人きりではないし、ジャックと親密な会話を交わさなくていいだろう。そう思ったセルジュは安心して、誘いを受け入れることにした。二人はジム（そこは広くて、トレーニングマシンがたくさんあり、大勢の人がいた）で、自分のこと、自分の体に集中して、一時間以上過ごした（二人が一緒にいるには、これが一番健康的で誤解のない方法だとジャックは考えて満足した）。そのあと二人でバスティーユ広場のカフェに座り、リラックスしたムードですごした。セルジュはビーフステーキを、ジャックはアボカドとエビのムースを注文した。セルジュは子どもの話をした。ビュット゠ショーモン公園で子どもたちと過ごした日曜日のこと、家を出て、必要なときに毎回戻っていること。戸惑いもなく楽しく、あっけなく過ぎた午後のこと。

「すべては君が見つけてくれた家のおかげだ……」セルジュは嬉しそうに締めくくった。「そうか？そりゃ嬉しいよ……」二人の手はテーブルの上で求め合い、指が絡まった。しびれるような喜びが互いに伝わった。

仕事場を出たミリアムは、モンパルナスまで歩くことにした。そこから家までメトロに乗ろう。気温はまだ厳しかったが、空気に何となく感じられるものが、リュクサンブール公園の格子の向こうのわずかな若芽と一緒になって、春がそれほど遠くはないことを予感させた。ミリアムは足早に歩いた。家にはセルジュがいるだろう。午後に、子どもたちと一緒に夕食をとりたいと電話をかけてきたのだ。いまの、どこか物憂げで優しく、注意深いセルジュに会うことを想像すると、嬉しさと同時に無念が募る。メトロのなか（六番線、カンブロンヌ駅まで数駅）で自分のほつれたシニョンが窓に映るのを見ながら、ミリアムは考えた。セルジュがあんなに変わったのには、なにか深い理由がある。その真の理由には、何らかの名前や意味、影響があるのだろう。それが何なのか、彼女にはわからなかったが、それらから自分の身を守ったほうがよいと悟っていた。「エドガー・キネ……エドガー・キネ。お降りの際には足元にご注意ください」抑揚のない金属的な声がスピーカーから流れる。あと四駅。ミリアムは目を閉じる。翌週はフライブルグの会議で発表しなければならない。いま原稿を準備していて、午後一杯をそれに費やしていた。彼女にとって文章を書くのは体力のいる仕事で、いまや疲労困憊していた。

「あの人がすっかり穏やかなのに気がついた？」ヨハンナ・シルベルトは夫に言った。

「ああ、取り決めに満足しているんだろう……子どもたちには、毎月二回の週末と、夏休みに二十日間会える。家庭を放棄した父親としては、ありがたい結論になったのを、地に口づけして感謝するべきだろう」イーサン・シルベルトは、短期間で、離婚に関する深い知識を手に入れていた。離婚がどのような仕組みになっているのか、どんな規定があるのか。彼とヨハンナは、ミリアムとセルジュの離婚協定が判事によって認められたパリ大審裁判所を後にしたところだ。二人は傍聴人席から、判事の声が判決文を読みあげ、細則や条件を定めたりするのを聞いていた。イーサンとヨハンナはセルジュにそそくさと挨拶をしただけだった。裁判が終わると、イーサンは娘と少し話をしたかったのだが、ミリアムは大切な会議があるからと言ってすぐに行ってしまった。そしていま、足を引きずるせいでゆっくりと歩く妻と腕を組んで、シャトレ駅に向かってパレ通りを歩いている。

「イーサン、それは違うわ」ヨハンナは夫に指摘した。彼女がそんな鋭い口調になるのは、とりわけ自分に自信があるときだ。「それは違う。セルジュが穏やかなのは、なにか別の理由があるからよ。個人的な何かがね。男っていうのは、物事がうまくいっているとき、傍から見ていて分かるものなの。彼、いまいろいろ順調みたい。きっとそうよ」

　陽が照っている朝で、シャンジュ橋の歩道は旅行客であふれていた。ミリアムは研究所に急いだのではない。本当は会議の予定などなかった。実際のところ、邪魔されずに歩きたかったのだ。一人きり、そばに誰もないところで息をつく。もし橋に向かって戻っていたら、セルジュが人ごみの中で立ち止まって iPhone でショートメールを送っているのを目にしたかもしれない。「お腹はすいてる？　自由になった男とお昼を食べる気はないか？」ジャックに宛てたメッセージ。ミリアムがその文を見たら、心が痛むだろうか？　鋭く静かな、決定的な痛みを味わっただろうか？

最初のメールに続いて、セルジュは二通目のメッセージを送る。「ミリアム、これまでより俺を頼りにしてくれていいよ」受け取ったミリアムは、黒いサングラスの陰で微笑を浮かべる。トレンチコートのベルトをきつく締めなおし、ふたたび歩き出した。ほとんど春のような日和で、期待を運んでくる風はもう冷たくない。

あなたとわたし、一緒の三時間

キアラ・ヴァレリオ

粒良麻央訳

Chiara Valerio
Tu e io, queste tre ore

でも愛を
語るのはいや、
愛ならわたしは
ただ交わしたい。

パトリツィア・カヴァッリ

1

あなたの手を、脚を、顔を、この指で包む。あとはもう、あなたを捕まえるだけ。おでこにキスして、右目に、左目。右と左で形がちがう。それから鼻先、唇。最後に、顎。鎖骨に甘く嚙みついたら、右肩を押して、あなたの、腕の反応を待つ——わたしの腰に手がきて、隙間をあけようとして膝が入って、頭は後ろにのけぞって、吐息が響く、〈やめて、首は嚙まないで!〉そこでわたし、そのスカートの裾の下にあるはずのくるぶしに似た、あなたのむき出しの気管に、じっくりと、思いを巡らす。あなたの胸骨を嗅ぐ。目を閉じて。だって気を散らされたくないの、左の乳房にも、右のにも。右と左で形がちがう。お腹に鼻先をくっつけて、おへそまで確かに辿りつきたい。一瞬頭を上げるのは、あなたをよく見たいのと、もっと下にいく前に、空気を吸っておくため。

子供の頃は、底が見えている場所にだけ飛び込んだ。水が真っ暗だとか、濃い青や緑、砂のような茶色だったりすると、水面に浮かぶことすらできなかった。でも、ひとたび水底に石や砂が見えれば、飛び込んではだめと母親に言われても、思いきり頰に空気をためて、足から垂直に飛び込んだものだ。母さん、水深二メートルと五メートルってどこが違うの？　あたしは飛び込むからね。

それであなたのおへそから鼻を離して、下のほうを見るけど何も見えない。ほんの一瞬、いつもの不安といまの欲望の狭間でためらって、あなたが肘と、そのアマチュア水泳選手らしい上半身を動かさないように両手を押さえて、両脚を鈍い角度にひろげようとする。でもね、〈鈍い〉って言葉に笑ってしまう、だってわたし、間の抜けた体勢になっていて、たぶんあなたもそれに気づいているから。たぶん、お互いを眺めるわたしたちは、映画の細部をいちいち解剖学的に見ているみたいだ。たぶん、わたしたちはこの一瞬を失っているのだ、それはよくある、誰にでも起こることで、たぶんわたしたちに起こっているのもごく普通のこと、滑稽だとか、ずれていると感じること、わたしの場合は形容詞ひとつのせいだけど、あなたの場合は目を見開いて頭を逆さまにしたまま、例のシャンデリアをどんな構図で撮影するか思案してるせいね、断じてあなたの気にくわない、傾いていても直したことのないあのシャンデリア、あれがあなたに、何やってるのって聞いたら、誰の話も聞きやしないあなたが、シャンデリアには耳を貸した。二人であれを選んだのは帽子みたいに見えるからだった。それであなたの肘がわたしの手から逃げ出すと、二人とも脱臼状態で、あなたの脚がわたしの胴を締めつけるけど、それは欲望のしるしじゃない、騎手の記憶が膝を入れることでもっと速く進めと命じているのでもない、違う、その圧迫は、やめて、止まってという要求、そして、あたしたち何をしているのという質問。いつもならあなたの言うことを聞くけれど、いまは、せめて片方の耳をふさぐために、無垢なあなたのお腹に頭をのせ、両腕を腰に巻きつけて、囁く。お互いのこと、もっと知り合おうよ。あなたのお腹が少しずつ右に、左に、深く規則的に動くから、あなたがノーと頭を振っているのがわかる。それであなたを見ると、あなたは言うの、怖いんでしょって。あなたみたいに底の見えない人もいるけど、わたし、構わず飛び込むって、そう返したくなるけど。言葉だけ、口先だけ。だから黙っていることにする。あなたが正しいと認めたくないし、わたしが間違っていると示すのもいやだから。あなたの両膝に両手を乗せて、伸びあがる。口が口のすぐ前にくるところまで。あなたにキスして、キスされて、そのままでいる、唾液にまみれて、じっと動かず、手は正しい場所に置いて、ボタンのはまった袖口、膝関節までのハイソックス。簡単なこと。

2

体勢は、跪《ひざまず》いて祈るときの形。わたし、あなたのカーペットの家で跪いている。カーペットというものが気に入った例《ためし》はないけれど、あなたに出会ってわかった。ただ単に見端《みば》の悪いのしか見てこなかっただけだって。三十年以上目にしてきた見かけのよくないカーペットが、わたしの唯一のカーペット観を形づくっていた。誰にでも通用する話かどうかは知らない。この嗜好の経験則の話よ。それは知らないけれど、わたしは跪いたままでいる。こんなにあなたに近づいたことはないし、カーペットにも、こんなに接近するのは初めて。あなたは子供用のベッドくらいの長椅子で寝そべっている。あなたの目を見つめる、それから唇、それに、おでこがほどよく露わになった髪の生え際。その分け目の端に、結びつけられたカーテン。ふたつに分かれた髪のふち飾りの中央を貫通する、およそ毛のないひとすじの皮膚の上で、どうにか両目の平衡を保つ。わたしカーテンは嫌いなの、いくら素敵なのを見たことがあっても。豪華なのも。ごわごわしたのも。透けているのも。だけどあなたの髪のカーテンは、逆に、死ぬほど好き。

母親が、教会で脚を組んではいけないし、家で跪いてもいけないと言っていた。人を指さしてはいけないと言われた。教会でも、道端でも、家でも。男の子とは目を合わせないようにとも。でも女の子を見ている限り、わたしは罪に問われずに済んだ。じっくり眺めたものだ。足首、膝、髪の生え際。耳たぶ、うなじ。あなたは、わたしが見つめてきたすべての女の子。いまそんなことを考えながら視線をそらすと、わたしの左目に映る、あなたが部屋の隅で曲げてる左脚が、遠近法によってテーブルのあの堅い脚と交わっていて、その材木が羨ましくなる、何にせよわたしに先んじているわけだから。いま考えてみると、わたしと母はあのとき教会にいたのじゃなくて、道を歩いていた、散歩していたんだっけ。わたしの脚をあなたの脚に交わらせたことは一度もない、あるいは、まだない。どうして膝をついてるのってあなたが尋ねるから、わたしは話し始める、絨毯の話、カーテンの話、教会の話、母親の話、テーブルの脚と、あなたの脚の話。あなたは言う。馬鹿なこと言わないで。わたしは微笑む。だって真実はたいてい馬鹿げたものだから。

　わたしは腰をひいて、身をかがめ、かかとにお尻を乗せて座る。あなたは右足を使って左の靴を脱ぎ、その靴が音を立てずに床に落ちると、わたしの方を見て、カーペットのおかげよって言う。音《ルモーレ》がない、匂い《オドーレ》がない、愛《アモーレ》がない。韻に至るまで馬鹿みたい、でもたぶんそれはわたしに韻のセンスがないせいだ、対韻《たいいん》もからきし駄目、対《つい》だなんて羨ましい。わたしがしゃがんでいるあいだにあなたはもう片方の靴も脱いで、あなたの足はほぼ裸、あなたの肌より暗い色のストッキングだけをまとった姿になる。きっとその色は、誰か他人の肌の色。わたしは勢いよく体を起こす。アスリートのようにはいかなくても、軽やかに、そして他者の肉体の使者というべき、ポリウレタンに嫉妬する、だっていま、あんなにあなたにぴったりくっついているじゃないの。というか、あなたの上に、下に、そして股のあいだにある。そのあとで息をつく。たぶんちがう、あれはストッキングじゃなくてニーハイソックスだから、股のあいだにはないはずだ。わたしはまた跪いて、今度こそ祈る、どうかストッキングじゃありませんように。聖テレーザがわたしに微笑みかけるのは、祈りがもうひとつ聞き入れられたとき、わたしが泣き出すことをご存じだから。あなたの腿の真ん中を見つめて、ゴムの溝や、レースの跡を探す。一般大衆が入れる身廊と、内陣を隔てる聖障《イコノスタシス》のように、あなたが夏は気軽に見せて歩く腿のその部分と、誰かと一緒のときにだけ指や歯がめり込んだりするのかもしれない腿のあの部分とを隔てる線を。でも何も見当たらない、薄いズボンの上からわかるのはあなたの体の線だけだ。細く、敏捷。上を仰いでも天は見えなくて、見えるのはシャンデリアだけだけど、いまじゃあの子はよき相談相手だから、あなたがニーハイソックスを履いてなかったことに感謝しよう。願いを叶えてもらったような気持ちになって、わたしはまたしゃがんだ姿勢に戻り、あなたの履いているのがあのひどい靴下でありますようにと、ただそれだけを願う。あのポリウレタンの、ふくらはぎまでの、わたしの欲望をこれっぽっちも喚起しない、そんな想像をすることもできない、あの靴下。もしあの靴下だったら、たぶん、わたしの数少ないポリウレタンの記憶が蘇る。わたしの母親の母親とか、修道女の一人ないし二人とか。わたしはタイツというものを履いて我慢できた例《ためし》がないけれど、スカートを穿かない分、寒さに凍えることもない。だからいま、あなたの履いてる、あなたをよく知るその靴下、誰かの肉を締めつけて、デニールで計測されたその靴下は、あなたの脚の上にも下にも股のあいだにもなくて、膝の窪みに、思春期に通った寄宿学校の制服よろしく居座っているというわけ。一度、クリーム色のブラジャーとショーツを着けたあなたを見た。壁がなくて黄土色のカーテンで仕切られた、隅っこの試着室。あなたは二十歳で、わたしも同じ、あなたはにこにこしながら靴下を履いていた。思春期は、ほとんど無傷で過ぎた。あなたのズボンの丈はわずかに長かった、わたしの欲望と怨み言はただのいつかの思い出なんかじゃなかった。では、何だったのか？　そこで思考を中断する。膝の窪みは、暗く、危険な場所。動くたび、柔らかいものがそこに身を隠す。そこは秘密の場所だ、秘密、それだけ。あなたと一緒に眠ったら、そこに片足か片手を乗せて、これはわたしだけのもの、って言おう、尊大な人が、自分が安心したいばかりに質問するときの、あの口調で——それってわたしそのものね。窪みに、あなた、と名前をつけたい。

あなたを見つめるけど触れはしない、少しずつ近づくけれど、腕も、指も、伸ばさない。まるであなたを求める気持ちを仕草で表すみたいに。言葉でだけじゃなくて。侮辱的なまでに。まるで時間が過ぎ去り、不釣り合いを持ち去ったかのように。早くこうすべきだった。頬にキスしようとして初めてあなたの腰を抱いた時から。あなたが正しかった。わたしはまた一息に立ち上がってあなたの顔を見つめる、いくらか傲慢な感じに、いくらか詮索するように、すると目につくのは、ひとかけらのパン屑が、バランスを崩しかけて、いまにもあなたの口に入りたそう、ピンク色した唇の左側。わたしは認める。パン屑のほうがわたしより可能性がある。わたしより強い欲望がある。そこにくっついて動かないパン屑が、あなたの口を独占し、舌の先に身を横たえ、あなたの歯茎じゅうをゆったりと巡るのだろう。なんて羨ましい。もしもパン屑になれたなら、あるいはいつかパン屑になるときは、このトーストのこのかけら以外には考えられない。わたしはパン屑も大嫌い。迂闊が物質となったら、それはパン屑だ。でもこのかけらは違う、じっと、待ち伏せして。あなたを疲弊させるだろう。パン屑は記憶だ、わたしたちの夕食のうち、あとあとまで残るもの。パン屑は、あなたのベッドにはたぶん辿り着けないにしても、浴室までは着いてくるはず。あなたにくっついたまま鏡に映るから、そこでようやく、確信はないけど、あなたの手でその特等席から払い落とされるのだろう。わたしはその瞬間のために生きている。その恐るべき、淫らなパン屑が、偶然座った唇の玉座から転落し、突如として何の価値もないものになるときのために。屑そのもの、それ以上でも以下でもなくなり、洗面台の排水溝に引きずり込まれる。万一それが運に恵まれていたとして、だめ、そんなことはあってほしくない、嫌だ、嫌だ、それはあなたが階段を上るあいだに落ちると、あなたのスリッパの裏にくっついて、更に一時間か一日、あなたと一緒にいるのだ、家族の一員として。わたしはそこからそれを退《ど》かしたくて、軽く咳払いして声をクリアにしてから、密告する、そこに居ることであなたの唇を磨り減らすそのパン屑のことを告げ口する、本来そうしているべきはわたしなのに、というのは、少なくともそれは幾つものパン屑の集積であって、その屑に見つめられると、誰しも一人では天国に行けないってことを思い出すからで、その屑、まるで肩みたいにむき出しのその屑が、ここから舐めとって、などと言うものだから、わたしは咳払いする代わりに、飲み下してやるの。

また両膝をついてあなたを見つめる。あなたがパン屑の共犯者に、すなわちわたしの共犯になればいいと思う。でも違う、たぶんあなたはわたしだけの共犯者、だってあなたわたしの目をじっと見つめて、それからわたしの眼球を眺めて、わたしの視線を追いかけるから、それで気づくでしょう、捉えているのはあなたじゃなくてあなたの口、あなたの口の左端。ばかな真似しないでよ。そう言ってあなたは片手を上げて、それを片側の頬に添え、口の端っこで小指を弾いて屑を追い払う。口にパン屑がついてるなら、なんで早く言ってくれなかったの？　パン屑になりたかったなんて、答えられるわけがない。だっていま気づいたの、言おうと思ってたところだったのに、そんなふうに答えを返す。少しうんざりした感じで。そこでカーペットに気がつく。真っ赤だ。なによ、この幽霊女。するとあなたは尋ねる。ちょっと、どうしたの？　目を上げていくと、わたしの気分が急に変わったのを迷惑がるあなたの顔に行き当たるより先に、左手に遭遇する。パン屑がそこにいて、わたしを嘲笑っている。まだあなたにくっついている。あなたは一人になった時、その手で何をするだろう？　その手で髪を梳かすなら、その屑はあなたの髪の毛の中に入る。鼻もないくせに。わたしは、わたしには鼻があるのに、あなたの髪にキスする時いつも急かされて、こそこそしなきゃならない。あなたはふくらはぎを掻くかもしれないし、寝る前にシャワーを浴びて、その手でそこかしこを触るかもしれない。そうしたらパン屑はあなたと一緒にシャワーを浴びて、まるで欲望のごとくあなたの上を転げ落ちていく、お尻の溝から、更にもっと奥に、外から見えない奥の部分に。パン屑にはわたしを騙せまい、あいつの意図はすべてお見通しだ。あなたに伝えたくなる、これがパン屑の、あのトーストされた情欲の残骸の意図なら、わたしの考えていることなんて、もっと陰気で、もっと明確で、もっと愉快。もっと淫らだ。

遊園地へ手招きする魔法使いのようなきらきらした目を手に入れて、前にもあったみたいにあなたを笑わせたい。パン屑に妬《ねた》まれたりしないときに。いつだったか、アンティゴネーのことで一緒に十五分も笑ったね。あれは劇場で、暗くて、わたしたち、彼女が有罪か無罪か投票で決めようと言って用紙を握ってた。あの緑の用紙、まだわたしの机の上にある。わたしは無罪。彼女は有罪。二人で話し続けて、何度も笑って、白ワインを飲んで。あなたは三十歳で、わたしも同じ。もう話せないなら、そろそろ寝たほうがいいんじゃない。一緒に寝ようよ。そのつもりはないわ。とはいえ、眠れないわたしと一緒に寝るなんて、魅力的な提案のはずがないのでは？　そんなのわたしだって承諾しない。でも、したいとか、やりたいとか、セックスしたいなんて、言えると思う？　セックスを語るのは好きじゃない、それは発露するものであってほしい。あなたを語るのは好き、あなたと語り合うのも、あなたの周辺を語るのも好き。あなたの唇に近づくことができるなら、あなたの歯の一本一本について感想を言いたい、拵《こしら》え物のも含めて。でも、そのつもりがないなら、帰るね、また明日。いいわ、了解。そしてわたしは立ちあがり、体をかがめてあなたの頬にキスしてから、部屋を出てドアを閉め、あなたの香水はまるであなた専用に調合されたものみたいだと考える。だから選んだの、ってあなたなら言いそうだ、いやたぶんそれはこちらの、お世辞を言われるのが苦手なわたしの台詞かな。でも、ありうる話だ。

その後のこと、何につけても過度に狭苦しく込み合っているこの通りを歩きながら、何本目ともしれない煙草に火を点ける。吸うわけじゃなく、手持ち無沙汰をまぎらわせてくれ、大人たちに紛れた自分が、自立した、自由な大人のように感じられる道具なのだけど、あなたの香りがまだしているの、とても強くて、まるで後をつけられているみたい、香りは途切れない、それに引きずるような足音もするけど、あなたのはずはない、だってあなたの足音はカーペットに吸いとられるのだから、でもよく耳を澄まして、注意し、集中してみれば、たぶん本当にあなたなのだ、あなたが追いかけてきている。だからわたし、自宅の庭先に着くまでは振り向かない。過ちはオルフェウスがとうに犯しているから。それでも香りはしているし、あなたの香りだ。あなたを作りあげるのに、あなたの香りだけで十分か、それとも不十分か？　振り向いて目にする時、知らない人だと思うけれどそれで十分、十分すぎるくらいだ。お住まいはこちら？　わたしの身ぶりのいずれにも帰結はない。自分の欲望の無駄なマニエリスムだ。その歓びにわたしは浸る。

あなたは十五歳で、わたしは見つめていた。いまみたいに。あなたは花を一輪持ってきてわたしにくれた。持ち歩く本に挟むと、あなたは言った。捨ててよ、たくさんあるんだから。まさか全部取っておくつもり？

わたしは少女に微笑んだ。そうなの？　ビールでも飲みにきませんか、バルコニーは気持ちがいいですよ。まるで『七年目の浮気』の夫のようだけど、わたしには妻もいないしバルコニーもない。あるのは下に広い台のある窓ひとつだけ。でも香りがその人でもあるなら、窓台はテラスでもある――でもありうる。彼女の。どうぞ、こちらへ、テラスから川が見えるんです。そして起こるべきことが起こる。なぜなら、わたしは手を伸ばして、指を絡ませ、うなじにキスして、乳首に触れ、お尻を吸って、パン屑には辿り着けないところまで到達することができるのだから。それから思う、そんなことあなたはとっくに承知しているのだけれど、恐らく、単純に興味がないのだろうと。わたしとは嫌。まだ嫌。もう嫌。あなたは六歳で、わたしも同じ。キッチンの床で一緒に眠ったら、すごく近くてうっとりした。腿と腿、腕と腕、頭と頭、脇腹をくっつけて並んだ。そこで悲しくなる。だって、わたしがあなたに触れたり触れられたりすることに対して不安を抱いているというのがあなたの確信だとしたら、わたしの確信は、自分が求められることはないということなのだから。わたしの体は、どんな欲望にも逆らったことがない、すべてが汗ばむ今夜も自家撞着を起こしたりしない。わたしは手一本だって洗わないつもりだ。

朝、低い天井から漂う濃厚なおが屑の匂いのなかに、まだあなたの残り香がある。わたしは目を開けず、きつく閉じたまま、いっそう強くつぶって、シャンパン色の藁に似たあなたの髪を瞼の裏に思い浮かべる。いやたぶんこれは昨日の冷たいビールの泡だ。耳を塞いで、うずくまり、膝を抱えて胸のところまで持ってきて、露出した部分をほとんど全部隠せば、間違いない、この熱はあなた、腿の付け根まできてわたしを溶かす。目を閉じていれば、あなただ。

3

わたしの両手がわたしよりもあなたを愛してるとしたら。シャンデリアが本当に帽子だったら。主語抜きで、あなたかわたしが「いなかったなら」。このカーペットがカーテンだったらもっと好きかもしれないし、そうじゃないかもしれない。あなたの要求が高いのではなくて、わたしがあなたを得るのに不適格なのだとしたら。主語抜きで、あなたかわたしが「話すのをやめたら」。テレビでコマーシャルが流れてるとき、あなたが消音にしなかったら。わたしがコマーシャルを見なかったら。あなたがわたしの指に自分の指を絡めたら、あるいは逆に、わたしがあなたの指に自分の指を絡めたら。ひと節ずつ。もしもシャンデリアが、帽子じゃなくて、せめて正しい方法で取りつけられていたら。主語抜きで、あなたかわたしが「十八歳だったら」、それでこれからパーティーに行かなくちゃならないとしたら、きっとわたしたち、ドレスを一枚か二枚、選ぶ必要があるだろう。それからわたし、所有格抜きで、あなたかわたしの「家」へ、一緒に帰って、あなたのドレスを両方脱がそう、あるいは逆に、わたしのドレスを脱がしてもらう。ねえ、手をかして。

愛と鏡の物語

アントニオ・モレスコ

関口英子訳

Antonio Moresco
Storia d'amore e di specchi

大きな団地の中庭に面した小さな一室に、誰にも知られていない作家が暮らしていた。

この作家は何者なのだろうか。
誰にも知られていないのなら、どうしたら彼の正体がわかるのだろう。
なにを書いているのか。
それは誰にもわからなかった。

もう何年も前から、毎朝、彼はカーテンをおろした窓の前にある小机に向かって執筆をし、夢想にふけっていた。仕事にかかる前には、心を落ち着けるために、ひとしきり部屋のなかを歩きまわる。それからようやく座るのだが、やはり胸の動悸は治まらなかった。
来る朝も来る朝も、来る年も来る年も、誰にも知られていない作家はそうやって仕事をしていた。

そのあいだにも、団地のほかの家々では、子どもが生まれ、結婚し、そして死んでいき、ときおり戸口に弔意の黒布が掲げられたり、可愛らしいピンクや水色のリボンが飾られたりすることもあった。折にふれて、書きものをしている彼のところにも、おなじ団地に住む若い娘がラジオの曲に合わせて口ずさむ歌声や、下の中庭、あるいは近隣の窓やバルコニーから、諍いの声が聞こえてきた。どこかで犬が吠え、子どもが泣くかと思えば、一階にある小さな自動車整備工場からは、ときおり長く引きずるような耳障りな音がした。中庭という円形劇場でさんざん罵り合った挙句に別れるカップルもあったし、口論する両親のどちらか――いうまでもなく、たいていは母親なのだが――の肩を持とうと叫ぶ子どもの声もした。場合によっては、喧嘩がこじれてしまったときなど、どこかの一室から銃声がすることもあった。すると住民が慌ててバルコニーに飛び出し、警察の到着を見届けるのだった。

おなじ団地に住む若者と仲良く肩をならべて階段に腰掛ける娘の姿を見かけるようになったかと思うと、やがて戸口にお定まりのリボンが飾られ、またしばらくすると、立派な乳母車を押して家の前を歩くようになる。近所の娘たちは、かがみこんで乳母車をのぞいては、褒めそやすのだった。髪型を変える人もいれば、ある日とつぜん一気に老けこむ人もいた。一週間前までは、挨拶もせず居丈高に歩いていたというのに、いつの間にか二十キロも体重が落ち、妻の腕に支えられて、覚束ない足取りで中庭を横切っていく。一方、ポンプでふくらましたのではあるまいかというほど、いきなり太る男や女もいた。また、ほんの二日前まで、エレベーターが故障しているからと、買い物袋をぶらさげて階段をのぼっていたというのに、家から出てこなくなったご婦人もいた。死んでいたのだ。

新たに開発されたアンテナ付きヘッドホンをしてうろつく者や、引っ越していく者もいた。夜中にどこかの家のベッドのヘッドボードが作家の部屋の壁にリズミカルにぶつかり、やがて少しずつスピードをあげていった。しばらくすると、またしてもお定まりのリボンが戸口に現れるのだった。

こうして幾月も、幾年もが過ぎていった。ある日作家は、二階上に住んでいるパティシエとエレベーターに乗り合わせたとき、まだ少年に近い面差しをしたその男が息を凝らし、無言で自分のことを見ているのに気づいた。そして、自分の住んでいる階で降りようとすると、まだバニラの香りの残る指で、片方の扉をたいそう尊敬のこもった物腰で開けてくれた。作家は、その男の職業がパティシエであることを知っていた。というのも、家から数十メートルのところにある小さな菓子店で働いていて、ときおり前を通りかかるときなど、白くて長いコック帽をかぶったその男が、絞り器を握ってケーキのデコレーションに没頭している姿をガラス越しに見かけていたからだ。また家に帰るときにも、たまに、クリームやチョコレートやズッパ・イングレーゼ［リキュールをたっぷり含ませたスポンジケーキにカスタードクリームを挟んだ菓子］でべとべとになった白いコック服を着たままエレベーターに乗り込んでくるその男と、鏡の前で一緒になることがあった。そんなとき、縫い襞の入った大きなコック帽から、お菓子の香りがあたり一帯に放出された。

それだけでなく、ある日、仕事を終えて帰宅したパティシエにふたたびエレベーターで出くわすと、パティシエは相変わらず敬意のこもった眼差しで作家のことを見つめ、ため息まじりに言った。

「今夜もまた、僕の仕事は終わりました！　僕は店から一歩出れば、少なくともその日のところはおしまいです。家に帰ってコック服を物置き部屋のハンガーに掛け、その上に帽子を置き、体を洗って着替えてから、夕食の支度をし、テレビ番組を見ることができる。ですがあなたは……」

そのときエレベーターが作家の住む階に着いたため、パティシエはそこで言葉を中断し、ちょっぴりチョコレートのついた指先で、恭《うやうや》しくドアを開けた。

「私のしていることなどなにも知らないはずなのに」作家は、家の玄関の鍵をまわしながら、独りごちた。「この団地では、誰も私のことを知らないし、私がなにをしているかも知らないはずだ。私も、誰のことも知らない」

そうして時が過ぎていった。作家は、来る日も来る日も自分の小机で仕事を続けていた。階段を歩いておりたり、エレベーターに乗ったりしているとき、見知った顔とすれちがうと、慇懃に挨拶した。通りでは街路樹がときおり葉を落とし、しばらくすると新しい葉をつけ、やがてまた葉を落とすのだった。

「おお、なんということだ。昔はあんなに髪が黒かったのに！」ある日エレベーターの鏡に映った自分の姿を見て作家は驚いた。狭い籠のなかの空気中には、息がつまるほどの芳香が充満していて、香水をつけすぎたお嬢さんか奥さんが乗っていたことを物語っていた。香水の主がエレベーターから降りたばかりであれば、ときに香りの跡をたどることもできた。

ある日作家は、エレベーターにゴミ袋をいくつも積んでいた男と一緒になった。団地の前に出して収集業者に持っていってもらうのだ。一階に到着すると、その男は黄色い大きな手袋で仰々しく扉を指差し、作家に道を譲った。それだけでなく、彼が降りるあいだに閉まらないよう、ゴミの入ったビニール袋をひとつ、扉を押さえるように置いてくれた。また別の日には、頬を紅潮させた娘がほとんど小走りでエレベーターに飛び乗ってきたかと思うと、作家の顔を見るなり、驚いてぴたりと足をとめた。くるくるの巻き毛に、刺繍のほどこされた小さなトルコ帽《フェズ》をかぶっている。

「まあ、やっとお会いできました！」短い沈黙のあと、娘は感極まって叫んだ。エレベーターの鏡のある壁を背にして作家のかたわらに立っていたその娘が頭を動かすと、ときおり小鼻の小さなダイヤが光った。「あの娘《こ》はなにが言いたかったのだろうか。理解しかねる」自分の家のドアのほうへと通路を歩き出しながら、作家はつぶやいた。

　ほとんど知覚できないほどだったが、団地の住民たちが少しずつ、自分に対してこれまでとは異なる態度を示していることに、彼は気づきはじめた。戸惑いを感じさせるちょっとした間合い、沈黙、不意に示される敬意の仕草。例えば、ある日のことなど、一緒にエレベーターに乗り合わせた二人のご婦人が、各々のマンモグラフィの結果について情報交換を続けながらも、終始、感無量で彼を見つめていることに気づいた。

　また別の日には、最上階に住み、ときおり大きな鞄やショルダー、三脚などの荷物を抱えてエレベーターに乗り込んでくる若い写真家が、束の間、無言で彼をじっと見つめた。そして上ずった声でこう言った。「エレベーターでご一緒しながら、この独特な光のなかで、あなたの写真を撮ることができたらたいへん光栄です。ことによると、ベラスケスの絵さながらに、シャッターを切っている写真家のシルエットを鏡に映り込ませることもできるかもしれない。せめて光だけでも測らせてください」そう言うと、行く先階に近づいてエレベーターがすでに速度を落としつつあるのもお構いなしで、露出計を宙に掲げた。作家は慌てていたために、扉の片方だけを開けると、体をひねって外に出た。

翌朝、ベッドから起きあがるなり、部屋の窓の鎧戸を開けた作家は、一瞬、息を呑んだ。というのも、真向かいの一室の、おなじように開け放たれた窓の奥に大きな鏡があって、そこに自分の姿が映っていたからだ。「中庭の向こう側で、自分はいったいなにをしているのだろう」状況が理解できるまで、彼はそんな自問をせずにはいられなかった。その姿がたいそう鮮明で思いがけないものだったため、その後の数日も、向かいの家の鏡に映った自分の像と顔を合わせるたびに、息を呑むのだった。

作家は、空気を入れ替えようと、いつもより長いあいだ窓を開け放しておいて、そのあいだにリンゴの皮をむき、窓を閉めて書きものにとりかかる前に、部屋のなかを歩きはじめた。小机の上にはすでに何枚もの紙がひろげられ、家全体がひっそりと静まり返っていた。近隣のどこかで電話が鳴り、団地の別の一画からは歌謡曲やニュースを放送するラジオの音声が洩れ聞こえるくらいだった。それから数日後、作家はなにも考えずにまた窓を開けた。というのも、ここのところ彼が窓を開けるときには、向かいの窓の鎧戸がまだ閉まっているか、でなければすでに窓のカーテンがおろされていたために、鏡のことは忘れていたのだ。

中庭の向こう側の、まったく人の気配のないその部屋に、いきなり自分の姿が現れるのを見て、彼はふたたびぴたりと動きをとめた。「あの家には誰が住んでいるのだろうか」そう胸の内で問いかけた。自分の部屋の窓を開けて外を眺めるわずかな時間に、その部屋に人の姿を見かけたことはなかったからだ。彼は、向かいの家の鏡のなかに、まだ髪もぼさぼさで寝ぼけ眼《まなこ》の自分の姿を認めると、無意識のうちに手で髪の毛を撫でつけた。

こうしてまた木々の葉が落ち、ふたたび新緑が芽生え、玄関のドアが新しくなりこそすれ、相変わらず、ときおり弔意の黒布が掲げられたり、ピンクや水色のリボンが飾られる。表通りは二度ばかりアスファルトの舗装が直され、若い娘たちのあいだでは耳に化粧をするという斬新なファッションが根づいた。彼は、たまにエレベーターでそうした若い娘と一緒になると、色とりどりの耳たぶを鏡越しにこっそり眺めたり、あるいは仕事中にふと顔をあげたとき、窓のカーテンが期せずして少し片側に寄っていると、向かいの建物のバルコニーに、折りたたみ椅子に座って化粧に夢中になっている別の娘を見かけたりすることがあった。やがてその流行もじわじわとすたれ、その代わりに、団地のどこかで窓から顔を出し、声を張りあげて歌っている娘たちの様子から見てとるかぎり、舌に口紅を塗りたくるのが流行りだした。次いで、真夜中に近隣の部屋から洩れ聞こえる音から判断するかぎり、性行為の最中に歌うことが流行りだしたようだった。相変わらず、ときどき、あの香水をふりかけたお嬢さんだか奥さんだかの残り香を、階段や団地の正面入り口、あるいはエレベーターのなかで嗅ぎ分けることがあった。そんなとき彼は、軽く目を見ひらくのだった。パティシエは、たまにエレベーターで彼と乗り合わせると、コック帽の下から無言で微笑み、少しメレンゲのついた指で仰々しく扉を開けてくれた。ゴミ袋の男に至っては、ある晩、黄色い大きな手袋を外しもせずに、ざらざらの手を差し出して彼に握手を求めたことまであったし、一度などは、マンションの入口で管理人の女におずおずと呼びとめられたこともあった。「失礼を承知でお願いしたいのですが……」と前置きして、管理人は言った。「最上階に住んでいる写真家から、どのように切り出したらいいかわからないと言われたものですから……」「ご用件はなんです？」誰にも知られていない作家は、片方の足だけでかろうじてバランスをとりながら言った。もう片方の足は、踏み出したまま床につくのを忘れていたのだ。「一緒にエレベーターに乗っているときに、あなたの写真を撮らせてほしいそうです」管理人は長い息を吐きながら言った。「お二人で、あの大きな鏡の前にいる写真を」「理解できません」作家は、片足を宙に浮かせたまま、やり過ごそうとした。「なんのために僕の写真など撮りたいのですか？　いったいいつ撮るというのです？」「それでしたら、とっくに支度ができてますのよ」管理人はにわかに活気づいた。「エレベーターの裏で、彼が待っています。ご自分で直接お願いする勇気がなかったそうですわ」実際、エレベーターの金網の向こう側から、大きな鞄とショルダー、三脚、そして数台のカメラをネックレスのように首からぶらさげた写真家がぬっと現れた。「いやあ、ありがとうございます！」作家と一緒にエレベーターへ乗り込みながら、写真家は言った。「余計なお時間は一切とらせませんから」エレベーターの狭い籠のなかに手早く三脚をセットすると、さっそく露出計を用いて何か所かの光を測りはじめた。「ですが、このなかには三脚を使うようなスペースも、十分な距離もあるようには思えません」作家はもう一度、厄介ごとを回避しようと試みた。

「ええ、むろん、そうしたことも考慮のうえです。レンズや動き、鏡などで……」早くも、三脚に固定したカメラと首に提げたカメラのうちの一台とで同時にシャッターを切りながら、写真家は息巻いた。撮影を始める前に行き先階のボタンも押していたので、カシャカシャと自動で連写する音が響くなか、エレベーターは上昇を続け、彼の前には、両目を軽く見ひらいて息を止め、口をきつく結んだ作家がいた。というのも、写真家は、これだけのことを一時《いちどき》にこなしながらなお、煙草の吸い殻に火をつける余裕もあったのだ。その吸い殻はかつて、まだ固まりきっていないアスファルトの上に落としたのを拾いあげて染み抜きに浸し、シャツの多機能ポケットに入れたまま忘れ、誤って二倍濃縮の洗剤と柔軟剤と漂白剤を入れた洗濯機で洗ってしまい、いくらかぼろぼろになった状態でポケットのなかから見つけ出し、パネルヒーターの上で乾かしているあいだに、そのかたわらで妻が溶かしていた脱毛ワックスが小鍋からはねて汚れてしまったものなのだが、そうしたすべてが、その日、写真家がようやくエレベーターでその吸い殻を吸いはじめる何年も何年も前、何世紀も前に起こったことなので、もはや完全に腐敗した状態を通り越し、原始の物質の分解という新たな段階へと移行しつつあった。

また別の日、家から出掛けようとした作家は、エレガントに装った紳士の横にいる管理人の姿を認めた。管理人室の前で二人ならんで立っている。男性は畏れおののいた表情で作家のことを見つめ、管理人は感激した面持ちで素早く目配せをし、無言で作家の存在を男性に知らせたように見えた。その日、作家が帰宅したときにも、階段掃除のために、湯気の立つ洗剤水がたっぷり入ったバケツをいくつかエレベーターに積み込もうと懸命になっていた管理人と出くわした。

「ああ、すみません。すぐにどかしますね」エレベーターの前に思いがけず現れた作家を見て、管理人は声を上ずらせた。「いえいえ、どうぞお気になさらずに。みんなまとめて乗れますから」作家は構わずエレベーターに乗り込み、管理人とバケツのあいだに残されたわずかな空間に身を納めた。バケツからかすかに立ちのぼる湯気が鏡のほうへと流れていく。

エレベーターが上昇を始めた。管理人は、できるだけ多くのスペースを空けようと、背中から肩までぴったりと壁に押しつけながら、押し黙って作家を見つめていたものの、エレベーターが目的の階で停止する寸前に、甲高い声で言わずにはいられなかった。「先ほど、あの男の方が私になんと言ったと思います?」「なんとおっしゃったのです? どんなことについてでしょう」作家は失礼にならないよう、そう応じた。「あなたのことに決まってますよ!」管理人は頬を紅潮させた。

そのとき目的の階に着いたため、管理人はエレベーターの外側の扉を開け、閉まらないようにバケツをひとつ置いた。「僕のことですって?」驚いた作家は、扉のあいだで立ち止まった。「そんなはずがありません。どうしてです? 僕はその人のことを知らないし、誰のことも知らないというのに。なにか勘違いなさっているのでしょう」「いえいえ、あのお方はあなたのことをよく存じておいでです。たいそう遠いところから飛行機に乗って、一瞬でもいいからあなたのことを見るために、ああしてやってきたのです」管理人はエレベーター内にとどまったまま、作家に話しかけるために体をいくぶん傾けて、バケツから立ちのぼる湯気で曇りはじめた鏡の前で、興奮気味に言った。「僕のことを知っている? なぜですか? 理解できません」「失礼ながら、あなたはご謙遜が過ぎます。あのお方はひとしきり私と話していきました。下の管理人室で、あなたのことをどんなふうに話していたか、お聞かせしたいくらいですわ。あなたのことや、あなたの日々の習慣について、私にもいろいろと尋ねてらしたんですよ」「どうしてそのようなことがあり得るのですか？　僕は誰も知らないし、誰も僕を知らないはずだ。申し訳ないが、理解できません」作家のほうも負けじと声を荒らげた。「なにをおっしゃるのですか」管理人は首を横にふって微笑んだ。「あなたがなさっていることは、誰もがよく知っています。それも、ここの団地内だけではなく、そこらじゅうでです！　あなたは何年も前から、あの窓の内側で、来る日も来る日も偉業と向き合っていらっしゃる。私自身、ご無礼を承知で、折に触れてほかの人たちと、あなたのことを話さずにはいられないのです。そして、その人たちもまたほかの人たちと話し、その人たちもまた……」「いやいや、とうてい信じられません。僕はこれまで、この団地でどなたともそんな話をしたことがありませんから」廊下で立ちつくしたまま作家が言うと、まだエレベーターの籠のなかにいた管理人は、体を完全に彼のほうに向け、いまやすっかり曇ってはいたものの、明るさを失っていない鏡を背に、あふれださんばかりの感情とともに彼を見つめていた。「それは違います。誰もがあなたの価値を知っていて、沈黙でもってそれを護っているのです。それなのにあなたは、この団地のなかでも、家庭においても、人々が仕事から帰り、家族そろって夕食を囲むときにしろ、階段や石段に若者たちが集い、お喋りをしたり煙草を吸ったりするときにしろ、あなたの話題で持ち切りだということをご存じないのです。それも、この団地だけでなく、町じゅうどこでも、いいえ、全国津々浦々で！　この数年でどれほどの数の人たちが、あなたがどこに住み、どこでお仕事をなさっているのか知るためだけにここを訪れているか、ご存じですか？　私はそうした方々を中庭の真ん中に案内し、あなたが書き物をなさっている窓を指差します。行列ができるほどなのですよ。あなたが洗濯物をどこに干し、ゴミをどこに捨てるのかまで知りたがるのです」「そんなはずがありません。僕はなにも気づきませんでした。僕がなにをしているかなんて、どうしてわかったのですか」

その頃になってようやく管理人もエレベーターを降りて、あまり長時間独り占めしないよう、扉を押さえていたバケツをどかした。早速エレベーターは別の階で呼ばれ、さらにまた別の階へと呼ばれていき、鏡の前で湯気を立てているバケツを乗せたまま、昇降を繰り返していた。

「どうしてわかったのかですって？」管理人は目を真ん丸にして声を張りあげた。「そんなことを私に尋ねるのですか？　ご著書ですよ！　管理人室には毎日のように、読者、作家、文芸評論家、エージェントたちが押し寄せて、長い列をつくることをご存じないのですか？　無名の方ばかりでなく、女性タレントとテレビに出ていて、世間に顔を知られているような方までやってくるのです。ご所望の場所を見てまわったあと、決まって管理人室に立ち寄り、あなたがこんな作品を書いたとか、今度はこんな作品の準備をしているだとか、あなたのお仕事は我が国のみならず、諸外国でも、ほかの大陸でも高く評価されていて、どこもその話題で持ち切りだなどと語っていくのです。現に、この団地の住民には海外へ行ったことのある人もいて、あなたの本がほかの国の言語に翻訳されているだけでなく、空港の売店でもならんでいたと話してくれました。嘘ではありません。回転式ラックに入れられ、通りがかりの乗客たちが勢いよく回すため、表紙が霞んで見えないそうですのよ。カナッペの載ったトレーと一緒に、乗客たちにご著書を配っている航空会社さえあるそうです」

「どういうことですか！　そんなこと、僕でさえ知らないというのに。僕の本を出版したのなら、どうして誰も言ってくれないのです？」

翌朝、いつものとおり自分の部屋の窓を開けた彼は、しばし息を呑んだ。向かいの家の鏡のなかにいきなり自分の姿を見出しただけでなく、鏡が嵌め込まれた木製の家具の一部を成している棚の上に、大きな花束や鉢植えがぐるりと飾られていたからだ。次の日もそうだったし、その次の日も、そのまた次の日もそうだった。彼が窓を開けるなり、中庭の反対側にある、そのたびに異なる、いつだって新鮮な花の額縁の中央に自分の姿が見えた。そのため彼は、木製の鎧戸を開け放つよりも一瞬早くそのことを思い出すと、逆立った頭頂の髪を、熊手の形にした手でさっと梳かすようになった。「それにしても、あの向かいの部屋にはいったい誰が住んでいるのだろう」部屋のなかを歩きまわりながら、彼はふたたび自問した。というのも、窓のある部屋には決して人の姿が見えなかったからだ。そのくせ、部屋はいつだって整理整頓が行き届き、鏡のまわりには、日によって、あるいは季節によって違う花が丹精を凝らして飾られていた。アヤメ、カーネーション、バラ、スミレ、枝ごとの花桃、そしてたくさんのフリージア……。「どうして僕がフリージアを好きだと知っているのだろう」作家はそう胸の内で問いながら、深い感動を覚えずにはいられなかった。

そんなある日、仕事机に向かう心の準備ができるまで部屋をうろついていた作家が、自分の部屋の、窓とは反対側の壁に据えつけられた鏡に何気なく目をやったところ、突如として、赤地に大きな白の水玉模様の服を着て窓辺に立ち、メレンゲをかじりながら、穏やかに微笑んでいる女性が出現した。

「向かいの窓の女性だ！」彼は感激のあまりうるんだ目で独りごちた。「やっと姿を見ることができた。窓辺に立って、僕の窓のなかをのぞいている。僕が彼女の部屋の鏡に映った自分の姿を見ているのとおなじように、きっと彼女も、僕の鏡に映った自分の姿を見ているにちがいない。いったいいつから彼女もそうしていたのだろう」胸があまりに激しく高鳴っていたため、向かいの窓を直接見るまでにかなりの時間を要した。ようやく意を決して部屋の窓から外を見ると、たいそうショックなことに、向かいの窓辺に女性は立っておらず、中庭の向こう側にある花の咲き乱れた鏡のなかに、自分の姿が映っていただけだった。「きっと、たったいま別の部屋に行ってしまったんだ」と、彼はつぶやいた。「家の別の場所で、なにかしているにちがいない」ところが、その直後、机に向かう前にもう少し歩こうと向きを変えたとき、目の前にある自分の部屋の鏡に、向かいの家の女性が、思いがけなくまた映っていた。「いったいどういうことだろう」と、作家は自問した。「いまこの瞬間、彼女は自分の部屋の窓から顔を出していないのに」室内を歩きまわりながら、部屋の鏡をときおりのぞいてみると、向かいの家の女性はすでにメレンゲを食べ終え、指先を舐めたかと思うと、微笑みながら頭を軽く揺らしていた。きっと心のなかで歌を歌っているにちがいない。「ということは、もしかすると彼女も、僕が窓を開けるために窓辺に立つときも、机に向かう前に、空気を入れ替えようと窓辺で立ちどまるときも、僕のことは見えていないのかもしれない。僕にはこの部屋の鏡のなかでしか彼女が見えないのとおなじように、おそらく彼女も、ぐるりと花で飾られた彼女の鏡のなかでしか僕の姿が見えないんだ」

それからというもの彼は、木製の鎧戸を開け放つ前に、両方の手を熊手の形にして念入りに髪を梳かすようになった。鎧戸の隙間の巣穴から出てきて出窓の木枠を這いずりまわるハサミムシを捕まえる際も、苛立っていることが傍目にはあまりわからないように注意したし、最初の一撃で捕まえそこねて、二度三度と追いかけまわした挙句、結局は取り逃がしたり、あまりに勢い込んでつかもうとしすぎて、出窓の木枠に押しつけてつぶしてしまい、刷毛で塗ったような跡が残って向かいの窓から彼女に見えたりしても困るので、指でつまんで下に落とすこともしなくなった。また、中指をまるめて親指の内側に当てて、それを解き放つときの勢いで弾き飛ばす、いわゆる指弾きと呼ばれる一撃で追い払うこともやめた。ただ、あまり頬を膨らましすぎないよう、それでいて、最初のひと吹きで追い払えずに、二度三度と繰り返して吹かずに済むよう、うまく息を調整しつつ、軽く吹き飛ばすにとどめるのだった。また、早朝の澄んだ空気のなか、ハサミをじたばたさせ、慌てふためいて中庭に落ちていくハサミムシが向かいの家の鏡に映り込まないよう、あまり勢いよく吹き飛ばすこともしなかった。季節がめぐり、大人のハサミムシのかたわらに、小さくてうぶな、生まれたばかりのハサミムシがうじゃうじゃと歩きまわっているのを出窓の木枠で見かけるようなときには、なおさらだった。「おや、驚いた。ハサミムシの子どもだぞ!」と、彼は独りつぶやいた。「ということはつまり、また春がめぐってきたのだな」

相変わらずエレベーターでは、化石化しかかった煙草をくわえた写真家と時々顔を合わせた。写真家は無言で微笑みながら、感謝のこもった眼差しで作家を見つめ、エレベーターが作家の住んでいる階に到着すると、三脚のスタイリッシュな脚のあいだから片足を斜めに突き出して、恭しく扉を開けた。管理人はといえば、管理人室の前で立ちつくし、ひたすら目を伏せていた。その隣には、異なる大陸の、異なる国の、異なる気候に合った奇抜な装いで、感激し、畏れおののいている訪問客の姿があった。サリーに身を包んだご婦人と、長い顎鬚を二つに分けて両脇に持ちあげ、先端をターバンの下に挿み込んだ、アタッシェケースを持った紳士がならんで立っている。日によって、はるか遠方からやってきた派遣団が足を止めて管理人と話しているとき、中庭の真ん中にそそり立つ陰茎袋《コテカ》が見えることもあった。そうかと思えば、華美な装飾をまとった小柄な体から印象的な頭を突き出したアボリジニが、中庭の突き当たりから仰向けにのけぞって彼の窓辺をのぞこうとしている姿を目にすることもあった。パティシエは、エレベーターで彼と鉢合わせになるとかすかにお辞儀をするため、頭の上で揺れるコック帽がずり落ちないように手で押さえなければならなかった。向かいの家の鏡のまわりには、色とりどりのアネモネの大きな花束が各種の出っ張りや棚に形よく配置され、花綱のようにぐるりと飾られていた。ぞんざいに髪を撫でつけて鎧戸を開けた作家は、その鏡のなかにいきなり自分の姿を見出しながら、まぶしくて目をしばたたき、そのあいだにも少し大人になったハサミムシを数匹見つけては、ハサミムシどうしで番《つが》いが別れたり、新たな番いが誕生したりしているのを見てとった。番いになったハサミムシは、全身からよい香りを発散させて、お尻をふりふり木枠の別の場所へ移動していく。しばらく経つと、疑いようもなくよく似た顔つきの、生まれたてのハサミムシの赤ちゃんが見つかるのだった。作家は、個体数の爆発的増加の兆しを見てとると、息を吹きかけてハサミムシの赤ちゃんを窓枠からはがし、空を飛ばして団地の別の一画へと移動させるのだが、その際、花綱で飾りたてられた鏡のなかの自分が頬をふくらませすぎないよう、優しくそうっと息を吹きかけた。空気の入れ替えをするときには、いつもより少し長く窓を開け放し、部屋をうろうろ歩きまわりながら、あるいはすでに机に向かい、椅子を四分の三ほど回転させて座りながら、向かいの部屋の女性が窓辺で髪を乾かし、ウレタンの肩パッドを手で揉み、形を整えたうえで服の下にあてがい、両方の耳たぶの後ろを指先でこすって香水をつけたかと思うと、こちらを見てにっこり微笑むのを、自分の部屋の鏡のなかで眺めていた。

「ということは、香水の匂いをたっぷり漂わせていた女性は、彼女だったのか！」作家は、興奮気味につぶやいた。「それにしても、中庭の向こうの棟に住んでいるのに、こちらの棟の階段やエレベーターでもときおり彼女の香水の匂いがするのはなぜだろう。きっと、女友達に会うために、ときどきこちらの階段を使っているにちがいない。さもなければ、わざわざ香水の匂いを残すためだけにこちらのエレベーターに乗りに来るのかもしれない」

鎧戸を開け放つ前に、逆立って尖塔のようになった髪の毛をできるだけ整え、ヘアブラシまで用いて、暗闇のなか、手探りで髪を撫でつけた。とはいえ、そのヘアブラシは、サイドテーブルのどこかに放置されていたもので、プラスチックの歯のあいだにはたくさんの抜け毛が束になってからみついていて、つかむのも容易ではない状態だった。そんな繭玉のようなブラシを持ちあげ、まだベッドに座ったまま、三度四度と髪を梳かしてから、向かいの家の鏡に目のまわりがステッチで縁取りされたように映ると困るので、両方の目を軽く手でこすり、目の両端と睫毛に沿ってついている目脂《めやに》の粒をとりのぞいた。

ある朝、そうした一連の身支度をすでに終わらせ、パジャマの襟がふんわりと見えるように手でふくらませてから、音を立てないように鎧戸を開けた作家は、とたんに息を呑んだ。自分の姿が消えていたのだ！　中庭の反対側にある、向かいの家の鏡に彼は映っていなかった。相変わらず鏡は、窓とは反対側の壁の、これまでとまったくおなじ場所にあったし、周囲には花綱のようにぐるりと花が飾られ、その朝は、鉢植えのゼラニウム、ヒヤシンス、白バラ、スズランなどがあしらわれていた。「いったいどういうことだ?」と彼はつぶやいた。「なにが起こったのだろうか」窓辺から離れ、音を立てないようにそっと窓を閉めた。「いったいどういうことだ?」カーテンがおろされ、窓の閉まった部屋をうろうろと歩きまわりながら、彼は自問を続けた。「もしかすると、向かいの部屋に僕の姿が映り込まないようにするため、意図的に少しだけ鏡を傾けたのかもしれない。

いまはおそらく、上の階か、隣の部屋に住んでいる別の誰かの姿があの鏡に映り込んでいるのだろう。その男は珈琲をすすりながら、あの花飾りの中央に映る自らの姿を眺め、彼女もまた、その男の部屋の、彼女の姿が見えるように角度が調整された鏡に映っているのだ。その鏡のなかで熱心にマニキュアを塗り、少しでも早く乾かすために、色鮮やかな爪の先端を宙でひらひらさせている。そのあいだにも男は珈琲を飲み終え、花に囲まれた鏡のなかであくびをしながら、その大口の両端にワイシャツの襟の先を立たせたまま、ネクタイを結んでいるのかもしれない。そうこうするうちに彼女のほうはマニキュアを塗り終え、美しく塗りあげた自分の指に見惚れるために、空中で両手を回転させながら結んだりひらいたりしているのが、向かいの家の鏡には脈打つように映るにちがいない。彼女は出窓に頬杖をつき、両の掌を頬に当てて窓の外を眺めながら、背後にある低いテーブルの上か、椅子の上、さもなければ振動している床の上に直接置かれているか、まるで巣穴のような彼女のスリッパにすっぽりと納まった小さなラジオから流れてくる歌のリズムに合わせて頭を揺らす。そんな光景が、これから永遠に、来る朝も来る朝も、来る日も来る日も続くのだ。ラジオにあくび、ストックの花、ネクタイ、ミニトマト、耳掃除、うがい……」

次の日の朝、作家は髪の毛を撫でつけることも忘れて、のろのろと木製の鎧戸を開けた。最初のうちは、向かいの窓に目を向けることさえしなかった。中庭の向こう側には、もはや手の施しようもなく傾き、自分の姿が映っていない半透明の鏡の面だけがあるにちがいないと確信していたからだ。ところが、鎧戸の片方の留め具を固定しようとする手の動きに合わせて頭をいくぶん片側に傾げながら、ようやく前を見ようと決心したとき、向かいの部屋の鏡のなかに、突如として自分の姿が見えたのだった。その鏡像は、水か、あるいはガラス磨き用の液体洗剤で鏡の表面を洗ったばかりで、まだ風にも光にも完全には晒されておらず、湿った、知覚できないベールで覆われ、脈打ち、きらめいているかのようにくっきりしていた。「まだ僕がいるぞ！」作家は出窓の真ん中で身じろぎもせず、茫然としていた。「僕はまだあそこにいるんだ！　鏡のまわりにはたくさんの花が飾られているし、これまでに一度も見たことのない花まである。おまけに、種々の花々のなかで、ひときわ数が多いのがダリア。それも、黄色いダリアだ！」

彼は部屋のなかを行きつ戻りつしながら、ときおり、開いた窓から外をのぞいていた。「それにしても、昨日はいったいなにが起こったというのだろう」と、彼は胸の内で自問した。「ひょっとすると彼女は、鏡のついていた家具を、部屋の掃除か、あるいは電気床磨き機をかけているときに、裏側まできれいにしようとして、無意識に動かしてしまったのかもしれない。そのあと壁に戻すとき、たまたま前の位置とは少しずれてしまい、その角度のせいで僕が鏡に映らなくなってしまったんだ。さもなければ、家具の脇を通りかかるときに意図せずにお尻をぶつけてしまい、マニキュアを塗った指でお尻のマッサージをしていたのかも。しばらくしてから家具の位置がずれていることに気づいたけれど、それは昨日の朝、僕が慌てて窓を閉め、カーテンをおろしたあとのことで、今朝、僕が窓を開ける前に、彼女はまた床磨きをして、無意識のうちに元あった位置に戻したのかもしれない。もしかすると僕も時々おなじようなことを気づかないうちにしていて、僕の部屋の鏡が一方に少しだけ傾き、彼女が鏡のなかに自分の姿を見出せない日があったかもしれない。どちらにしても、今朝は大丈夫だ。だって、たったいま、彼女が僕の部屋の鏡のなかにいきなり現れ、カップのように丸めた片方の掌にこんがりと焼いたコーンフレークをのせて、もう一方の手で一つひとつつまみながら、ぽりぽりと食べていたのだから。いままで僕が一度も見たことのない、白地に赤い水玉模様のある、ギャザーの入ったブラウスを着て。ただし、窓から外をのぞいても、いつものように、彼女の部屋の出窓にその姿が直接見えることはなく、隅々まで整理整頓され、人の気配がなく、それでいて香水の匂いの漂う部屋が背後に見えるだけなのだ……」

次の日も、そのまた次の日もおなじだった。作家が窓の外を見ると、すぐさま、中庭の向こう側にある、つねに新しい種類の花々に囲まれた鏡のなかに映る自分の姿が見えるのだった。

作家は、鎧戸を開ける前に、ブラシで何度か髪を梳かしてみるものの、ベッドで普段より多く寝返りを打つ夜が何日か続いたせいで、依然として逆立っていることに気づき、慌てて洗面所に駆け込むと、蛇口をひねってブラシを水で濡らしてから、髪を梳かしなおした。鎧戸を開けると、ときおり、管理人が下の中庭で、一度も見たことのないスタイルの帽子をかぶった、どこから来たのやら見当もつかない訪問客たちと一緒に、窓のほうを仰ぎ見ているのがちらりと目に入った。「あんな羽根の使い方をするのは、いったいどこの国なのだろう」その時々にやってくる訪問客が、管理人の隣で、体や頭を弓形《ゆみなり》にのけぞらせ、凹凸のある首や喉をむきだしにした姿勢で、作家の動きを追うために、無言で見上げているのをちらりと見やりながら、作家は胸の内でつぶやいた。折しも彼は、整髪料でも塗ったかのように水で濡らしてきれいに梳かしつけた頭で、ちょうどよく加減した息を吹きかけて、ハサミムシを飛ばそうとしていた。「ああ、僕は今朝、ジャスミンの花に囲まれているらしい。きっといい香りがするのだろうな」向かいの家に目を向けながら、彼はつぶやいた。そして、堪えきれずに自分の鏡のほうをふりむくと、向かいの家の女性が、出窓のすぐ下に渡された洗濯ロープに洗濯機で洗えるタイプのスリッパを洗濯挟みで干しながら、鼻歌を歌いつつ、口をきゅっと結んで上下の唇をこすり合わせ、たったいま塗ったばかりの口紅を均しているのが見えた。

自分も鏡のまわりを飾りたくなった作家は、なにか適当なものはないかと家のなかをひとしきり歩きまわって探した。あいにく花はなかったので、通りすがりに、電気の延長コードと洗濯用のゴム手袋、前の晩リンゴの皮が一本のカールしたリボン状にうまく剝けたときには、お皿の上や流し台、あるいはゴミ袋のなかに残っているリンゴの皮、巻尺、前の晩スーパーでたまたま花模様が印刷されたのを見つけたので買っておいたトイレットペーパー、食料品を密封するためのアルミ箔のロールといった、鏡の枠の周囲に張りめぐらせ、垂らすことによって、花綱飾りのような視覚的効果を生み出せるものを拾い集めた。すると向かいの家の女性は鏡のなかで微笑みながら、たくさんの花を掻き分けるかのように手や腕を動かした。

それを見た作家は、鏡のなかの彼女の手をつかめる角度に体を傾けて、片方の腕を伸ばしてみた。

二人は感激のあまり目を伏せて、そのままの姿勢でじっとしていた。翌日には、女性のほうも、彼が手を握りやすいような角度に体の向きを変えていた。二人は斜めの角度からお互いの目を見つめる方法を見出し、しばらくそうしていた。耳たぶから香水の匂いを漂わせ、ラメ入りの口紅を塗った彼女と、髪の毛を濡らした彼が、蕾のひらいたばかりの花綱が飾られた木枠のなかにいる。二人のうちのどちらかが少し向きを変えさえすれば、中庭の通路をあっという間に通り抜け、彼の家から彼女の家へ、彼女の鏡から彼の鏡へと瞬時に移動できるのだった。その中庭の突き当たりでは、どこから来たのかわからない訪問客が、管理人とジェスチャーでコミュニケーションを図っているか、あるいはお皿をはめて途轍もなく大きくひろげた唇をぱくぱく動かしながら、意思を伝えようとしていた。

「こうして手をつないだまま、二人して鏡のなかから抜け出せるかもしれない」作家は感極まってつぶやいた。「そして階段かエレベーターで下までおりて、もし、コック帽をかぶり、チョコレートやズッパ・イングレーゼ、メレンゲやブルーベリーなど、ひときわにぎやかなパレットと化したコック服を着たパティシエか、先端が炭化した煙草をくわえた写真家と出くわしたら、三人ともエレベーターの鏡のなかで軽く会釈をして挨拶するんだ。ひょっとすると、一階へおりるまでの短い時間で、鏡の前でポーズをとってほしいと頼まれるかもしれない。あるいは、刺繍をほどこしたトルコ帽をかぶり、小鼻に小さなダイヤモンドを光らせている若い娘と一緒になるかもしれないし、ゴミ袋を運んでいる男と出くわすかもしれない。彼女の手の甲に口づけしようと、黄色い大きな手袋をしたまま仰々しく彼女の手をとり、軽く会釈をして僕らに挨拶するだろう。おそらく、扉が閉まらないように、ゴミのいっぱいに入った灰色の大きなビニール袋で外側の扉を押さえてから、僕たちを先に通してくれるにちがいない。

僕たちは表通りに出て、手をつないだまま、城壁みたいな凹凸のある風変わりな頭の客にかかりきりになっている小さな理容室の前を通り、木箱のなかからブドウを一房持ちあげて、高い位置からゆっくりと紙袋に入れようとしているか、季節によっては、ブラッドオレンジを箱のいちばん上に見えるように並べるために半分に切っているか、布でリンゴを磨いているか、ひときわ真ん丸で音程のいいスイカを指で叩いて歌わせているかしている青果店の前を通る。それから、子どもたちがスプリング遊具で夢中になって跳びはねている小さな公園沿いの、街路樹のある大通りに出て、シナノキの綿毛のせいでべとつき、根っこが張りすぎてアスファルトの表面が盛りあがった歩道を、ずっと手をつないだまま、感無量でうきうきしながら、白地に白の水玉をあしらった新しいブラウスを着た彼女と、濡らした髪をきちんと梳かしつけて、ズボンの前の部分の、チャックのあたりをふくらませた僕が歩いていく。というのも、こういった場合、そういうことだって起こり得るのだ。僕たちとすれちがう人たちはみんな目を丸くして、『まあ驚いた。あの女の人、ものすごくいい匂いがするわ』と言う人がいるかと思えば、『まあ驚いた。とってもいい匂いのする女の人と一緒に散歩をしているあの男の人は、なんて幸せなのかしら』という人もいるだろう。

そうして僕は、穏やかで柔らかな光に包まれたある朝、彼女の隣を息もできずに歩きながら、僕の指にからまる彼女の指を感じ、さながら土偶を思わせる彼女の手首や腕、グラファイトのイヤリング、彼女の肩、首がそこにあることを知覚するのだ。

さもなければ、ほかのことは考えず、ほかのことは必要とせず、互いにじっと目を見つめ合って、二人して素敵な歌を歌いながら、なにごともなかったかのように、心穏やかに、ただそのまま、鏡のなかで手をつなぎ続けているのかもしれない」

回復

ヴィオラ・ディ・グラード

越前貴美子訳

Viola Di Grado
Guarigione

事の始まりはノックの音だった。

ノックと言ったのは、一定のリズムでドアをたたくことはいつだって私たちにとっては合図だからだ。誰かがあなたを求めて、友好的に、あるいは威嚇して、あなたの世界に入りこもうとしている。けれどそれはノックなんかじゃなかった。

ドアに頭を強く打ちつけるような、重々しくて混乱した音だった。朝の四時、ロンドンのカムデン・ロードにある私の薄暗い小さなフラットのドアに、誰かが頭を打ちつけていた。

あれは入居して三日目の晩だった。

家はかつて市営住宅だった。ヴィクトリア朝時代に貧者とホームレスのために建てられたものを、政府が安値で民間に売却した。構造部分がいまにも崩れそうで危険だったため、暮らすのに適していなかったが、何年かして本物の家らしく改築された。

初めてそのフラットを見たとき——一か月前の九月、姉と電車を降りてすぐのこと——、家の中はツイードのシャツを着た大工と工具であふれていた。

いびつな菱形をした寝室にひとつだけある窓のガラスは、曇って雨筋が刻まれ、雹《ひょう》や風によって細かな傷がついていた。部屋に入ったとたん、私は衝動的にカーテンを閉めた。

「何してるの？」姉に訊かれた。

「べつに……光が」

「光が何なの？」


私にはすぐに入居できる家が必要で、その家は値段も破格だった。

解毒の治療を終えた私には、思い出の浸みこんでいない、クリニックみたいな新たな空間が必要だった。

クリニックが好きなのは私ぐらいだった。

その一か月前、テスコの冷凍食品売り場で意識を失った私が、腫れて青痣だらけの前腕で担ぎ込まれたブルームズベリィの市立病院も好きだった。白いシーツは糊づけされ、壁には絵が飾られておらず、誰のものでもない場所だったからだ。

それは、体内にある悪いもの、毒や毒への欲求を浄化するためにある辺獄のような場所だった。

私はまだヘロインを欲していたが、その時はもう頭で考えるだけで、体は忘れていた。

そういうわけで私はいま、反抗する女の子のようにモニターで監視されて鍵で閉じ込められるクリニックではなく、普通の環境にいる。自分が生きのびていくためには自分で気をつけなければならず、世の中は気に掛けてくれなかった。

私はサインをした。姉がそれを望んでいることは、緊張した眼差しと瞳の動きでわかった。姉はこの心配ごとから解放されたかったのだ。私から。

姉にとって、私はもっともおぞましい心配ごとだった。

サインをすると、ペンが床に落ちて、一メートル半転がってソファの下に消えた。大工の一人で、氷色の眼をしたとても背の高い男が、ペンを拾って言った。「床は確かに傾いていますが、これは直しようがないんです」

私はバスルームへ行った。少し動揺して、髪が汗で濡れていた。

「一か月もすれば何もかも変わるわ」と、ドアの向こうで声がした。姉だった。希望を込めて私の未来のことを言ったのかと思ったが、家の改装のことを言っていたのだと、あとでわかった。

実のところ、問題は麻薬じゃなかった。

つまり、必ずしもそうじゃないということだ。

私にとってヘロインは、誰もが知る化学的な方法でとにかく悲しさを薄めようとしていたときに行きあたった、突発的な出来事に過ぎなかった。

ヘロインは、私という有機体のなかに、そして精神のなかに、もっともありふれた恋愛関係において起こるように、場所を占め過ぎた物事だった。現に――私はわかっていた――少しの我慢強さと自己愛があれば、断ち切ることができるはずだと。

本当の問題は情けだった。

私にいきなり押し寄せて来た、家族の、同僚の、友達の、友達のまた友達の情けだった。

彼らの情けに、私はプライドを傷つけられた。

ねばねばした、足を引っ張るような、哀れみと甘い言葉のいたわりからなる、行き過ぎた配慮が散りばめられた情け。これまで何十年にもわたってテレビで放映され、歴史的な変化を遂げてきた、薬物依存症についてのインディーズ映画から拝借した情け。

死の感覚に誘発された情け。誰しも薬物中毒者に死を感じるから、反応する。内心では自分が命の危険にさらされていないのを喜んで笑い、人前ではあなたをぎゅっと抱きしめる。というのも、ある日曜の朝、リージェント・パークで人々がジェラートを食べながら池の周りを散歩する合間に読む死亡記事が、あなたのことだから。あるいは、パーティの終わりのけだるい夜のお喋りで人々が話題にするのが、あなたのことだから。もはや誰もひけらかすゴシップがなくなり、いちばん酔っているか、あるいは意地悪な誰かが、野獣のような真っ赤な目をして名前を出すのが、あなただから。「覚えてる? あの子、かわいそうに、ひどい死に方だったわよね」。あなたは、ある日、道端で犬の糞にまみれ、過剰摂取で発見される人物であり、周囲の人々に、いかに自分たちは安泰かをわからせる存在なのだ。

引っ越しの日、たしかにすべてが以前と変わっていた。

窓はぴったり閉まるし、ガラスはぴかぴかだった。隙間にあった蛾の死骸やラジエーターのうしろの小さな蜘蛛も姿を消していた。

ひびが入った天井も、部屋の隅のカビも、壁紙がはがれた壁も姿を消していた。部屋は、頑丈ではないものの性能のいい新品の家具で満たされていた。ぼろぼろだった床はつやのある寄木風のフローリングに張り替えられていたけれど、相変わらず傾いていた。

普通の生活にはじゅうぶんだった。人が家に求めるのは、そんな普通の生活だ。

その家は、洗浄され、細かい検査を経てリフォームされても、まだ幽霊屋敷のように隙だらけで、そこかしこで物音と寒さが通り抜けていった。壁からは雨音と全階の隣人の声が混ざって小さく聞こえてきた。部屋を歩くと、足元に、飛行機が着陸するときのエア・ポケットのようなものを感じた。口紅やグラスを床に落とすと、部屋の反対側へすっと転がった。

朝、寝室から台所へ行くと、吐き気と頭痛に襲われた。夜、サイドテーブルの引き出しがいきなり開いて、大きな音をたてて床に落ちた。

翌日、私はカムデン・タウンのストリート・マーケットへ行った。小雨が降っていたので人出は少なかった。空は建物の天井のようにどんよりとして灰色だった。ロンドンの古い写真を何枚か買って帰り、壁に貼った。次の日、姉が昼食に来ることになっていて、どれだけ家をきれいにしているか見てもらうのが楽しみだった。

そうすればきっと、姉はわかるはずだった。

すべてが変わって、私も変わったということが。

居間の壁にはタヴィストック広場のピンボケした写真を貼りつけた。ヴァージニア・ウルフがまだ住んでいた頃のもので、今のようなありふれたホテルではなかった。

それから、観光客向けのマーケットになる前の、石畳の薄暗い路地にある迷宮だった頃のカムデン・ロック。当時は世界を変えられると本気で信じていたパンクたちが大勢いた。小銭をもらって観光客と一緒の写真に納まる、美容院で整えたばかりの鶏冠《とさか》をつけた連中とは大違いだ。のちに取り壊された、リージェント運河沿いに面したピンク色の建物。それに、まだチェーン店やショッピング・モールが連なる前のオックスフォード大通りの一角。貼り終えると、どれもが、後に永遠に消滅したり廃れたり破壊されたりした場所の写真であることに気づいた。


次の日、私はサーモンを使った米料理を作って、ビーツとエンドウ豆のサラダを用意した。姉が大好きなレッド・ベルベット・ケーキまで作った。最初うまくいかなかったので、作りなおした。

それからいちばん素敵な服を着た。

セーターは、姉が四年前にプレゼントしてくれた赤と黒のタートルネックで、ズボンにはわざわざアイロンをかけた。化粧はファンデーションと赤い口紅にアイライナーを引いた。

心臓がどきどきしていた。

ソファに腰掛けて、背筋を伸ばし、香水をたっぷりつけて、呼び鈴が鳴るのを待った。二時半になっても、まだ姉は来なかった。すごく悲しくなった私は、外に出てインターフォンが作動するかどうかチェックした。呼び鈴を押すと、凍りつくような大きな音が、がらんどうのフラットに響いた。

私は家に戻って携帯電話をつかんだ。姉の電話番号にかけた。出なかった。一分後、インスタントメッセージが届いた。「ごめん、行かれなくなった。また今度ね」私は料理をごみ箱に捨てた。食べることもできたけれど、今となっては、私が感じているぽっかりとした空虚で汚染されている気がした。ソファに身を沈めてテレビをつけ、そして消して、何も映っていない画面を見つめていたら、寝てしまった。

次の週、私は職場で、何も考えずにすむように、とても複雑なプロジェクトで頭をいっぱいにした。広告のグラフィック・アーティストの私は、ピンとこない画像に頭を悩ませた。だから会議でこう言った。「気持ちがこもっていないし、じゅうぶんな喜びも感じられません」と。

姉はときどきインスタントメッセージでスマイル・マークやいろんな絵文字を送ってきたが、どれも私が送った知らせへの返信に過ぎなかった。

会ってほしいと言う私への返信。

オフィスの窓ガラスに枯れ葉が舞っていたときに送った写真への返信。

昼休みにラッセル・スクエアの近くで買ったチキンとアボカドのサンドイッチの写真への返信。

今日はよく晴れているね、ロンドンじゅうが金色の砂埃で覆われているみたいだね‼と書いた私への返信。私のところに一度来ればいいのに。家は新しいものであふれていて、クレープが焼ける調理器まであるの。来たら最高においしいトリュフ入りクレープを作ってあげる。そして、小さい頃みたいにソファで映画を見ようよ。

姉が来ることは決してなかった。

秋は終わり、冬が始まった。

空はいつも灰色か乳白色だった。

私はイヤリングやペンダントや細いチェーンや口紅のキャップを落としては、部屋の片方から家具の下やソファの下へ転がっていくのを見て過ごした。自分が飛んでいるのを、私の持ち物がどれも手から離れてばらばらに落ちて壊れ、しまいになくなるのを想像した。

その晩、十一月二十八日のこと、ノックは次第に強まった。

私は起き上がり、ドアを開けた。


ドアマットのうえに、膝を抱いてうずくまる裸の高齢の男がいた。骨ばって、白い肌をして、お腹はふくれて突き出ていた。老人特有の枯れた顔に、頭は薄い白髪の生え際の皮膚がむけていた。男は私を、一日分の餌を待つ動物に似た、すがりつくような眼差しで見た。そのとき初めて私は翼に気づいた。

やわらかで光沢のある、焦げ茶色の翼が、背中から伸びて地面にだらりとたわんでいた。

私は再び家に入り、ドアの鍵を閉めた。


すぐに私は外へ戻った。

「あなたは誰?」

返事はなかった。

男は息苦しそうにして私を見た。

「立てる?」

答えなかった。

私の言葉がわからなかったのだろう。

私は男を中に引き入れた。

スポンジ状のゴムの袋みたいに軽かった。手は、見た目は乾いて節くれだっていたが、やわらかくて触ると弾力性があった。

私は男をソファに座らせた。

ソファはカムデン・ハイ・ストリートの慈善バザーで買ったもので、薄汚れていた。その生き物は背筋を伸ばしてすわり、私を吟味するように、悲しげな様子で私を見続けていた。私は耐えられなかった。

「中に入れてあげたのよ。親切にしたのに。そんなふうに見なくてもいいじゃない」

彼は何も言わない。

いらいらした私は力いっぱいドアを閉めてバスルームへ入った。鏡に映った自分の顔を見ると、若いのに皺があって、目の下の隈は濃かった。

「親切にしたのに。そんなふうに見なくてもいいじゃない」


私はかつての衝動を覚えた。以前、脳がそれを覚えると、手に指令を与え、引き出しが開いて注射器が取り出された、あの衝動だ。

けれど、今その衝動は、言葉で表すことのできない、ひどい詩のような抽象的なものだった。

それでも私は引き出しを開け、注射器の代わりにあったろうそくの燃えかすや錆びたカミソリ、干からびた歯磨きペースト、ハンドクリーム、空を飛ぶ天使のカードを取り出した。

なぜ前の住人は引き出しを空《から》にしていかなかったのだろう。

私はカードを裏返した。

天使はうまく描けていなかった。

裏面の、クリスマスのお祝い用の欄には、何も書かれていなかった。

母があの世から私に送ってくれたのかと思ったが、それは寂しいだけで意味のない考えだった。

私が吐き気をもよおすような麻薬中毒になってしまったのは、そんな寂しいだけで意味のない考えの結果だったから、引き出しを閉めた。

バスルームから出ると、生き物はいなくなっていた。

私はカードを持ってベッドに横になった。


一時間後、私は飛び起きた。首に暖かな息を感じたのだ。

恐ろしくなって枕もとの明かりをつけた。

また彼だった。猿のように私の体を包んでいた。

こうして、改めて近くで見ると、まぎれもなく天使だった。

天使にしては醜くて、体の釣り合いも悪く、年老いていたけれど、天使には変わりない。

ぱさぱさの髪はまばらで白く、青白い顔は黒い穴がいくつもあり、黒、白、灰色、淡黄色の剛毛が顔全体に、鼻の中にまで生えていて、欠陥だらけだった。

「何か言って。どうしてここにいるのか教えて」

返事はない。

「私のためにここにいるの？」

沈黙。

「私のため？　それとも、たまたま？」

沈黙。

私はライトを消すと、眠りにおちた。


翌日彼を風呂に入れた。

か細い肩をスポンジでこすってしまい、背中の、羽が生えているところに青痣ができた。目の粗い櫛で慎重に梳かした羽は薄く半透明で、かつて私が少女の頃、プリムローズ・ヒルで見つけた鳥の死骸の羽みたいだった。

生殖器はついていなかった。私は質問をし続けたが、やがて彼は話すことができないのだとわかった。あるいは、話すことは無意味だと思っていたのかもしれない。私は仕事に行かなかった。彼が窓ガラスを割って飛び去ってしまうのではないかと心配だったから。「こんなやり方はうまくいかないと思うけど」と、私はスポンジを手にして繰り返したが、彼の視線は一点を見つめたまま何も映し出していなかった。

昼食にはいろんなものをひと通り作った。彼の食習慣がわからなかったからだ。ほうれん草、ブロッコリー、グリルで焼いたチーズ、ツナのパスタ、パンナ・コッタ。彼は、どの料理にも無表情な視線を向けて、ふたたび虚空を見つめ始めた。

私は降参し、疲れ果ててソファに横になった。

天使は私のそばに座ると、私の腕を取ってゆっくり舐め始めた。

私は驚き、嫌悪感を催したが、同時に不思議なやさしさに翻弄された。身動きせず、されるがままになっていた。

彼の舌はざらざらして唾にまみれ、犬の舌のようだった。

彼は私の腕の孔《あな》の一つひとつを丁寧に舐めた。私を麻薬で浸そうとして、注射器の針が歯のように食い込んだ孔。彼が孔を舐めるたびに、私は心地よい衝撃を感じた。

終わると、私の眼には涙があふれていた。腕の孔は、私が苦しみ続けてきた受難の忌まわしい痕は消えていた。


姉に電話した。

「今度はなんなの?」

疲れてうんざりした声だった。私は電話を切りたい誘惑にかられた。

「私、治ったの」

「何度もそう言ったから聞き飽きたわ。あなたの世話をして、そのたびに再発するのを見て疲れたの。わかるでしょう」

「ううん、今度は違う。見に来ないとわからない」

「何を見るの？」

「あのね、説明のしようがなくて、説明できないけど」

「あなたの家に来てほしくて言ってるのなら、もし単に……」

「違うの。誓ってもいい」

「あなたの世話はもうできないって言ったでしょ。自分でどうにかしてよ」

私の手が震えた。

「治ったんだってば。約束する」

「もう行かないと」


天使のほうを見ると、彼は前と同じ位置にいた。

私はふたたび彼の老いた体の隣にすわり、骨ばった腿の静脈瘤と、長い手に深く刻まれた皺、割れて紫がかった爪、ガラス玉みたいな、動きのない眼の下の隈を見た。

私は彼にキスをし始めた。彼の息と欠けた歯は酸っぱい味がした。気持ち悪かったが、今まで感じたことのない、離陸時の飛行機のエア・ポケットのような衝動に満たされていた。

彼はじっとしていた。

そのとき、急に羽が開いた。羽は巨大で、銀色の天幕に似ていた。羽は私たちの上で、彼の体の上で、彼の体に身を包《くる》めた私の体の上で開き、ふたたび閉じた。

翌日、私は喜びに満たされて目覚めた。

瞼を開けると彼はいなかった。私は胸が張り裂けそうになって、家じゅう探した。部屋の真ん中には、床に落として家具の裏に入り込んでしまっていたイヤリングや指輪、シルバーのチェーンなどが積み重なっていた。


私は家を出た。意味もなく名もない詩を大声で唱えながら。

雪が降るカムデン・ロードを、むかし馬の病院があったカムデン・ロックまで歩いた。人混みのなかに彼を探した。串に刺したフライドチキンを売る中国人や、脱毛クリームの試供品を腕にすばやく塗ろうと手を伸ばしてくるスラブ人のなかに、彼を探した。不安で胸をふさがれて息がつけなくなった私は、雑踏のなかで立ち止まって呼吸を整えなければならなかった。意味のないイメージで頭がいっぱいになった。プリムローズ・ヒルで見た、何か秘密の悪によって破裂した鳥の死骸、羽毛から飛び出した腸《はらわた》。

そして彼の顔。

彼の顔。

私は彼の顔をもう覚えていないことに気づいた。

このすべてが本当のことで、現実にちがいない。冬のロンドン、大きな広場の手入れのされていない芝地、チョーク・ファームから登っていく道路沿いの白い家々、グラフィティだらけの橋、私のほうへ手を差し出すホームレスの女、これらすべてが現実だ。天使も、注射の痕がない私の腕も。

私はカフェテリアのトイレに駆け込み、腕を出してチェックした。すると背中に圧力を感じた。何か弱いけれど希望に満ちた何かが生まれようとしていた。

雪の下の草に、骨に埋もれた髄に、それは似ていた。

店を出ると陽が射していた。私は微笑を浮かべて家へと歩き出した。

どこか、安心できる場所で

フランチェスカ・マンフレーディ

粒良麻央訳

Francesca Manfredi
Da qualche parte, al sicuro

マルタにとってママのお腹が不思議なのは、何の支えもないのに、どうして宙に浮いていられるのかということだ。太っている人のお腹とはちがう。固くて、整っている。完璧に丸くなめらかで、まるで卵の殻みたいだ——おへその下からズボンの中へと続いていく柔らかな毛に包まれた小さなすじを除いては。一度マルタは、ママとお風呂に入って、そのすじがどこで終わっているのか確めてみた。実際には終点はなく、ママのショーツの下の、びっしりと濃い毛の茂みに紛れ込んでいた。ママがおしっこをするところや、シャワーを浴びる前に服を脱ぐところを観察した。あんまり見ていたので、こう言われた。「そんなふうに見るのはやめて。怖いから」そして、宿題をしなさいと自分の部屋へ行かされた。その日以来、ママのお腹を観察するとき、マルタはばれないように注意している。ママに気づかれるたび、怒鳴られるからだ。「こら！　お顔はまっすぐ！」とかなんとか注意される。ママが言うには、人のことをじろじろ見たりしてはいけないらしい。それでもマルタはやめない。ママが料理しているとき、食卓の準備をしているとき、テレビを見ているとき。

午後、昼食を終えてソファでうとうとしているとき。たまに、観察している最中にお腹が膨らむのが見えるような気がする。でも、本当に動いたりはしない。お腹はもっぱら空気で満たされた大きな風船みたいだ。

「この子、動く気配がないの。なんだかずっと眠ってるみたい」ママが言う。ママ自身が眺めているときは、マルタがお腹を観察してもいい、めったにないチャンスだった。「あなたは、お腹にいるころからやんちゃだったけどね」軽く、素早く、それでもマルタのほうがいまでも好きなのだとちゃんとわかるように、頭を撫でてくれる。それからママはワンピースの裾を下ろし、暑さとむくんだ足首を嘆きながら庭へ出ていく。

ふたりがいるのは田舎の祖父母の家で、おばあちゃんたちはいま海へ遊びに行っている。街なかは暑すぎるし、ママのお腹は大きすぎて、ふたりはバカンスに出かけるわけにもいかない。パパは仕事で一日中外出している。帰ってくるのは、暗くなる少し前だ。ママに無理をさせないようにと、夕飯に出来合いのものを買ってくることもある。けれども、二度ばかり、仕事で遅くなって夜中も街に残ったことがあった。そんなとき、マルタは大きいベッドで眠った。パパがいないあいだ、家を見張る役目はマルタに任される。壁が軋んでギーギー音を立てたとしても、廊下がいつもより長く、暗く見えたとしても、ママと、そしてお腹の中にいる赤ちゃんは、マルタが守らなければならないのだ。本当に存在するのかわからないけれど。

マルタとママは毎日、テレビで古い映画を見たり、庭で遊んだりして過ごす。草花に水をやるためのポンプを使って水浴びをしたり、芝生を裸足で歩いたり、陽射しが強すぎなければ、日光浴をしたり。広い庭は植物や果樹にあふれ、周囲には田園風景がひろがる。まわりの丘に点在する干し草置き場や白い家々は、卵型のチョコレート菓子に入ったおまけくらい小さく見える。近くに一軒だけ家がある。舗装されたほこりっぽい大通りの突き当たり、立派なお屋敷だ。祖父母の土地とその屋敷の土地は隣りあっていて、境をなすのは鋼鉄のフェンスたった一枚だけ。屋敷は樹木に覆われているけれど、木々の隙間から、煉瓦の屋根や灰色の窓、白い壁を見ることができる。マルタは知っている。以前はここに、男の子がふたりいる家族が住んでいたけど、少し前に引っ越して――あるとき大通りに何台もトラックが停まっていて、わけを聞いたら、おばあちゃんが教えてくれた――、いまは別の家族が住んでいる。どんな人たちかは知らないけれど、ときどき女の子を見かける。マルタより少し年上の、金髪の子だ。ある日、その子がフェンスに近づいてきた。目を合わせると、女の子は手を上げて挨拶した。マルタは手を振り返したものの、すぐに逃げ出した。もしもあの場におばあちゃんがいたら、こう言われただろう。「おばかさんね。お友達になればいいのに」でもおばあちゃんがいないから、マルタはしたいようにできる。

お昼のあと、ママはベッドかソファに横になり、一時間か、ときには二時間眠る。マルタはお昼寝がちっとも好きになれない。そこで、ママが目を閉じたらずっと観察しつづけて、本当に眠っていると確信したところで、抜き足差し足、部屋を出る。

家は大きく、三階建てで、古びている。マルタにとって、知っていても自分のものではない物の魅力に満ちている――たとえば、他の子どもたちと一緒に使わなくちゃならなくて、家に持ち帰ってはいけない、学校のおもちゃみたいなものだ。それに、マルタが一度か、せいぜい二度、おばあちゃんの足の陰からのぞいただけの部屋がいくつもあった。おばあちゃんは子どもがあちこち歩きまわるのをいやがって、部屋を使ったあとに、鍵をかける。そして、エプロンのポケットに大きな鍵束を入れている。一度、マルタと従兄《いとこ》のマッティーアはその鍵束を盗んだことがあった。おばあちゃんが菜園に行こうとしてエプロンを外すのを待って持ち去ったのだ。ふたりは祖父母の寝室に潜り込むことに成功し、クローゼットを開けてみたり、靴を履いたり服をかぶってみたりしたけれど、そのうち戻ってきたおばあちゃんに見つかってしまった。その日から、おばあちゃんは鍵束を肌身離さず持ち歩くようになった。

扉がないというだけの理由で、唯一子どもの入れる場所が、半地下の部屋だ。みんなからは〈酒場〉と呼ばれていて、その名を耳にするだけで、かびのにおいや、顔にへばりつく湿った古い空気を感じるような気がする。マッティーアはマルタよりひとつ年上だけど、やっぱりその場所が怖い。そこへ行くと決めたら、ふたりは手をつながないで向かう。中は薄暗く、つまずかないようにするには、階段の正面にある、蜘蛛の形をした壁掛けランプを点けるほかない。蜘蛛のお腹が光った瞬間、マルタとマッティーアは悲鳴をあげる。琥珀色の光に照らし出されて、忘れられたままそこに眠る物の山があらわになる。本、家具、食器。古いテレビ、ダイヤル式の電話。蜘蛛のランプにはすぐに目が慣れるから、数秒もすればもう気にはならない。食器棚の引き出しを開け、本をぱらぱらめくり、ここは自分たちの家ということにして、夫婦ごっこに興じる。マッティーアが仕事を終えて帰宅し、マルタはカウンターの向こうで夕食の準備をする。赤いソファはほこりまみれで、寄り添って眠るふりをすると、いつもくしゃみが出る。マッティーアの服のにおいがする。遊びに行くたびに感じるマッティーアの家のにおいと同じ、柔らかくて、温かい、いいにおい。そんなにおいをここで感じるなんて、不思議な気分だ。老人のにおいを連想させるような、閉めきった場所に特有の、古い木材や紙のかび臭いにおいの真っただ中にいるというのに。少しするとふたりはその遊びに飽きる。つぎは探検家ごっこで、宝物を探して回る。上の階から、ふたりの名前を呼ぶ声が聞こえてくるまで。

いま、マルタはひとりだ。マッティーアは祖父母と同じように海へ行っている。マルタが家をひとり占めしているというわけだ。ドアに鍵はかかっていない。おばあちゃんが、少なくとも一日一回は窓を開けて外の光と空気を入れるようにと言付けて、そのままにしていった。マルタはママがまだ眠っているのを確認して、それからどの部屋に入るかを選ぶ。お客さん用の寝室か、廊下の突き当たりにある屋根裏部屋か、どちらにするか決められない。マルタは選択を運にまかせることにして、階段の踊り場に立ち、めいっぱい時間をかけて、その場で二、三回転する。今日着ているライラック色のワンピースは、回るとスカートが浮きあがってふくらみ、風船みたいになる。マルタは目を閉じてゆっくり五まで数える。まぶたを開くと頭がクラクラする。目の前にあるのは屋根裏部屋だった。

ママは大きな寝息を立てて眠っている。お腹は天井を向いている。マルタは赤ちゃんが立ちあがったところを思い浮かべる。マルタがパパの車の後部座席に立って、踊るときのように——たまに、パパはマルタの好きにさせてくれる。

屋根裏部屋の扉は反発したが、マルタがそれよりも強い力で押すと、不意にがたつき、軋むような音を立てて開いた。マルタは息をひそめ、ママが目を覚ましませんようにと祈ると、小さな一歩を踏み出して中へ入り、扉を閉めた。大きく息を吸う。においは素晴らしく、濃密だ。まるで、おばあちゃんがその中に閉じ込めた物の一つひとつが自分の声を持ち、一緒になってハーモニーを奏でているようだった。マルタは音を立てないように、何も踏んづけないように注意を払う。物の置かれてない場所はまったくないし、明かりといったら、マルタの頭と同じか、それより少し大きいくらいの天窓から射し込む光だけだ。白っぽい光のすじに、舞いあがるほこりが照らし出される。マルタが光の中に手をやると、開いた指の小さな跡が残る。中は暑くて空気が薄く、まるで見えないパイプか何かで空気を吸い出したみたいだ。マルタは一瞬、ママがよく真空状態にして電子レンジに入れている、あのプラスチックの容器の中にいるような気がした。

マルタの周りに、何十個も箱が積みあげられている。そのうちのひとつを開ける――本と漫画だった。ある雑誌の表紙に、裸の女の人が描かれていた。マルタはその雑誌を開く。出てくるのは別のお話に別の絵、どれも表紙の女の人ではない。そのうちに、ようやく探していたものが見つかった。彼女はベッドで、乱れたシーツを被り、とてもきれいだ。男の人とキスしている。シーツの下の彼女は裸で、彼のほうも裸だった。ふたりでキスしたり触れあったりしていて、口はなかば開き、指は長くて鳥の足みたいに細く尖っている。

マルタのすぐ隣の壁に、鏡が掛かっている。片手を鏡の表面に押しつけ、そのあと手を離して、残った指紋をじっと見る。マルタは立ちあがって自分自身を観察する。目を見開いたり、眉をひそめたり、口を開けてみたり。舌を出すと、ピンクと白に赤の粒々がついていて、苺のように見える。

それから、視線を胸や肩に下ろしていく。横を向いて立ち、大きく息を吸って、空気でお腹をふくらませる。そのお腹を、何度もゆっくりと手で撫でる。映画で見たことのある動作だけれども、ママがするのは見たことがない——少なくとも、マルタと一緒のときには。息が苦しくなるまでその状態を保ち、それからお腹を満たしていた空気を吐き出して、また吸い込む。もし同じことがママにも起きていたとしたら、と考えてみる。赤ちゃんはただの空気のかたまりで、いつか口から吐き出されて、あっさりいなくなってしまったりして。マルタは背筋を伸ばして、ぐっと胸を張る。ライラック色のワンピースはお気に入りだけれど、去年のだから、いまのマルタには少しきつい。そのうえ、熱気のせいで腋の下が張りついている。マルタは腕を上げたり下げたりして、肌にできる小さな襞を観察する。ふっくらとして肉づきがよく、股のあいだにあるのにそっくりだった。マルタはスカートをたくし上げて顎の下に挟み、それから二本の指でつまんでショーツの端を横にずらした。毛は一本もない、短いのもない。よく見ると、恥丘は悲しそうな顔をしている。マルタは背中を丸くして、鏡にくっつきそうになるくらい前に身を乗り出す。それから、空いているほうの手で陰唇の片側をひっぱり、ショーツと反対にめくり上げる。皮膚の内側は黒ずんだピンク色をしていて、しわだらけで、猫の舌のようだ。

マルタが鏡にくっつきそうなほど近くに寄っていると、玄関のチャイムが鳴った。床から轟《とどろ》いたその音に、マルタは飛びあがった。ショーツとスカートを元に戻して、心臓がまだばねのように揺れ動くまま、部屋を出た。廊下にママが立っていた。眉をひそめて額にしわを寄せ、起き抜けのときの顔をしていた。マルタの目をまっすぐ見つめている。ママは言った。「何してたか知ってるのよ。いけないってわかってるよね」

ママにあの目で見られると、マルタは体に針が千本刺さったような気持ちになってくる。そのときまた玄関のチャイムが鳴ったので、ママは下の階へ向かった。

「どなた？」寝起きのかすれた声で、ママがインターホン越しに尋ねる。何秒かの沈黙のあと、ママは門を開けるボタンを押す。

ふたりは外へ出る。マルタは喉がからからで、泣きたい気持ちだった。ママはマルタに背を向け、まるで彼女なんて存在しないかのような態度だ。ママは陽射しを手で遮りながら、門のほうを見た。人が三人、通路を上ってくる。どちらも恰幅がよい、全身汗だくの中年の男女と、隣の家の女の子。あの人たち、親戚どうしなのかしらとマルタは不思議に思った。というのも、まるでふたりの大人がＩＫＥＡのカタログから女の子を切り抜いてきたみたいに見えたのだ。背が高くほっそりしていて、明るいブロンドの髪はお尻に届くほど長い。マルタとママのところにいち早くたどり着き、まっすぐ見つめると、わずかに顎を動かして挨拶した。日に焼けた濃い色の肌をしていて、胸や首や腕などは部分的に色が濃く、そのせいで汚れているように見えた。彼女の仕草やふたりを見る視線には、どこか野性的なものがあった。この子は言葉を話せるのかな、とマルタは考えた。

ひと足おくれてやってきた女の人が、マルタの祖父母はいないのかと尋ねる。額に汗が滴り、呼吸は速い。マルタのママは祖父母の居場所を伝えた。

「もう帰ってるかと思ったんだけど。あなたがお嬢さんね」と、女の人が言った。「お母さんからいつもあなたのこと聞いてますよ。私たちこの隣に住んでてね、ご両親とはよく会ってるの。このあたりじゃ、することもあんまりないからね」

ママはその人たちを玄関へ招き入れる。マルタは、本当はそうしてほしくない。何か理由をつけて断ってもらい、またママとふたりきりになりたかった。どのみちおばあちゃんは留守なのだ。マルタはママに抱きついて謝って、もう二度としないと約束したかった。ママの後ろに隠れ、片手でその脚に捕まろうとする。ママは体をずらし、ダイニングテーブルに近づく。

女の人はどしんと腰を下ろし、夫らしき男の人がそれに続いた。背が低く、着ている薄いシャツの胸がはだけて、蛆虫みたいに絡まりあった黒い毛の房がのぞいていた。女の子は立ったままだ。

「この子は娘のヴェロニカ」指差して女の人は言った。それからマルタに目をやった。女の人がマルタを見たのはそれが初めてだった。「どう見ても、だいたい同じ年よね、あなたたちふたり」

女の人はその言葉を、声のトーンを下げ、はっきりと一語ずつ区切って口にした。いかにも、キャンディのお店の人みたいな話し方だった——でなければ、ヘンゼルとグレーテルに出てくる魔女だ。マルタはそう思った。マルタはその女の人にどこか納得がいかなかった。ひとつめに、このヴェロニカという子のママにしては年を取りすぎだ。茹ですぎたパスタのような色を顔に塗って隠していても、マルタのおばあちゃんよりたくさん皺がありそうだし、髪は根元がほとんど真っ白になっている。

ふたつめに、この女の人はビニールでできているみたいだ。腕も、頬も、首も、どれも巨大で、それがまるで強い陽射しに溶けてそのまま残されたみたいに、締まりなく、しぼんでぶら下がっている。手の爪は長くて四角く、それ以外の箇所に比べると、異様に念入りに整えられている。彼女の爪には、男の子が生まれたら配るドラジェ（アーモンドに糖衣をかけた菓子。ヨーロッパでは出産など慶事の祝い菓子として用いられ、男の子なら青、女の子ならピンクのドラジェを贈る習慣がある）の色が付いている。マルタは、男の子が生まれても、ママがあの色のドラジェを買いませんように、と思った。大嫌いな色だ。

「あなたのママ、妊娠してるのね」ヴェロニカが言う。ふたりは家の前の芝生に座っている。マルタのママが、お庭を見せてあげなさいとしつこく言ったからだ。普段のママならそんなことは言わない。おばあちゃんとは違う。でもたぶんさっきのことをまだ怒っていて、怒っているときのママは、マルタがそばにいるのをいやがるのだった。一度、マルタをひとり家に残して二時間近くいなくなったことがあった。そんなこと、それまで決してしたことはなかったのに。

ヴェロニカは草をひとつかみ引き抜いて、近くに投げた。「初めてのきょうだい？」

マルタはうなずいた。これだから初めて会う人はいやだ。みんな必ず同じことを尋ねる。いまはきょうだいの時期。誰もが毎回きょうだいについて聞いてくる。つぎに、男か女かと聞かれるにちがいない。

ところが、ヴェロニカはにやりと笑って言った。「それじゃあ、どんなかは知らないんだ」

「どんなって、何が？」マルタは聞いた。

「生まれたらってこと」

「知ってるよ。写真を見たもん。お腹の中の」本当はその写真を見ても何もわからなかったのだけれど、そんなことは誰にも言いたくなかった。

ヴェロニカは笑った。「赤ちゃんじゃないよ、ばかだね。そのあとのこと」

「そのあとって？　どういうこと？」

「だって、なにもかも変わっちゃうんだよ。しっかりしなさいよ」

マルタは目の前を見つめた。そこからヴェロニカの家の屋根が見える。

「それで、どうなるの？」マルタが聞いた。

「さあ、わかんない。あたしは妹も弟もいないもん。でも、上は四人いるんだ」

「四人？」

「全部で五人きょうだい。女が三人、男がふたり。いつも大騒ぎ」ヴェロニカはそう言って、首を横に振った。ヴェロニカは藁を一本つまんで、口に入れる。それを少ししゃぶってから、草の上に寝そべった。「ひとりっ子だったらよかったなあ。全部自分のものって、すっごくいい気分だと思う。ねえ、すっごくいい気分でしょ？」

マルタはわずかにうなずいた。「そう思う」

「あたしは部屋もお姉ちゃんのルチーアと一緒に使わなきゃいけないの。でももうちょっとで、一番上のマッダレーナが結婚する。そしたらあたしが部屋を使わせてもらえるんだ。あそこの部屋」地面からわずかに頭を浮かせて、両足のあいだに見える点を指差すと、屋根のちょうど真下に、船の小窓のような丸い窓が見えた。それからマルタを見た。

「あなた絶対、あたしが寝てるとこでは寝られないと思う」

「なんで？」

「前に住んでた男の子。マルチェッロっていう名前なんだけど、ときどき夜中にあたしに会いに来るんだ。あなたなら、おかしくなるくらいの悲鳴をあげて、泣きながらママのところに走ってくに決まってる」

「男の子って？」マルタが聞いた。

ヴェロニカは体を起こして座った。まるで月から来た人でも見るような目でマルタを見ている。

「あそこで死んだあの子よ、二年前に。あたしたちの前にあそこに住んでた家族。知らないの？」

マルタは首を横に振る。「死んでないよ。別のところに引っ越しただけ」

ヴェロニカは笑った。「別のところに引っ越したのは、子どもがひとり死んじゃったからだよ。なんで知らないの？　一か月くらい毎日テレビでやってたのに」

マルタの口の中に酸っぱい味が込みあげ、喉の奥に刺激を感じた。「どっちの子？」と聞いた。

「お兄ちゃん、それとも弟？」

「弟のほう。知ってたの？」

「ちょっとだけ」とマルタは答えた。「よくは知らないけど」兄弟のどちらとも話したことはなかったけれど、たまに庭で遊んでいるのを見かけた。自分が泣き出しそうなことに気づいたものの、ヴェロニカの前で泣くのはいやだった。マルタはじっと見つめる一点を決める。ちょうど目の前に、黄色い染みのような形の苔が木の幹に生えている。そこから視線をそらさないことにした。こうすると大抵うまくいく。

「知らなかったなんて信じられない」ヴェロニカが言った。

「どんなふうに死んだの？」マルタは、黄色い染みを見つめたまま尋ねる。そこは冷たく暗い場所で、〈酒場〉と同じにおいがしたけれど、離れることはできなかった。

「たぶんみんなして隠してたんじゃない？　小さすぎて教えてもらえなかったんだよ。きっとあたしも言わないほうがいいんだ」ヴェロニカがせせら笑う。

「お願い。あたし、小さすぎてなんかない。どんなふうに死んだの？」

ヴェロニカは藁を吐き出した。「物置小屋に閉じ込められて」と言った。

「飢え死にしたってこと？」マルタが聞く。

「違う。落っこちて頭を打ったの。窓から脱出しようとしてたみたい。ドアには外から掛け金がかかってたからね」ヴェロニカは無造作に髪を肩の後ろへやった。「テレビでは窓から入り込んだって言ってた。でもママは、親が閉じ込めたんだって言うの。あの人たちは頭のねじが外れてるって」

マルタは木の幹の染みを見据えたままでいる。酸っぱい味はさらに強くなり、唾を飲み込むたびに喉が焼けつくようだ。それでも涙は引っ込んでくれたみたいで、いまでは目まで、火を吹きそうなほど熱くなっていた。

「このことは黙っててよね、じゃないとあたしもその子みたいになっちゃう」ヴェロニカはそう言って、片手の親指を首に当てて右から左へ動かし、首斬りの真似をしてみせた。それから上を見て舌を出し、がらがらと喉を鳴らした。

「やめてよ」マルタは言った。

「このうちにもあるんでしょ？　物置小屋」

マルタはうなずいたものの、場所は教えなかった。

「ねえ」ヴェロニカは引き下がらない。「教えてくれなくたって自分で見つけるから」

「うそよ。そんなことできない」

「できるに決まってる。そしたらマルチェッロに言うんだ。今晩、あなたに会いに行くようにって。あの子はあたしの言うこと聞くんだからね」

マルタはヴェロニカの目をまっすぐに見つめた。人は嘘をつくと目が泳ぐのだと、前にパパが教えてくれた――この教えは、いろいろな状況でマルタの役に立ってきた。いままでは、嘘をつかなければならないとき、鏡の前で少なくとも十回は練習することにしている。

けれどもヴェロニカは毅然と前を向き、眼差しは自信に満ちたままだ。口を軽く開いて微笑み、マルタに言った。「それで？」

マルタは物置小屋の場所を指さした。小高い丘のてっぺん、ふくらんだ実を沢山つける大きなイチジクの木に隠れている。マルタは一度も中に入ったことがなかった。家の中の部屋が立入禁止だとしたら、物置小屋は厳禁だ。おじいちゃんが出入りするのを見かけるだけだった。正直に言うと、一度おじいちゃんの後をつけたことがあるけれど、すぐに気づかれてしまい、中をちらりとのぞくこともできなかった。「子どもの来るところじゃない」とおじいちゃんに言われ、その言い方があまりにぶっきらぼうで唐突だったので、マルタはわっと泣き出した。ようやく落ち着いたのは、おじいちゃんがイチジクをひとつかみ握って戻ってきたときだった。芳香を放つ白い汁が、まだ花柄《かへい》から滴り落ちていた。皮を剝かないイチジクの食べ方を教えてくれたのはおじいちゃんで、ママと同じように、イチジクを半分に割って、甘くべたつく果肉にかぶりつき、顎も鼻先も汚しながら食べるのだ。「こうすると、もっと美味しい気がするだろう?」おじいちゃんはマルタに言った。

マルタは今日も、そのイチジクの木の下で立ち止まり、いくつか実を採って、芝生でそれを食べながら雌鶏たちに皮を放ってやりたいと思う。でも、ヴェロニカが迫ってくる。「見て、南京錠もない。この掛け金だけだから、こうすれば開くよ」錠前は乾いた音を立てて外れた。相当大きな音だったので、ポーチにいるママの耳に届いたかもしれないとマルタは不安になった。目でママを探してみる。ママはさっきと同じ場所に座り、その前に老人ふたりがいて、三人で円というか、三角を形づくっていた。

「静かにして」マルタはささやく。「ママに見つかったら殺されちゃう」

ヴェロニカは眉をひそめる。「なんで?」

「あたしはここに入っちゃいけないの」

「なんでよ?」ヴェロニカは同じ質問を繰り返した。ヴェロニカは驚いた様子で、まったく信じられない話でも聞いたような顔をしている。もしかするとヴェロニカは、したいことは何だってできる子どもなのかもしれない、とマルタは思った。とても恵まれていて、何の規則も制限もないんだ。寝る時間は自分で決めていいし、食べたければいつでもチョコレートクリームをたらふく食べていいし、ケースに赤い文字で14禁と書いてある映画を見たっていいのだ。

「わかんない。とにかくだめなの」

「もしかしたら、この中に何か隠してるのかも」ヴェロニカがそうささやいて、そっと扉を開けると、扉は軋んで大きな音を立てた。マルタは心臓が狂ったように波打つのを感じた。あまりに激しくて、ヴェロニカにも聞こえてしまうんじゃないかと心配になるほどに。

小屋の床は荒く削った石で、そこかしこに藁くずが散らばり、踏むと足がちくちくした。

「においを嗅いでみて」ヴェロニカが鼻から強く息を吸い込んで言った。「ガソリンだよ」

本当だった。小屋の中に漂う粘つくような刺激臭が、閉め切ったにおいやプラスチックのにおいを押しのけて、真っ先に鼻の奥へ到達した。マルタがママやパパと一緒にガソリンスタンドに立ち寄ったときに感じるにおいと同じだった。ヴェロニカは、頼まれた本を探す生真面目な図書館司書みたいに、棚に並んだ物に合わせて上下に空を切るように手を動かしている。その指は体と同じように長くて細く、日に焼けて浅黒い。そこにも筋肉がついているように見えて、指が動くたび、マルタの頭にピアニストや画家が浮かんだ。まるで空中で絵を描いているか、空気を奏でているみたいだった。ヴェロニカはときおり何かを手に取っては、じっくり眺めたり、マルタに見せたりした。スパナ、イギリス式の鍵、防護マスク。マスクの隣に、マルタが見たこともない道具があった。光沢のない、長いぎざぎざした歯がついている。電動のこぎりだよ、とヴェロニカが説明してくれた。深夜にテレビでやっていた映画で見たという。気のふれた男が、それで木材を切る代わりに、人の首を切っていたそうだ。

「見て、あそこ」と、上にある天窓を指差してヴェロニカが言った。窓にはガラスがなく、ビニールシートをガムテープで留めて覆いにしている。「マルチェッロはあそこから入ったんだわ」

「あそこから？」

「うちの物置小屋にも同じ窓があるんだ。外から簡単に入れるよ。脇に高くなったところがあるからね。背伸びすればすぐに届く。入っちゃったら、おしまいだけど。うちの窓はこれよりももっと高いの。マルチェッロは箱とか、何かそんなようなものを使ったって話よ。箱をいくつか重ねて窓までよじ登ったのはいいけれど、箱がずれたか、足を滑らせて中に落っこちたかしたってわけ。すごく痛かっただろうね、あれだけの高さから落ちたんだから」

マルタは天窓から目を離すことができずにいた。自分だったらどうしただろう。あんな高いところまでよじ登ること自体、できたかどうか。「だけど、誰もその音を聞かなかったの？　閉じ込められたことに気づいた人はいなかったの？」と聞いた。

ヴェロニカは首を横に振った。「お父さんは仕事で、お母さんはお兄ちゃんのお迎えで学校に行ってたらしい。マルチェッロは具合が悪かったから、一緒に連れて行かないで寝かせておいたんだって。帰ってきたときには部屋にいなくてさ、家の中もお庭も全部探し回って、見つけるまでに結構かかった。物置小屋はすぐには思いつかなかったみたい。ドアには掛け金がかかってたしね。何度も何度も呼んだけど、返事はなかった。きっともう死んでたんだろうね。見つけたのは庭師で、つぎの日の朝だった。小屋を開けると、うわっ！　ぞくしだったらしいよ」

「即死でしょ」マルタは訂正した。でもそのあと、頭の中でその言葉を繰り返した。「そくし、ぞくし……」——三回、四回、五回。いったいどっちが正しいのだろう。

マルタはもう一度天窓を見上げた。こんなに高いなんて、いままで気がつかなかった。「あたしのママは、絶対この小屋にあたしをひとりになんかしない」と言った。

ヴェロニカは肩をすくめて言った。「確信持てる？」そして、付け加えた。「あたしは絶対にうちのママの言うことが正しいと思う。わざと閉じ込めたんだよ。マルチェッロがあんまりぐずるから、お母さんがうんざりしたのかもね」

それからヴェロニカは足を止めてマルタのほうを向いた。怒ったような、気の強そうな顔をしている。ヴェロニカを最初に見たときから、マルタはそう感じていたけれど、いっそうはっきりしてきた。いまにも誰かをからかったり、傷つけることを言ったりしそうな感じがする。たぶん眉毛のせいだろう、まっすぐで位置が低く、色が薄すぎて、消えそうに見えるときもある。そうでなければ、口の両脇にできるえくぼか、細くて小さい目のせいか。ヴェロニカに似ている動物はと聞かれたら、マルタは貂《てん》と答えるだろう——本物を見たことはないけれど、いつだったか、おじいちゃんが本で写真を見せてくれた。囲いの中の雌鶏が二羽、血だらけで動かず、辺り一面に羽が飛び散っていたので、しゃくりあげて泣きながらおじいちゃんを呼んだあとのことだった。

ヴェロニカはマルタを見てにっこりと笑い、それから扉を閉めて、床を照らしていたひとすじの光を消した。いま、頼みの綱は天窓から届く光だけだ。最初は、ほとんど何も見えない。それから目が慣れてくる。

「恐い？」ヴェロニカはマルタに聞く。

かなりそばまで近づいてきたので、マルタにはヴェロニカのにおいがわかった。温かくて、乾いていて、つんとくるそのにおいは、どことなくタマネギを連想させた。変わってはいるけれど、いやなにおいではなくて、むしろ小屋の中で唯一、馴染みのあるにおいに思えた。ただひとつそれだけが、安心感を与えてくれた。

「恋人ごっこしようよ」ヴェロニカが言った。「で、ここがあたしたちの家ね」

恋人ごっこ？　そんなの、できるの？　とマルタは考えた。これまではいつも、従兄かクラスの男の子としてきた遊びだ。女の子となんてしたことない。

「どっちが男役？」と、マルタ。

ヴェロニカは笑った。質問に対してなのか、それともうわずった声に対してなのか、マルタにはわからない。もしかしたら、一度もしたことがないとばれたのかもしれない。

「どっちでもいいよ」ヴェロニカはそう言って、また髪の毛を肩の後ろにはらった。

「ヴェロニカ」マルタは主導権を取ろうとして言う。「ヴェロニカがやって。年上なんだから」

ヴェロニカが自分の口に手を当ててさらに近づいてくる。マルタの身長に合わせて膝を曲げ、それからマルタの口にその手の甲を押しつけた。マルタが体を離しても、ヴェロニカはその肩をつかんで動けないようにする。マルタの口に、しょっぱい、土のような味がしてくる。ヴェロニカが両目を閉じているので、マルタも同じようにしていると、そのうちヴェロニカが、つかんでいたマルタの肩を離して少し遠ざかった。

「あたしたち、恋人同士でしょ？」穏やかな口調で言う。「恋人なら、キスするもんだよ」

マルタは唇をなめる。しょっぱくて、酸っぱくて、土っぽい、ヴェロニカの手と同じ味がする。

「それでどうするの？」マルタは聞いた。

ヴェロニカは周囲を見回す。何か置き物を手に持って、仕事をしている真似をする。「いまは夜で、あたしは仕事から帰ろうとしてるところ。あなたはベッドであたしを待ってる」

マルタがヴェロニカを見つめ、何をすればいいのか迷っていると、突然ヴェロニカが振り向いてマルタを壁に押しつけた。「服を脱いで」

マルタはまたも、まるで心臓が胸から逃げ出しそうなほど速打ちするのを感じた。今度は距離が近すぎて、間違いなくヴェロニカに鼓動が聞こえてしまうと思った。そんなところをママに見つかったら大目玉を食らうだろう。服を脱ぐのはいや、でも弱虫と思われるのもいやだった。「ヴェロニカが先に脱いでよ」と言った。

「弱虫ね」まるでマルタの頭の中を読んだみたいに、ヴェロニカが言った。そんなことってあるのかしらとマルタは思った。

ヴェロニカは猫のように俊敏な動きでタンクトップを脱ぐ。それを丸めて作業台に置いた。そこはマルタの祖父が、窯に入れる薪を切ったり、壊れたものを修理したり、マルタが見てはいけないすべてのことを行う場所だ。ヴェロニカは舌打ちをしたあと、変なしかめ面をし、そのせいで別人みたいに、ずっと年上に見えたが、それはたぶん単に周りが暗かったからだろう。ヴェロニカは言った。「そっちの番だよ」

マルタはライラック色のワンピースの肩紐を外し、そのまま脇に垂らした。胸には何の違いもなかった。ヴェロニカのもマルタのもアイロン台みたいに平たくて、そのことにマルタは安心した。ママのおっぱいとはまるで別物だ。あちらは水着に収めるのも一苦労だし、いつ見てもいまにも飛び出しそうだ。でも、ヴェロニカの腕は細く、お腹は締まっているし、腋の下の襞もなかった。痩せていて背が高いからというだけではない。どちらかというと、ヴェロニカは自分にぴったり合ったオーダーメイドの服を着ているのに、マルタの服はいくらか寸法が大きすぎるような感じだった。

また口に手を当てたヴェロニカが迫ってくる。マルタは、自分も口に手を当てるべきか考えた。でもそうしたら、触れ合うのはふたつの手だから、キスにならない。真似事にもならない。

するとヴェロニカが、キスをする代わりに、マルタの股のあいだに自分の脚を入れてきた。マルタは、滑らかなショーツの布地が押しつけられるのを感じた。それからヴェロニカはマルタの片脚に重心を移動して、両脚で締めつけた。そんな遊びをどこで覚えたのかマルタには想像もつかないのだけれど、どうやらヴェロニカは上手らしかった。マルタが側転やロープ登りがクラスの誰よりも早くできるのと同じだ。ロープ登りが得意なのは、もちろん両手にまめができるまで一生懸命練習したのもあるが、何よりパパがやり方を教えてくれたからだった。どうしたら簡単に壁を越えられるか、てっぺんに着いたあとはどうやって反対側から降りるか、やって見せてくれたのだ。ヴェロニカはこんな遊びを自分で思いついたのだろうか、それともどこかで誰かがしているのを見たのだろうか、とマルタは考えていた。聞いてみたい気がする反面、なにもかも台無しになるのが恐かった。それでマルタはそのまま、おかしな姿勢で固まっていた。そのあいだヴェロニカは、マルタの脚を自分の両脚で挟んだまま、荒く息をしながらマルタのワンピースの肩紐をもてあそんでいた。ふいにマルタは、ヴェロニカに胸の鼓動が聞こえようが、自分の考えていることを見抜かれようが、マルタのママがいきなり扉を開けて、ふたりのしていることに光を当てようが、気にならなくなった。腕も、頭も、むき出しの胸までもが熱くて、とりわけヴェロニカの腿が触れている場所が熱かったけれど、それすらどうでもよくなった。

それからヴェロニカはもう一度舌を鳴らすと、まるで学校のチャイムや、もう寝なさいと呼ぶママの声と同じ終了の合図だとでも言うように、さっとマルタの股のあいだから脚を引き抜いた。「ここから出なくちゃ」ヴェロニカは額に垂れる汗を拭い、片手をうなじに滑らせた。「うわあ、ほら触ってみて！」その手をマルタの腕に置いたかと思うと、すぐに引っ込めて、しかめ面をする。「あなたも拭きなさいよ、汗びっしょりじゃない」と笑った。

マルタがタンクトップを着ているあいだ、ヴェロニカは後ろを向いていた。次いでマルタはワンピースを着る。ヴェロニカがまだ背を向けているあいだにショーツを直す。素早く、かすかに触れただけなのに、マルタの体はぞくっとした。

「ここを出る前に、何か言い訳を考えておいたほうがいいよ」ヴェロニカが言う。

マルタの体は強張っていた。背中はまだ壁によりかかっていた。おしっこが漏れそうで、股のあいだの、ヴェロニカの腿に乗っていた部分が、今度は痛くなっていた。痛いのとも違う、気持ちが悪いのだ。まるでそこだけ巨大化したような感じがする。見るのが恐い。

「ママが探してたとしても」ヴェロニカが続ける。「ここにいたなんて言えないでしょ？」

「あなたのパパとママには何て言うの？」マルタが尋ねた。

ヴェロニカは肩をすくめる。「それはどうでもいいの」と言った。それから黙り込んでうつむいた。「どうせ聞かれやしないから」

マルタはヴェロニカを見つめた。えくぼが消え、目が大きくなったような気がする。たぶん何か言ってあげるべきなのに何も思いつかない。それもほんの一瞬のことだった。ヴェロニカがいきなり甲高い笑い声をあげ、えくぼがまた現れたからだ。

「あなたってほんと手がかかるのね。親には、うちまで行ってきたって言うことにする。ただし、あなたが黙っててくれたらだけど」まっすぐ目を見つめてくるヴェロニカは、息の温かさがマルタにわかるくらい近くにいた。そのとき、マルタは自分の背中が汗みどろなのに気づいた。もう、冷たく感じるほどになっていた。

「誰にも言ったらだめよ、いい？」ヴェロニカが続ける。マルタに約束させ、マルタはうなずく。それからヴェロニカは聞いた。「わたしたち友達よね？」マルタが返事を迷っているあいだも、貂のような、挑戦的な目つきを続けていたけれど、もう同じ効果はなかった。いまのマルタはヴェロニカのことを生まれたときから知っているような気がしていて、ここでノーと言ったら、それだけで彼女が縮んでしまうか、粉々に壊れてしまうかもしれないと思った。そこでうなずいた。そのとたん、ヴェロニカが微笑んだ。マルタは、彼女がまた近づいてきて自分を抱きしめるんじゃないかと思った。突然強い寒気に襲われたかのように、体がすくむのを感じた。ところが、ヴェロニカは出口のほうへ向き直り、物音を立てないようにそっと扉を開けた。

外の光が眩しい。まだこんなに明るいなんて奇妙だ。ふたりでここへ入ってから、どのくらいの時間が経ったのだろう。暗くなっていればよかったのに、とマルタは思った。もう夕食の時間、寝る時間だったらいいのに。物置小屋のざらついた床をまだ感じる気がする。まるで足の裏を焼かれたみたいだ。マルタのママは相変わらずポーチにいて、水を溜めた盥《たらい》に両足を浸けている。それを取り囲むようにして、ヴェロニカの両親が座っている。ヴェロニカのお母さんが、まるでそのお腹は枕で、自分のものだとでも言うように、マルタのママのお腹に頭をのせている。マルタは、自分のお腹に当てはめて想像してみる――いまみたいに空っぽでぺしゃんこではなくて、五倍は大きくふくらんで、中身が詰まっているところを。ヴェロニカのお父さんは、晴れやかな顔でふたりを眺めている。彼もそのお腹に手を当てていた。

「来てごらん」マルタのママが言った。「動いたのよ!」

いままでどこにいたのかは尋ねられなかった。ママが立ちあがると盥の水がはね、飛沫《しぶき》がいくらか、ヴェロニカのお父さんの、日焼けと土ぼこりで真っ黒な脚にかかった。お腹は巨大に見えた。

「触ってみて」ママは言う。頬にうっすらと赤みがさし、目が輝いている。お伽話の妖精みたいな顔で、マルタに微笑みかける。ヴェロニカの両親も笑っている。

ヴェロニカはさっきと同じ場所に座った。刺すような目でマルタを見つめ、こう言っているみたいだ。ほらしっかり、言われた通りにするのよ。

ママはマルタの手を取って自分のお腹に持っていく。マルタの手をしっかり押さえて、逃げられないようにしている。そうして、その手をお腹の脇あたり、おへそのすぐ上にそっと置いた。お腹はサッカーボールみたいに固い。マルタが思っていたよりずっと固かった。マルタは、ママの手の下で自分の手をひろげた。ほんの一瞬、マルタは思い切りそのお腹を押すところを想像した。強く、赤ちゃんの頭が手にわかるくらい、赤ちゃんが潰れてしまうくらい、強く押すところを思い浮かべた。もしそうしたら、途端にママの顔が変わるだろう。よくある仕掛け絵本で、つまみを引っ張ると絵が変わるみたいに。何をしたの？　みんながそう言うはずだ。何をしたの？

ママは相変わらずマルタに視線を注いでいる。嬉しそうな、勇気づけるような顔をして。頬を赤らめ、目に光を宿し、まるでお伽話の妖精そのものだ。

「ここを蹴ったの」ママが言った。「ちょうどここよ。わかる？」

作家・作品紹介

橋本勝雄

パオロ・コニェッティ

一九七八年、ミラノ生まれ。大学では数学を専攻するも、レイモンド・カーヴァーなどの北米文学に惹かれて文学を志す。映像作家として、ニューヨーク在住の作家九人のインタビューを撮影したドキュメンタリー『書くこと――ニューヨーク』（二〇〇四）などを制作（以下特記なきものはすべて日本未公開・未邦訳／邦題は仮題）。その後、短篇集『成功する女子のためのマニュアル』（二〇〇四）で作家としてデビュー。『爆発寸前の小さなもの』（二〇〇七）、『ソフィアはいつも黒い服を着る』（二〇一二）を経て、二〇一七年に発表した初の長篇小説『帰れない山』で、イタリア文学界最高峰の《ストレーガ賞》および同賞ヤング部門をはじめ、フランスの《メディシス賞》外国小説部門など数々の文学賞を受賞した（二〇一八年に新潮社より邦訳が刊行）。

カーヴァーやサリンジャーなど好きな作家をとりあげて短篇創作を論じたエッセイ『一番深い井戸で釣りをしてみる』（二〇一四）や、山岳紀行『頂上に着くことなく――ヒマラヤ旅行』（二〇一八）

なども発表している。

「雨の季節」は、生きづらさを抱えたティーンたちの心の揺れをすくいあげた五つの短篇が収められた『爆発寸前の小さなもの』に収録された作品の一つ。夏山の自然を背景に、キャンプ地で一夏を過ごす主人公の少年と、そのキャンプ地の管理人ティトとの交流が描かれる。少年がティトの手を借りて秘密の小屋を建て、山の生活の手ほどきを受ける行《くだり》に、高地暮らしの作家が得意とする見事な山岳描写がみられる。ちなみに、著者自身の幼少期がモデルと思われる主人公の名は、『帰れない山』の主人公と同様、ピエトロだ。

Paolo Cognetti, "La stagione delle piogge" in *Una cosa piccola che sta per esplodere*, Minimum Fax, 2007.

ジョルジョ・フォンターナ

一九八一年、ロンバルディア州サロンノ生まれ。二〇〇七年に青春小説『新年に向けての新しい決意』でデビューしたのち、現代の都会の秘密組織を題材にした小説『ノヴァーリス』(二〇〇八)を発表。裁判と正義をめぐる二部作『上級法のために』(二〇一一)と『幸せな男の死』(二〇一四)で広く注目され、『幸せな男の死』では《カンピエッロ賞》を受賞。二〇一六年にはミラノを舞台とした恋愛小説『ひとつだけの天国』を発表している。

小説のほかにも、現代イタリア社会を論評した『闇の速度』(二〇一一)などがあり、『バベル56——移りゆく都会の八つの停留所』(二〇〇八)はミラノの多民族・多文化社会を描くルポタージュとして《トンデッリ賞》最終候補となった。また、ケニアのナイロビのスラム街で活動するNPO組織を題材としたグラフィックノベル『金属板』（ダニロ・デニノッティとルーチョ・ルヴィドッティとの共作）の原作や、「ソーレ・24・オーレ」紙をはじめとする新聞・雑誌での執筆など、ジャーナリストとしての顔も持つ。イタリア語版漫画『ミッキーマウス』のストーリー構成を手掛けたり、ライティング・スクール《スクオーラ・ホールデン》で教えたりもしている。

「働く男」は、二〇一一年に、イギリスの文芸誌「グランタ」のイタリア語版サイトGrantaitalia.itで発表された。労働をめぐる状況は、一九六〇年代高度経済成長期のパオロ・ヴォルポーニやオッティエーロ・オッティエーリらに始まり現代に至るまで、時代の変化を反映しながら書き続けられているテーマである。工場長ロヴェーダに反論した工員ディエゴの、「平均的なイタリア人」から一歩踏み出す勇気を淡々と示す。労働組合のような組織的運動ではなく、人間としての尊厳と将来への意識から、労働者個人の内面が変化するきっかけを捉えた作品である。

Giorgio Fontana, "L'uomo che lavora" in *Granta Italia (2011.11.15)*, Rizzoli.

ダリオ・ヴォルトリーニ

一九五九年、トリノ生まれ。多数の短篇、長篇小説のほかに、ラジオドラマ、歌謡曲の作詞、オペラ脚本も手掛ける。アレッサンドロ・バリッコらと共に、ライティング・スクール《スクオーラ・ホールデン》を創立、講師を務めていた。代表作として、短篇集『地下鉄での洞察』（一九九〇）、長篇小説『春めいて』（二〇〇一）、韻文小説『パシフィック・パリセード』（二〇一七）などが挙げられる。いずれの作品からも、人と風景、街と個人、身体と記憶といったものの関係性を探り続ける作家の並外れた観察力や創作力、奥深い思考がうかがえる。

「エリザベス」は、短篇集『寄り道』（二〇一〇）に収められた、いずれも自身の経験にもとづく三つの短篇のうちのひとつで、日常に生じた普段とは異なる情景を切り取った作品。深夜トリノの街頭で、語り手は、痛みをこらえている若い黒人女性に出会う。エリザベスという名のその女性の素性を詳しく掘り下げるのではなく、わずかな言葉を介してなされる不安定で優しい交流に焦点が当てられる。

Dario Voltolini, “Elisabeth” in *Foravia*, Feltrinelli, 2010.

ミケーレ・マーリ

一九五五年、ミラノ生まれ。父はデザイナーのエンツォ・マーリ、母は絵本作家のイエラ（ガブリエッラ）・マーリ。幼少の頃から物語や絵画の創作に強い関心を示す。ミラノ大学文学部でイタリア文学の教授を務めながら、伝統文学のパスティーシュやゴシック小説のパロディを特徴とした小説を執筆。

物語作品として、デビュー作『獣から獣』（一九八九）、『船倉と深淵』（一九九二）、『エッフェル塔のすべての鉄骨』（二〇〇二）、『緑青』（二〇〇七）、『ロッソ・フロイド』（二〇一〇）、『ロデリック・

ダドル』（二〇一四）といった長篇小説に加えて、短篇集『エウリディーチェは犬を飼っていた』（一九九三）、『血塗られた幼少期よ』（一九九七）、『ファンタズマゴニア』（二〇一二）などが知られている。二冊の詩集『レディホークの恋愛詩百編』（二〇〇七）、『地下聖堂から』（二〇一九）、および『悪魔とパイ生地』（二〇〇四）をはじめとする数冊の評論集のほかに、ロバート・L・スティーブンスン『宝島』、ジャック・ロンドン『野性の呼び声』、ジョン・スタインベック『ハツカネズミと人間』、H・G・ウェルズ『タイム・マシン』など英米小説の翻訳も手掛けている。

「ママの親戚」「虹彩と真珠母」は短篇集『ファンタズマゴニア』に収録。全三十四篇に共通するテーマを見出すのは難しいが、ボルヘスやランドルフィに通じる怪奇幻想や、メタフィクション的発想によるブラックユーモアが随所に見られる。「ママの親戚」での、子供に語り聞かせた親類のエピソードが『リア王』『ハムレット』『オセロ』の原型であることは言うまでもない。本作のほかにも、グリム兄弟、マキアベッリ、バイロン、シェリー、サルガーリ、コッローディ、サン゠テグジュペリなど、さまざまな作家と作品が交錯する奇譚がある。「虹彩と真珠母」は、片思いの連鎖と言葉の影響にまつわる人間模様が凝縮された作品。

Michele Mari, “La famiglia della mamma”, “Iride e madreperla” in *Fantasmagonia*, Einaudi, 2012.

イジャーバ・シェーゴ

一九七四年、ローマ生まれ。両親はソマリア出身。ローマ・ラ・サピエンツァ大学で外国文学を専攻後、ローマ第三大学大学院教育学部でジャーナリズム、異文化間対話、インターカルチャリズム、移民などをテーマに研究する。アフリカ文学、移民についてさまざまなメディアに執筆。

二〇〇三年、短篇「サルシッチャ」（中東現代文学研究会編『中東現代文学選2012』に邦訳が所収されている）で移民作家を対象とした《エクストラ賞》を受賞後、『アルフレッド・ヒッチコックを愛したノマド女性』（二〇〇三）で小説家としてデビューする。移民文学を集めたアンソロジー『生まれたときはトレーラーハウス――移民の子供たちが自らを語る』（二〇〇七）、『二色刷りの愛』（二〇〇七）などに作品を発表する。

その後『バビロニアを越えて』（二〇〇八）、『今いるところが私の家』（二〇一〇、《モンデッロ賞》受賞）、『アドゥア』（二〇一五）といった長篇小説を発表している。自身のルーツであるソマリアと、生まれ育ったイタリアの双方の文化が入り混じる日常を題材とした作品が多い。フィクション以外の著作としては、評論『否定されたローマ――ポストコロニアルの旅程』（二〇一四）や、音楽評論『カエターノ・ヴェローゾ』（二〇一六）などがある。

「わたしは誰？」は『二色刷りの愛』に収録された作品。作家と同様、ソマリアにルーツを持つ若い女性DJファトゥの日常を通して、多人種、多文化が共存するローマの街角の光景が描かれる。ファトゥは、「異人種間カップル」に対する雑誌記者の偏見に傷つく一方で、ロンドン在住の姉が押し付けてくる価値観とも衝突する。恋人ヴァレリオは、彼女のよき理解者だが、モガディシュ生まれの彼が持っていた一枚の絵から、植民地であったソマリアの不幸な歴史がよみがえる。悪夢を乗り越えた彼女は、現実と立ち向かうために自分なりのアイデンティティ（本作の原題）を模索する。
Igiaba Scego, "Identità", AA.VV., *Amori bicolori*, Laterza, 2007.

ヘレナ・ヤネチェク

一九六四年、ドイツのミュンヘンで生まれる。ナチスの迫害を逃れたポーランド系ユダヤ人を両親に持ち、一九八三年にイタリアに移住、のちにイタリア国籍を取得。

一九八九年、ドイツ語で詩集『戸外へ』を発表。モンダドーリ社の外国文学編集者、ジャーナリストとして働く。一九九七年、イタリア語で発表した最初の小説『暗闇の朗読《ルソン・ド・テネブル》』（アウシュビッツ体験者の母親と共に強制収容所を訪れた旅行記）で、《バグッタ新人賞》を受賞する。次いで、『食べ物』（二〇〇二）、第二次世界大戦のイタリア戦線における連合軍部隊を描いた歴史小説『モンテ・カッシーノの燕』（二〇一〇、《ナポリ賞》受賞）、狂牛病を扱ったルポタージュ『ブラッディ・カウ』（二〇一二）を経て、女性写真家ゲルダ・タロー（一九一〇〜一九三七）の生涯を描いた小説『ライカを持った少女』を二〇一七年に発表し、《ストレーガ賞》および《バグッタ賞》を受賞すると同時に、《カンピエッロ賞》の最終候補となる。一九四七年から続く《ストレーガ賞》の歴史のなかで、初のイタリア語非ネイティブの受賞者ということもあり、注目を浴びた。

「恋するトリエステ」は、二〇一八年、ファシズム政権の人種法制定八十年の節目に編纂されたアンソロジー『一九三八年――歴史、物語、記憶』に収録された。小説家と歴史家十三人が短篇を寄稿しており、本書に収録した作家としては、ヤネチェクのほか、ヴィオラ・ディ・グラード、イジャーバ・シェーゴ、キアラ・ヴァレリオも参加している。

舞台となっているのは、一九三〇年代のトリエステ。ユダヤ人社会から見た、町の師範学校にミラノから赴任してきた哲学教師エウジェニオ・コロルニとその妻であるベルリン出身のウルシュラ・ハーシュマン、ウルシュラの弟アルベルトの姿が描かれる。

物語の最後に記されているように、ユダヤ人であり、反ファシズムの活動家でもあったエウジェニオ・コロルニ（一九〇九〜一九四四）は、ファシスト秘密警察に狙われていた。流刑先のヴェントテーネ島で、ヨーロッパ連邦制を提起した「ヴェントテーネ宣言」（一九四一）の草稿執筆に参加したことで知られる。ウルシュラは夫を追って島に渡り、政治犯グループが書いた原稿を、検閲の目をかいくぐって持ち出した。弟のアルベルトは、その後アメリカ合衆国にわたった、著名政治経済学者のアルバート・O・ハーシュマン（一九一五〜二〇一二）である。

Helena Janeczek, "Trieste in love" in *1938. Storia, racconto, memoria*, Giuntina, 2017.

一九三八年の人種法制定へと突き進むファシズム政権を背景に、トリエステのユダヤ人社会と若い娘たちの恋愛騒動に始まった物語が、一転して重苦しい史実が並ぶ結末へと至る構成に、近現代史を土台としたルポルタージュと創作の境界を探りつづける作家の手腕がうかがえる。

ヴァレリア・パッレッラ

一九七四年、ナポリ近郊トッレ・デル・グレーコ生まれ。ナポリ大学で教育学を専攻、手話通訳者として働く。

二〇〇三年に発表した処女短篇集『ハエにクジラ』で、《カンピエッロ賞》新人賞、《プロチダ゠アルトゥーロの島゠エルサ・モランテ賞》を受賞して注目される。その後、短篇集『祈願成就』（二〇〇五）、『愛を大事にしすぎると』（二〇一五）などを発表。長篇小説『白い空間』（二〇〇八）は、翌年クリスティーナ・コメンチーニ監督により『まっさらな光の下で』のタイトルで映画化された（二〇一〇年イタリア映画祭にて上映）。

『どの愛』（二〇一〇）、『辞職状』（二〇一一）、『学ぶ時間』（二〇一四）、『女性の百科事典』（二〇一七）、『アルマリーナ』（二〇一九）といった長篇小説のほか、戯曲『評決』（二〇〇七）、『大地』（二〇一一）、『アンティゴネー』（二〇一二）など演劇の分野でも活躍し、批評家からも高い評価を受けている。

「捨て子」は、人の出会いや別れをモチーフにした八つの短篇から成る『愛を大事にしすぎると』に収録された作品。ナポリの修道院で保護された売春婦が出産し、その後、赤ん坊を残して姿を消してしまう。地域社会と特異な関係を持つ修道院の尼僧たちの生活や、母性と信仰心のあいだで揺れながらも、劇的な決心をする修道院長シルヴィアの感情の動きが描かれている。
Valeria Parrella, "Gli esposti" in *Troppa importanza all'amore*, Einaudi, 2015.

アスカニオ・チェレスティーニ
一九七二年、ローマ生まれ。俳優・監督として、演劇や映画の分野で活躍。とくに九〇年代から活発になった「語り芝居」（テアトロ・ディ・ナラツィオーネ）の第一人者として、民話、大道芸人の語り部などの口承伝統や、劇作家ダリオ・フォのアイロニーや社会風刺の路線を受け継ぐ。民話・寓話を書き直した『チェカフーモ』（二〇〇二）、労働者家族の生活を題材とした書簡形式の『工場』（二〇〇三）、第二次世界大戦時のドイツ軍支配下のローマでの大量虐殺を扱った『地下放送局』（二〇〇五）、連合軍のローマ入城のエピソードを描いた『戦争の愚者』（二〇〇五）、精神病院を取材した『黒い羊』（二〇〇六）、コールセンターの非正規労働の状況をとりあげた『聖なる言葉』（二〇〇八）などの作品が知られている。『黒い羊』は、自らの主演・監督で映画化し、数々の賞を受賞した（日本未公開）。多くの戯曲は、単行本およびＤＶＤの形式で発売されている。

「違いの行列」「王は死んだ」は、短篇集『ぼくは一列縦隊で歩く』（二〇一一）に収録された作品で、作家の特徴ともいえる痛烈な社会風刺とブラックユーモアが表現されている。「違いの行列」は、見た目の「違い」だけから人を差別し、自分たちの権益にしがみつく現代社会の移民排斥の風潮に対する辛辣な風刺となっている。一方、「王は死んだ」は、イタリアに巣くう二大悪、マフィアと汚職政治家の支配交代を揶揄したものだ。いずれの作品にも、ほら話のような誇張がみられるが、チェレスティーニによって舞台で語られると、肉声と臨場感を備えた独特の「話芸」となる。

Ascanio Celestini, “La fila della diversità”, “Il re è morto” in *Io cammino in fila indiana*, Einaudi, 2011.

リザ・ギンズブルグ

一九六六年、ローマ生まれ。小説家のナタリア・ギンズブルグを祖母に、歴史家のカルロ・ギンズブルグを父に、同じく歴史家のアンナ・ロッシ＝ドリアを母に持つ。ローマ・ラ・サピエンツァ大学の哲学部を卒業したのち、ピサの高等師範学校で大学院を修了、十七世紀フランス神秘主義を研究する。現在はパリに在住。

アレクサンドル・コジェーヴ『ユリアヌス帝とその著述技法』、シェイクスピア『恋の骨折り損』などの翻訳を手掛けるほか、日刊紙「メッサッジェーロ」や雑誌「ドムス」などに寄稿。祖母である小説家ナタリア・ギンズブルグのインタビュー集『自分を語るのは難しい』（一九九九）をチェーザレ・ガルボリとともに編纂した。イタリア各地の市場を取材した『市場――モノを売るイタリア紀行』（二〇〇二）、ブラジルのバイーア州サルバドールについての『マリーア・バイーア』（二〇〇七）といったルポタージュや、イタリア統一の英雄ガリバルディの妻の伝記『アニータ・ガリバルディの物語』（二〇〇五）などを執筆している。

フィクションとしては、長篇小説『嵐を願っていた』（二〇〇二）、『愛のために』（二〇一六）、短篇集『羽ばたき』（二〇〇六）、『穏やかな人ほど残酷』（二〇一六）などがある。近年は、シェリー夫人のフランケンシュタイン論『純粋な創作』（二〇一八）や、国外在住者としてイタリアを回想するエッセイ『こんにちは真夜中、私は家に帰る』（二〇一八）などを発表している。

「隠された光」は、短篇集『穏やかな人ほど残酷』に収録された五作のひとつ。パリを舞台として、シルベルト夫妻と娘ミリアム、ミリアムの夫セルジュと、不動産屋ジャック・トゥルニエの人間模様が描かれる。完璧なカップルに見えたミリアムとセルジュだったが、互いに不満を募らせて別居から離婚に至り、顧客と業者の関係だったセルジュとジャックが惹かれ合う。特定の人物を中心に据えるのではなく、出会いと別れを外側の視点から冷静にとらえた語りによって、あたかも顧客の新生活を思い描くジャックのように、読者は登場人物たちの生活をありありと思い浮かべることができる。

Lisa Ginzburg, "Hidden Light", in *Spietati i mansueti*, Gaffi, 2016.

キアラ・ヴァレリオ

一九七八年、ラツィオ州スカウリ生まれ。ナポリのフェデリコ二世大学で数学を専攻。短篇集『物事を複雑にするのは』(二〇〇三)で作家としてデビューしたのち、短篇集『ちょっと挨拶に立ち寄って』(二〇〇六)、長篇小説『みんな一人ぼっち』(二〇〇七)、『私を慰めてくれる学校はない』(二〇〇九)、『どうにか助かったというささやかな喜び』(二〇〇九)などを刊行。二〇〇七年には、マントヴァ文学フェスティバルで最優秀若手作家に選ばれる。生命保険の売買を行う「ライフセトルメント」のブローカーの恋愛を描いた小説『前日の暦』(二〇一四)で《フィエゾレ・アンダー40賞》を受賞。数学者たちのエピソードを挿入した自伝的小説『数学の人間的歴史』(二〇一六)など、数学をテーマとした作品も多い。また、ヴァージニア・ウルフの翻訳でも知られる。

作家としての活動だけでなく、ラジオやテレビ番組の制作や、複数の出版社での編集など、多方面で才能を発揮する。ナンニ・モレッティ監督『母よ、』(二〇一五、日本公開二〇一六)、ジャンニ・

アメリオ監督『ナポリの隣人』(二〇一七、日本公開二〇一九)といった映画作品のシナリオも執筆している。

「あなたとわたし、一緒の三時間」はイタリア語版『グランタ』の二〇一一年第二号『性』に掲載された作品。二人の女性「わたし」と「あなた」のあいだで、異なる時間軸の回想をおりまぜた性的幻想が展開される実験的な短篇である。肉体の細部、シャンデリアやハイソックスやパン屑といった具体的な事物から、抽象的な欲望や不安へと自由に跳躍する想像力豊かな描写が冴える。

Chiara Valerio, "Tu e io, queste tre ore", *Granta Italia, 2, Sesso*, Rizzoli, 2011.

アントニオ・モレスコ

一九四七年、マントヴァ生まれ。急進左派活動を経て、七〇年代末から執筆活動を開始。一九九三年、四十六歳で最初の短篇集『非合法性』を発表する。代表作は、混沌とした空想と現実が交錯する世界を舞台とした長篇小説三部作『永遠の遊戯』(『端緒』〔一九九八〕、『カオスの歌』〔二〇〇二〕、『非被造物』〔二〇一五〕)である。

フィクションだけでなく、評論の執筆や文学運動も盛んにおこなっている。二〇一八年の評論集『崇敬と闘争』には、文学という伝統に対する愛情と対立の両義的立場が現れている。閉塞した既存の文壇を批判し、文学の新しい場を作り出す積極的な活動を展開。二〇〇一年、9・11をきっかけとして、ダリオ・ヴォルトリーニと共に、作家や知識人の対話の場《西部戦線で書くこと》を企画し、二〇〇二年、同名のアンソロジーを出版した。二〇〇三年には、商業出版とは一線を画す表現の場として、文芸ブログ《ナツィオーネ・インディアーナ》を創設する。

『愛と鏡の物語』は、二〇〇二年にモレスコ自身の手による挿絵付きで発表された作品。《イタリア・アンデルセン賞》を受賞した『マリアの童話』（二〇〇七）、『愛の寓話』（二〇一四）など、モレスコ独特の寓話路線に属する。都会のマンションの一室で執筆に没頭する作家と近隣住民との交流が、「ハサミムシ」をはじめとする幻想的な要素を織り込みながら描かれる。随所にみられる過剰なまでの羅列や細密な描写、あるいは向かいの部屋に住む女性（正確には、自室の鏡に映った女性の姿）が幻なのか現実なのか明らかにされないまま作家の意識へと流れていく結末に、モレスコの特徴が表れている。

Antonio Moresco, *Storia d'amore e di specchi*, Portofranco, 2000.

ヴィオラ・ディ・グラード

一九八九年、シチリア州カターニア生まれ。母親は作家のエルヴィーラ・セミナーラ。トリノ大学で日本語、中国語を学んだのち、ロンドン大学で東アジア哲学を専攻する。現在はロンドンに在住。

二〇一一年、二十三歳で発表したデビュー作『アクリル七〇％、ウール三〇％』が、《カンピエッロ賞》新人賞、《ラパッロ＝カリージェ賞》新人賞を受賞、《ストレーガ賞》の最終候補にもなり、一躍注目を浴びる。次いで発表した、自殺した青年の死後の世界を描いた小説『くぼんだ心臓』（二〇一三）が高く評価され、英訳が数々の賞にノミネートされる。近未来の日本を舞台にした『鉄の子供たち』（二〇一六）、放射能汚染で立ち入り禁止となったシベリアの村での恋愛模様を描く『空の炎』（二〇一九）など、次々に話題作を発表している。

「回復」が収録された『ロンドン上空のルシファー――帰化した町のガイドブック』（二〇一八）は、イタリア、ポルトガル、イギリス、ロシアなどさまざまな国籍の作家による、ロンドンをテーマとしたアンソロジー。薬物依存症だった語り手が解毒治療終了後に移り住んだ部屋に、奇妙な「生き物」が訪れる。ロンドンの寒空の下、床の傾いたフラットに住む主人公が、ぼろぼろの翼をした「生き物」との邂逅によって自らの回復の兆しを感じる物語で、不合理な存在である天使の描写が生々しい。

Viola Di Grado, "Guarigione" in AA.VV. *Lucifer over London. Guida alla città adottiva*, Humboldt Books, 2018.

フランチェスカ・マンフレーディ

一九八八年、エミリア・ロマーニャ州レッジョ・エミリア生まれ。ライティング・スクール《スクオーラ・ホールデン》で学び、現在は講師を務める。漫画雑誌「ライナス」、日刊紙「コリエーレ・デッラ・セーラ」などに作品を発表。レイモンド・カーヴァーやジョン・チーヴァーら北米文学のミニマリズムに影響を受ける。
二〇一七年、なにげない生活が営まれている場所と、そこに対する住人の思いに焦点を当てた十一の作品を収めた短篇集『すてきな居場所』で、《カンピエッロ賞》新人賞を受賞する。二〇一九年には、初の長篇小説となる『塵の帝国』を発表。今後の活躍を期待されている若手作家の一人。

「どこか、安心できる場所で」は短篇集『すてきな居場所』に収録された作品。田舎の祖父母の家で、妊娠中の母親と過ごす少女マルタは、物置小屋に隠れて、近所の年上の少女ヴェロニカと恋人ごっこをする。日々ふくらんでいく母親のお腹に対する複雑な思いや、性の目覚め、ヴェロニカとの「秘密」の遊びなどが、純真な少女の視点から丁寧に描かれている。

Francesca Manfredi, "Da qualche parte, al sicuro", in *Un buon posto dove stare*, La nave di Teseo, 2017.

編者あとがき

「イタリア文学」といい、あるいは「ロシア文学」「ドイツ文学」などというとき、私たちはそれぞれの国の文学を、あたかも明確に定義されたまとまりとして捉えがちだ。ましてや「新しいイタリアの文学」と銘打って短篇のアンソロジーを編もうという試みは、そうした捉え方をされる可能性が高いが、実際のところは海によって隔てられたり繋がったりする群島や列島のようなもので、提示される形や編者の意図によって、描き出される景色はまったく別のものとなるだろう。群島が互いに異なるいくつもの島や土地から形成されているように、ここに収めた作家たちは、テーマも世界への眼差しも文体もじつに多様であり、そこにイタリアにおける文学の「いま」が凝縮されている。

本書に所収する作品を選ぶにあたってひとつ設けた条件は、二〇〇〇年以降に発表されたものであるということだ。残念ながら日本では、散発的な例外を除き、ウンベルト・エーコ（一九三二～二〇一六年）やアントニオ・タブッキ（一九四三～二〇一二年）以降の世代のイタリア人作家の紹介があまり進んでいない。エーコにしろタブッキにしろイタリアの誇る偉大な作家であることは言を俟たないが、いずれも創作のピークは二十世紀だ。それゆえ、彼らの作品において描写されているイタリアは、多くの面で現在の姿とは異なる。本書は、イタリアの「いま」を表現する文学に声を与えようという試みだ。

そのうえで、できるだけいろいろな世代や多彩なキャリア、多様な背景の作家を選ぶことを心掛けた。文学とは、それに携わる者たちすべてにとって常に「同時代」のものであり、年少者が必ずしも新しいとは限らないし、逆もまた然りだ。一方で譲れなかったのは、作家の男女比をほぼ等しくすること。世界への眼差しは、作家の性別(むろんそれだけではないが)によっても大きく左右されると考えてのことである。文学は、自らが育まれた社会を表現する手段であると同時に、社会を変える力をも内包する。その先に待つものが、あらゆる性や出自、性向を尊重する社会であるようにとの願いを込めた。

とはいえ、数多くの候補のなかから所収する作家を絞り込み、なんらかの形で各々の作風を象徴している短篇を選ぶ作業は困難を極めた。編者にとってそれはしかし、多くの作家や作品との新たな出会いの場でもあり、扉が次々と開き、世界が果てしなくひろがっていくような、たいへん豊かな時間でもあった。最終的に選び抜いた作家十三名のうち、『帰れない山』が新潮社より刊行されているパオロ・コニェッティと、短篇が『中東現代文学選』に収められているイジャーバ・シェーゴをのぞく十一名が、日本では初めての翻訳となる。

いずれも、これまでまったく日本で紹介されてこなかったのがむしろ不思議に思えるような作家ばかりだ。本選集では最年長、一九四七年生まれのアントニオ・モレスコは、緻密な描写と細部へのこだわりを特徴とする洗練された文体で、とりわけ作家仲間からの評価が高く、二〇一八年には『小さな灯り』の英語版で国際ＩＭＰＡＣダブリン文学賞の最終候補に選ばれている。ヴァレリア・パッレッラは、二十九歳のときに発表した処女短篇集『ハエにクジラ』で《カンピエッロ賞》の新人賞に輝いて以来十五年あまり、おもに女性の生き方をテーマに作品を発表しつづけ、いまがまさに旬の作家と言えるだろう。キャリアも年齢ももっとも若いフランチェスカ・マンフレーディは一九八八年生まれ。二〇一七年に短篇集『すてきな居場所』で鮮烈なデビューを果たしたばかりの、将来を嘱望される新人だ。

『ライカを持った少女』で二〇一八年にイタリア文学界最高峰の《ストレーガ賞》を受賞したヘレナ・ヤネチェクは、ナチスの迫害を生き延びたポーランド系ユダヤ人の両親のもと、ドイツに生まれ、母語はドイツ語であるが、表現するための言葉として自らイタリア語を選びとった作家だ。それは、歴史に対する、小説とルポルタージュに対する、肉体のはらむ矛盾に対する、各々の言語が持つ詩情に対する、複雑に入り組んだものの見方を統合させる手立てとしての選択でもあったのだろう。イジャーバ・シェーゴは、ソマリア人を両親に持ち、ローマで生まれ育った。随所に多言語の単語をちりばめた独特な文体でイタリアの小説に豊かな彩を添えており、二〇一七年には『アドゥア』が英訳され、移民文学の旗手としてアメリカでも話題になっている。イタリア国内に移り住む作家たちがいれば、イタリアの外へ出ていく作家たちもいる。ナタリア・ギンズブルクを祖母に持つリザ・ギンズブルグは、現在ではパリに生活の拠点をおいて執筆活動をしているし、若手作家のヴィオラ・ディ・グラードは、ロンドンに在住し、様々な都市を舞台に幻想と現実の入り混じった個性的な物語を、前衛的な手法で綴っている。

日常のふとした出来事の卓越した観察者であるダリオ・ヴォルトリーニは、長篇が好まれる傾向にある現代のイタリア文学界において、短篇にこだわって表現を続けてきた作家でもある。ミケーレ・マーリは、父がイタリア文学界の巨匠エンツォ・マーリ、母が絵本作家イエラ・マーリという芸術家一族に生まれ、幼少期から磨かれた独特の感性を活かして、小説だけでなく、詩やグラフィックノベル、戯曲や文学評論と、多様な表現活動をおこなっている。アスカニオ・チェレスティーニは、伝統的な道化芝居に見られる辛口の風刺を受け継ぎ、戯曲的要素の強い作品を発表しており、知識人のあいだでも市民のあいだでも政治・社会参加が盛んなイタリアにおいても、とりわけ政治性の強い作家といえるだろう。同様に、比較的若手のジョルジョ・フォンターナも、不当な世の中に対する怒りを、それによって苦悩する人々への共感とともに、的確な描写でもって綴る。キアラ・ヴァレリオは数学者という特殊な経歴を活かした作品を発表しているが、映画の脚本や本の編集など非常にマルチな才能の持ち主で、本書では、やや変化球ともいえる、究極の愛を綴った短篇をとりあげた。

装画には、いまイタリアの内外から熱い視線を浴びているイラストレーター、アレッサンドロ・サンナの水彩画を選んだ。海中を泳ぐクジラと潜水夫、海面には小さな舟。様々な想像を掻き立ててくれる。クジラをイタリア文学、潜水夫を翻訳家になぞらえてみるのもおもしろいかもしれない。クジラと潜水夫のあいだでどのようなやりとりがあり、どのような会話が交わされたのだろうか。潜水夫はいつ海面に浮かびあがってくるのだろうか。そして陸にもどったとき、待ち受ける友になにを語るのか。読者の皆さんが本書に収めた短篇を読みながら、さまざまに想像をふくらませ、それをいつかどこかで誰かに語ってくれることを願う。

当初は夢物語のように思えた企画だったが、こうしてまがりなりにも刊行まで漕ぎつけることができたのは、編者の思いを共有し、編集の労をとってくださった国書刊行会編集部の樽本周馬さんと、本書の意義を理解し、惜しまず協力してくださったイタリア文化会館のパオロ・カルヴェッティ館長に依るところが大きい。また、作家の小野正嗣さんには、作品一編一編に対する深い愛情と敬意のこもった素晴らしい序文を寄せていただいた。この場を借りて心より感謝する。

本書のもうひとつの目的は、日本には未紹介のイタリア人作家が大勢いるだけでなく、彼らの魅力を存分に伝えられる力量を持った翻訳者もそろっているのだと示すことにあった。そのため邦訳は、作品との相性を考慮しながら、作家と同様、世代もキャリアもいろいろな、男女同数の翻訳者にお願いした。作家たちの息遣いやリズムを忠実に日本語に写しとった訳文のなかに、それぞれの翻訳者のスタイルや気概のようなものを感じとっていただけたとしたら、望外の喜びである。

二〇一九年　秋

アンドレア・ラオス
関口英子

中嶋浩郎（なかじま　ひろお）
長野県松本市生まれ。東京大学教育学部卒業。フィレンツェ大学留学。フィレンツェ大学講師を経て現在広島市在住。翻訳家。著書に『フィレンツェ、職人通り』（NTT出版）、『図説 メディチ家』（河出書房新社）など。訳書に『ルネサンスの画家ポントルモの日記』（白水社）、ステファノ・ベンニ『聖女チェレステ団の悪童』（集英社）、ジュンパ・ラヒリ『べつの言葉で』、『わたしのいるところ』（ともに新潮社）などがある。

装画

アレッサンドロ・サンナ（Alessandro Sanna）
1975年ヴェネト州ノガーラ生まれ。マントヴァ在住。2006年『君はモンドリアンを見たか？』で、《イタリア・アンデルセン賞》の最優秀アート絵本部門賞に輝く。2009年に同賞の最優秀画家賞を受賞。2013年に発表した、文章のない絵本『ゆったりと流れる川』では、流れるような美しい色彩の絵だけでストーリーを紡ぎ出す画力が高く評価され、《イタリア・アンデルセン賞》最優秀絵本賞を受賞、世界的に注目される。2015年に発表した『ピノッキオ以前のピノッキオ』も、各国で刊行されている。2019年には、絵だけで地球の歴史を物語る大作『この石のように――すべての戦いの本』を発表した。

編者

関口英子（せきぐち　えいこ）
埼玉県生まれ。大阪外国語大学イタリア語学科卒業。イタリア文学翻訳家。おもな訳書にイタロ・カルヴィーノ『最後に鴉がやってくる』（国書刊行会）、パオロ・コニェッティ『帰れない山』（新潮社）、プリーモ・レーヴィ『天使の蝶』（光文社古典新訳文庫）などがある。ルイジ・ピランデッロ『月を見つけたチャウラ　ピランデッロ短篇集』（光文社古典新訳文庫）で第一回須賀敦子翻訳賞受賞。

橋本勝雄（はしもと　かつお）
栃木県生まれ。京都大学大学院博士後期課程単位取得退学。京都外国語大学教授。専門はイタリア現代文学。おもな訳書にマッシモ・ボンテンペッリ『鏡の前のチェス盤』（光文社古典新訳文庫）、ディエゴ・マラーニ『通訳』（東京創元社）などがある。ウンベルト・エーコ『プラハの墓地』（東京創元社）で第二回須賀敦子翻訳賞受賞。

アンドレア・ラオス（Andrea Raos）
1968年イタリア生まれ。フランス国立東洋言語文化大学博士課程修了（日本文学）。詩人、翻訳者。訳書に、イタリアと日本の現代詩選集『地上の歌声』（思潮社）、Charles Reznikoff, *Olocausto*（Benway Series）などがある。

訳者

飯田亮介（いいだ　りょうすけ）
神奈川県生まれ。日本大学国際関係学部卒業。中国・雲南民族学院とイタリア・ペルージャ外国人大学に語学留学後、現在は中部イタリア・マルケ州モントットーネ村で翻訳業。おもな訳書にエレナ・フェッランテ『ナポリの物語』シリーズ、パオロ・ジョルダーノ『素数たちの孤独』、ファビオ・ジェーダ『海にはワニがいる』（すべて早川書房）などがある。HP iidaryosuke.com。

越前貴美子（こしまえ　きみこ）
東京外国語大学博士後期課程修了。現代イタリア文学研究者。イタリア語非常勤講師。イタリア学会会員。訳書にアレッシア・ガッゾーラ『法医学教室のアリーチェ――残酷な偶然』（西村書店）、共著に『イタリア文化55のキーワード』（ミネルヴァ書房）、共訳に『ユリイカ　特集 アントニオ・タブッキ』（青土社）がある。

粒良麻央（つぶら　まお）
東京都生まれ。東京外国語大学外国語学部欧米第二課程（イタリア語専攻）卒業後、同大学院総合国際学研究科博士前期課程修了（文学）。現在、上智大学ほか非常勤講師。翻訳に、「海にあずけたチケット」（共訳、『ユリイカ』2012年6月号）がある。

どこか、安心《あんしん》できる場所《ばしょ》で
新しいイタリアの文学

2019年11月2日初版第1刷発行

著者　パウロ・コニェッティ他
編者　関口英子　橋本勝雄　アンドレア・ラオス
発行者　佐藤今朝夫
発行所　株式会社国書刊行会
〒174-0056　東京都板橋区志村1-13-15
電話03-5970-7421　ファックス03-5970-7427
http://www.kokusho.co.jp
装幀　山田英春
印刷製本所　中央精版印刷株式会社

ISBN 978-4-336-06539-1
落丁・乱丁本はお取り替えします。

最後に鴉がやってくる

イタロ・カルヴィーノ／関口英子訳
四六変型／三三六頁／二四〇〇円

死にゆく者はあらゆる種類の鳥が飛ぶのを見るだろう——自身のパルチザン体験や故郷の生活風景を描いた〈文学の魔術師〉カルヴィーノの輝かしき原点となる第一短篇集、待望の刊行！

肉体と死と悪魔　ロマンティック・アゴニー

マリオ・プラーツ／倉智恒夫他訳
四六判／七五八頁／五〇〇〇円

イタリアの碩学プラーツが、ロマン派から世紀末デカダン派にいたるヨーロッパ十九世紀文学の〈腐敗と苦痛の美学〉〈薄明の美学〉を、無類の博引旁証のうちに論じつくした画期的な名著。

ふたつの人生

ウィリアム・トレヴァー／栩木伸明訳
四六変型／四八八頁／二六〇〇円

秘められた恋の記憶に生きる女の物語「ツルゲーネフを読む声」、爆弾テロに遭い同じ被害者と共同生活を始めた小説家の物語「ウンブリアのわたしの家」。ふたりの女のふたつの人生を緻密に描く、ベスト級の中篇二作収録。

音楽と沈黙　I・II

ローズ・トレメイン／渡辺佐智江訳
四六変型／三三六・三三六頁／各二二〇〇円

美貌のリュート奏者ピーターと侍女エミリアの運命の恋、伝説の王クレスチャン四世の苦悩、そして官能に溺れる王妃キアステンが夢見る人生——十七世紀デンマークを舞台にした波瀾万丈の歴史ロマン大作。

税別価格・なお価格は改定することがあります